書下ろし

# モノマネ芸人、死体を埋める

藤崎 翔



祥伝社文庫

# プロローグ

目の前に、女の死体が転がっている。

嘘《うそ》であってほしい。悪夢なら今すぐ覚めてほしい。数秒経《た》ってから目を開けてみても、やっかぶりを振って、ぎゅっと目をつぶってみる。数秒経《た》ってから目を開けてみても、やっぱり死体はそこにある。残念ながら夢なんかではない。

ピンク色のワンピース姿で、肉感的なスタイルの若い女。うつ伏せの彼女の頭頂部の、茶色いセミロングの髪の隙間《すきま》から見える地肌は、一目見て分かるほど大きく陥没《かんぼつ》し、そこから流れ出た血はすでに赤黒く固まっている。

ああ、まさか、こんなことになるなんて……。

かつて自分は、プロ野球のマウンドで、何万人もの観衆を沸かせた人間だったというのに。日本中の野球少年たちが憧《あこが》れるマウンドに立っていたというのに。

あの時の大歓声が、まるで昨日のことのように思い出される——。

# 1

東京ベースボールドームのグラウンドの手前の通用口で、関野浩樹《せきのひろき》は待機している。浩樹が着る東京エレファンツのユニフォームの背番号は、エースナンバーの18。その上にアルファベットで「MANESHITA」とプリントされている。

東京エレファンツの試合前イベントのMCを務める石山《いしやま》アナウンサーが、低く通る美声で、四万人を超えるドームの観客に伝える。

「さて、本日の始球式は、スペシャルゲストにお越しいただいております！　東京エレファンツの元エースで、海を渡りメジャーリーグでも大活躍した、鬼の豪腕サイドスロー、竹下竜司《たけしたりゅうじ》さんです！　さあ皆様、大きな拍手でお迎えください！」

勇壮な音楽が大音量で流れる。そのタイミングで浩樹は、通用口から走り出し、大観衆の注目を一身に浴びながらグラウンドに登場する。

と、大音量で流れていた登場曲の音程が、突然ふにゃふにゃと乱れ出す。そこでまた、石山アナウンサーの声が響く。

「あれっ、ちょっと待ってください……。ああっ、失礼しました！　よく見たら今日の始球式のゲストは、竹下竜司さんではありませんでした。竹下竜司さんのモノマネ芸人の、マネ下竜司さんでした！」

客席からはどっと笑い声が上がる。「やっぱりね」という声も聞こえてきた。それもそうだ。まったく同じ流れの始球式を、浩樹はこの東京ベースボールドームで、過去に十回以上やっているのだから。

関野浩樹という本名なんて、親族と恋人と地元の友達ぐらいしか知らないだろう。浩樹の芸名は、マネ下竜司。日米で活躍した平成の名投手、竹下竜司のモノマネが唯一《ゆいいつ》の持ちネタの、専業モノマネ芸人なのだ。

観客の歓声とざわめきの中、浩樹はピッチャーマウンドに向かう。審判からボールを受け取り、いよいよマウンドに立つ。

さあ、ここからが浩樹の仕事の目玉だ。

まずは投げる前に、マウンドの脇に置かれた、滑り止めのロジンバッグを手に取って、それを右手の上で大袈裟《おおげさ》にバウンドさせる。

「おっと、出ました！　おなじみの竹下バウンドです！」

客席からまた笑いが起きる。今では本物の竹下竜司のウィキペディアにも「ロジンバッグを手のひらでバウンドさせる癖《くせ》があり、モノマネ芸人のマネ下竜司がテレビ番組でその様子を真似《まね》てから『竹下バウンド』と呼ばれるようになった。ただ、実際の竹下は、マネ下ほどの回数はバウンドさせていない」と書かれている。まあ、モノマネ芸人というのは大袈裟にデフォルメするのが仕事なのでご愛嬌《あいきょう》だ。

次に浩樹は、キャッチャーに向けて投球――すると見せかけて、さっと一塁を振り返り、牽制球《けんせいきゅう》を投げる。一塁手の藤木《ふじき》には、試合前に「すみません、一回牽制球を投げさせてもらってよろしいでしょうか」と低姿勢でお願いして、快《こころよ》く了解をもらっている。

藤木が浩樹の牽制球を捕ったところで、浩樹が「アウトだろ、アウト！」と塁審を指差して叫ぶ。現役時代の竹下竜司が何度も見せていた、牽制後の審判へのアピールだ。すかさず石山のアナウンスが入る。

「出ました、牽制の名手、竹下の雄叫《おたけ》びです！」

また客席から笑いと拍手が起きる。もっとも、笑っているのは大人のファンばかりだ。最近の子供はもう、十年以上前に引退した平成のスター選手、竹下竜司のことなんてよく知らないので、キョトンとされてしまうことも多い。

「さて、おふざけはこれぐらいにして、そろそろちゃんと始球式をお願いします」

石山アナがアドリブを入れる。すかさず浩樹はアナウンサー席の方を向いて「おふざけってどういうことだ！」と両手を広げて大袈裟に叫ぶ。だが、すぐに言われた通りにマウンドで投球動作に入る。客席からはまた笑いと拍手が起きる。

かつては始球式前に石山アナと打ち合わせをしていたが、ここ最近はもう「今日もいつも通りお願いします」と簡単に挨拶《あいさつ》するだけだ。浩樹のモノマネの持ちネタを、石山アナが多少失礼なアドリブを交えて説明し、そこで浩樹がまた、竹下竜司のモノマネで両手を広げて大声でツッコミを入れれば、必ず笑いが起きる。もはや石山アナは、浩樹にとって最高の相方だ。普段はフリーアナウンサーとしてラジオDJやナレーションなどを幅広く請け負《お》っていて、浩樹とも何度か、他のスタッフを交えて飲みに行ったことがある。浩樹より三歳年上の、気さくな二児のパパだ。

浩樹は、肩を怒らせ脚を少し大きめに開いた、現役時代の竹下竜司を忠実にまねた姿勢から、独特のサイドスローでキャッチャーに向けてボールを投げた。ふわっと山なりのボールがアウトコースに外れる。間違っても相手チームのバッターに当てないよう、アウトコースに外して投げるコントロールは心得ている。

キャッチャーが捕球したところで、また石山のアナウンス。

「ナイスピッチング！　球速は八十五キロ。本物の竹下竜司さんより六十キロ以上遅い、見事なボール球でした！　以上、マネ下竜司さんの始球式でした」

浩樹はまたアナウンサー席に向けて両手を広げ「しょうがねえだろ！」と叫ぶ。ツッコミとして「しょうがねえだろ！」はちょっと違ったか、「失礼だろ！」とかの方がよかったかな……とも思ったが、観客にはツッコミの言葉まではっきり聞こえてはいないので、ちゃんと大きな笑いが起きた。それを確認した後、浩樹は選手、スタッフ、観客の全方向にきちんとお辞儀をして、帽子を取って大きく手を振りながら、顔の表情だけは現役時代の竹下竜司に似せたしかめっ面《つら》をキープして退場する。ドーム内は万雷《ばんらい》の拍手だ。

エレファンツ戦の始球式のマウンドでだけは、浩樹はどんな売れっ子芸人よりも大きな笑いを取る自信がある。それ以外の場所では絶対に勝てないけど。

これで浩樹の仕事は終わりだ。たった数分の出番でギャラは五万円超え。ありがたい限りだ。できれば毎日オファーしてほしいけど、さすがにそうもいかないのだろう。

「お疲れ様でした、ありがとうございました、ありがとうございました」

浩樹はグラウンドから関係者用通路に入った後、球場スタッフ、東京エレファンツのチームスタッフと、目に入った全員に深くお辞儀をする。こうして好印象を残しておくことが、芸人の次の仕事につながるのだ。

「今日もよかったですよ～。またよろしくお願いしますね」

顔見知りのエレファンツの職員が声をかけてくれた。

「ありがとうございます。またよろしくお願いします」

浩樹がお辞儀をしながら返していると、背後のグラウンドから「プレイ！」という球審のコールが聞こえ、試合が始まった。

浩樹はズボンのポケットからマスクを出して装着し、アナウンスブースへ向かう。順路はとっくに暗記している。試合中のアナウンスは、いわゆるウグイス嬢の仕事なので、しばらく石山アナの出番はない。

アナウンスブースを覗《のぞ》くと、石山はマネージャーらしき男性と談笑していた。

そっと顔を出し、万が一にもマイクに声が入ったらいけないので、小声で挨拶をする。

「お疲れ様でした、ありがとうございました」

「あ、お疲れ様です」石山が笑顔で立ち上がる。「いや〜、今日もウケてましたね」

「石山さんのおかげですよ〜」

「いや、とんでもない。本当にマネ下さんが、始球式に来る全芸人さんの中で一番ウケてますから」

「いやいや……これからもどうか、最高の相方としてよろしくお願いします」

「あ〜、うれしいな」石山はちらっと周囲を見てから、含みのある笑みを浮かべて声を落とす。「またエレファンツが優勝したら、僕らも打ち上げで高い店に連れて行ってもらえるでしょうけど……今年はちょっと厳しいかもしれませんね」

「いや〜、そうですよね」浩樹も苦笑する。

現在、東京エレファンツの順位は五位。それも一位から四位までが団子状態で、だいぶ引き離されての五位だ。優勝どころか、三位以上のAクラスも危うい。ちなみに石山アナも浩樹も、元々エレファンツのファンではなく、そもそも野球好きですらないという秘密まで、以前飲みに行った時に共有している。もちろん、東京ベースボールドームやエレフアンツのスタッフの前では、エレファンツファンにあらずんば人にあらずという雰囲気なので、二人とも生粋《きっすい》のエレファンツファンを装《よそお》っている。

「じゃ、すいません、お先に失礼します。またよろしくお願いします」浩樹が改めて頭を下げる。

「どうもどうも、お疲れ様です」石山はグラスを傾ける仕草をしながら微笑《ほほえ》んだ。「またいつか、行きましょうね」

「はい、ぜひよろしくお願いします。それでは、失礼します～」

石山にもマネージャーらしき男性にも笑顔で何度も頭を下げ、浩樹はアナウンスブースを後にする。そこから関係者用通路で会う人全員に「お疲れ様です」と深くお辞儀をしつつ、浩樹は控室に戻った。

畳んでおいた私服のボタンシャツを「MANESHITA」のユニフォームの上に羽織《はお》り、エレファンツの帽子とグラブをバッグに入れ、スパイクシューズからスニーカーに履《は》き替《か》える。微《かす》かに土のにおいがする控室は、整髪料や化粧品のにおいが漂うモノマネパブの楽屋とは違う。何よりも違うのは、くだらない馬鹿話を交わす芸人仲間がいないことだ。浩樹は一人で黙々と着替える。

今日はマネージャーも同行していない。マネージャー不在でも始球式は問題なくできてしまうと分かってからは来なくなった。浩樹もそれで問題はないが、たぶん大手の事務所だったら、マネージャーの一人ぐらいは現場に来るだろう。モノマネ芸人が所属タレントの大半を占める浩樹の事務所は、社員は少ないしビルも小汚いが、ギャラの取り分だけは他と比べてもいいと聞いている。

浩樹は荷物をまとめて控室を出た。すると、ちょうど廊下の向こうから、いつも浩樹を担当してくれるベテラン男性球場スタッフ、太田《おおた》がやってきた。

「あ、お疲れ様でした。ありがとうございました」

浩樹がまた丁重《ていちょう》にお辞儀をすると、太田は笑顔で返した。

「マネ下さん、今日もありがとうございました。いつも通り最高でしたよ～」

「どうもありがとうございます」

「また必ずお呼びしますんで、その時はまたよろしくお願いします」

また必ずお呼びします、というのは芸人にとって最もありがたい言葉だ。浩樹は「ありがとうございます、またよろしくお願いします」と深く頭を下げる。

「次もまた、そっくりのモノマネと、本物とは正反対の好感度で、お願いしますね」

太田が、意地悪な笑みを浮かべながら言った。

「あ、あはははは」浩樹は愛想《あいそ》笑いをするしかない。「では、失礼します。ありがとうございました」

浩樹が改めて頭を下げると、太田がふと思いついたように言った。

「あ、もしよかったら、試合ご覧になっていきますか？」

「あ〜ごめんなさい。今日この後、また出番がありまして」浩樹は顔をしかめた。

「あ、そうですか……。ああ、だからズボンがユニフォームのままなんですね」

太田が浩樹の下半身を指差した。浩樹がうなずく。

「そうなんですよ。ここで着替えても、どうせ向こうですぐユニフォームになるんで」

帽子を脱ぎ、上半身にシャツを羽織り、スニーカーに履き替え、さらにマスクを着ければ、電車に乗ってもマネ下竜司だと気付かれることはまずない。

「いや〜、お忙しくて、さすが売れっ子だ」太田が笑った。

「いやいやいやいや」浩樹は大袈裟に首を振る。「でも、これ一本でどうにかやらせていただいてますんで、本当にみなさんのおかげです。ありがとうございます」

「いえいえ、とんでもない。あ、出口までご案内は……」

「あ〜大丈夫です。もう全然一人で帰れますから」

「ですよね。アハハ」太田がまた機嫌《きげん》よさそうに笑った。「じゃ、今日はここで。またお願いしますね」

「はい、またよろしくお願いします。ありがとうございました。失礼します」

深いお辞儀を繰り返して太田と別れ、浩樹は東京ベースボールドームを出る。スマホの時計を見ると、まだ夜の七時前。新宿《しんじゅく》のモノマネパブの出番には余裕で間に合うだろう。

衣装と小道具を入れたスポーツバッグを肩にかけ、浩樹は水道橋駅《すいどうばし》へ向かう。

約二時間後。浩樹は、本日二つ目の仕事に臨《のぞ》んでいた。

「続きまして、ホームラン王二回の強打者、ニューヨークモンキーズのマルティネス選手と対戦し、ホームランを打たれたと思いきやギリギリファウルだった時、ホッとしすぎてつい変顔が出ちゃった竹下竜司」

浩樹は自《みずか》らタイトルコールをすると、モノマネパブの客を前に、肩を怒らせた構えから、独特のサイドスローのフォームを繰り出す。すぐに慌《あわ》てて振り返り、ホームラン性の打球がファウルだったのを確認したという芝居を背中で見せた後、目をひんむいて安堵《あんど》した変顔を客席に見せつける。――ＹｏｕＴｕｂｅに残っている実際の映像では、当時の竹下竜司はここまで面白《おもしろ》い顔はしていないのだが、浩樹はだいぶ誇張《こちょう》している。実際はそこまで面白い顔じゃない人を思いっ切り誇張して演じるのは、モノマネ芸人の常套《じょうとう》手段だ。ご本人の顔がモノマネ芸人を超えているのは森進一《もりしんいち》ぐらいだ。

客席からそこそこの笑いが起きたところで、浩樹はすぐ次のタイトルコールをする。

「そのあと、結局マルティネスにホームランを打たれる竹下竜司」

またサイドスローの投球動作をした後、振り返って「あ〜！」と悔しげに叫んで地団駄《じだんだ》を踏む。さっきより大きな笑いが起こった。ただ、数時間前に四万人超の笑い声を聞いたので、これでも小さく感じてしまう。モノマネパブでは十分ウケている方なのだが。

「それでは最後に、竹下竜司の年代別奪三振シーンでお別れです。まずは東京エレファンツの新人時代」

浩樹はそう言って、サイドスローの後、小さくガッツポーズをする。

「続きまして、エレファンツのエース時代」

少しひねりを加えたサイドスローの後、「うおーっ」と大きく雄叫びを上げてガッツポーズをする。

「続きまして、メジャーリーグ時代……少々お待ちください」

いったん後ろを向き、背後に目立たないように置いた小道具入りの黒いトートバッグから、ニューヨークレッツの帽子を取り出し、エレファンツの帽子と取り替えてかぶる。さらに、小さなクッションを腹に入れて客席に向き直る。そして、先ほどより少し振りの小さなサイドスローの後、「Ｙｅａｈ！」と英語で雄叫びを上げ、クッションの入った腹を突き出す。メジャーリーグ時代から太り出したという表現に、客席から笑いが起こる。

「最後に、名古屋《なごや》ユニコーンズ時代……」

また後ろを振り向き、名古屋ユニコーンズの帽子に替え、追加のクッションを腹に入れて客席に向き直る。口の下半分にも空気を溜《た》めて、より太ったことを強調しながら、肘《ひじ》の故障で腕の振りが小さくなったサイドスローを表現する。そして、雄叫びを上げると見せかけて「はあっ……」と声にならない息を漏《も》らし、家で鏡を見てひたすら練習した「選手生活終盤の竹下竜司の太った老《ふ》け顔」を作る。現役時代の竹下を知らなくても笑えるほど面白い顔になっているはずだ。

客席から、爆笑とは言わないまでも十分な笑いが起きたところで、浩樹は「どうもありがとうございました～」と挨拶し、拍手を浴びながら舞台袖に引き揚げた。

最後の新ネタ「竹下竜司の年代別奪三振シーン」は、まあ及第点といったところか。今後もちょくちょくやっていこうと思う。先週試した新ネタ「現在の竹下竜司」は、完全にスベってしまったので、あれよりは今日の新ネタの方がいい。「現在の竹下竜司」のモノマネに関しては、わざわざ本物そっくりの白髪《しらが》交じりのカツラを一万円近くかけて買ったのに、現在の竹下竜司を知っている客がいなかったため、全然ウケなかったのだ。まあ、そうなることを予測できなかった浩樹が悪いのだが。

このようなモノマネショーで披露《ひろう》するネタは、家でたっぷり考えて、始球式の何倍もの労力をかけているのに、ギャラは始球式の一割未満だ。まあ仕方ない。舞台一本のギャラなんてせいぜい数千円。新人時代は数百円の時もあった。数分の出番で五万円以上もらえる始球式が著《いちじる》しく高いのだ。

楽屋に戻った浩樹に、ジョナサン後藤《ごとう》が声をかけてきた。

「お疲れ～っす」

ジョナサン後藤は、浩樹とほぼ同期で、国立大学の理学部を卒業したエリートなのに、何を間違ったのかモノマネ芸人になってしまった変わり者だ。アーティストの歌マネから芸人のトークのモノマネまで豊富なレパートリーがあるが、残念ながら突出してウケる持ちネタはなく、本人も「俺のモノマネは器用貧乏」と自嘲《じちょう》している。

「今日、始球式だったんだっけ？」

「うん、そう」浩樹がうなずいて苦笑する。「始球式のがウケたわ」

「まあ、あっちの客は数万人だもんな。こっちはせいぜい百人……もいないか、今日は」

「あ、マネ下さんの始球式の動画、もう上がってますよ」

そう言ってスマホを差し出してきたのは、ぷく山雅治《やままさはる》。小太りなのに福山《ふくやま》雅治のモノマネをする芸人だ。声は福山雅治にかなり似ているものの、見た目が全然似ていないという致命的な欠点を抱えているため、ケンドーコバヤシや麒麟《きりん》の川島明《かわしまあきら》など、低音美声の他の芸能人の声マネもやっている。実家が目黒《めぐろ》区にある元寿司屋で、三十歳を過ぎて未《いま》だに実家住まいだ。

ぷく山のスマホの画面で、二時間ほど前の浩樹の始球式の様子が再生される。観客がスマホで撮ってＹｏｕＴｕｂｅに上げたらしく、アナウンスの声もはっきりとは聞こえず、手ブレもあってあまり上手には撮れていないが、それでも浩樹がマウンドで大袈裟なモノマネをするたびに観客がどっと笑っている様子は分かった。

「さすがマネ下さん、今日もウケましたね～」

動画を見終わり、ぷく山が浩樹をおだててきた。

「いいよなあ、始球式」ジョナサン後藤が羨《うらや》む。「こんな仕事がいっぱいあれば、そりゃ芸人だけで食っていけるよな」

「えっ、マネ下って食えてんの？　バイトしてないの？」

近くで着替えていた、先輩歌マネ芸人のクワガタ佳祐《けいすけ》が、驚いた様子で尋《たず》ねてきた。

「あ、ええ、まあ……」浩樹は遠慮がちにうなずく。

「すっげえ！　いいなあ～」

クワガタ佳祐が、ネタ中に「原坊《はらぼう》～」と叫ぶ時と同じ声で、心底羨ましそうに言った。芸人にとって、バイトをせずに芸だけで食べていくことは大きな目標だ。浩樹も、マネ下竜司としての仕事が増えてバイトを辞められた時は、万感の思いだった。

「やっぱ野球モノマネはいいですよ。呼ぶ側が金持ってるから」ジョナサン後藤が、浩樹を親指で指しながら言った。

「だよな～。だってマネ下って持ちネタ一人だけでしょ？」クワガタ佳祐が尋ねてくる。

「ええ、はい」浩樹は苦笑しながらうなずく。

「頑張《がんば》って持ちネタ増やすの、馬鹿馬鹿しくなっちゃうよ」

ジョナサン後藤の言葉に、クワガタ佳祐も「たしかに」と笑いながらうなずいた。

「まあ、食えてるって言っても、マジでギリギリですからね。家賃五万のアパートで、なんとか生活できてるってだけですから」浩樹が謙遜《けんそん》する。

「でも羨ましいよ～。俺もいつか警備のバイト辞めて食えるようになりてえよ」

「俺も、いつか芸人だけで大金稼いで、パチンコ打ちまくりたいです」

クワガタ佳祐とジョナサン後藤が、切実な表情で言った。

それを聞いて、浩樹は心の中でそっと、後ろめたさを抱えていた――。

実際は、浩樹の生活は「マジでギリギリ」なんかではない。結構余裕があるぐらいだ。アパートも「家賃五万」というのは嘘で、本当は管理費込みで六万円だし、その気になればもっと高い部屋にも引っ越せるだろう。ただ、将来を考えて、安めの部屋に住んで貯金に励んでいるだけだ。その貯金額も、この楽屋では言わない方がいいぐらい、すでに六百万円以上貯まっている。

竹下竜司のモノマネたった一つで、なぜここまで稼げるのか。理由は、さっきジョナサン後藤が言った通り「呼ぶ側が金持ってるから」ということに尽きる。

平成の名投手、竹下竜司のモノマネで喜ぶ客というのは、現在四十代から七十代ぐらいの男性が大半だ。まさに「金持ってる」層なのだ。日本一の人気球団である東京エレファンツ関連のイベントの他に、エレファンツファンの社長の企業のイベントなどに呼ばれれば、一回の出番で十万円以上のギャラがもらえることも珍しくない。

さらに、竹下竜司が東京エレファンツからメジャーリーグを経て、最後に名古屋ユニコーンズでちょっと活躍してから引退してくれたことも、浩樹にとっては幸運だった。ユニコーンズは、竹下竜司がリリーフピッチャーとして最後の輝きを見せた年以降、ずっとリーグ優勝から遠ざかっているため、未だにファンの心に竹下竜司の記憶が鮮やかに残っている。そんな名古屋には、結婚式やイベントに大金を使う地域性があるので、ユニコーンズファンの中年以上の男性が、マネ下竜司を名古屋の各種イベントに呼んでくれることが年に数回あるのだ。たった年数回と思うなかれ。その数回というのは、一回につき何十万円、運がよければ百万円近くという、東京以上の高水準のギャラがもらえるボーナスイベントなのだ。それに備えて浩樹は、「MANESHITA」とプリントされた名古屋ユニコーンズのユニフォームも、家にちゃんと置いてある。

その他に、ギャラ数万円の地方営業などもあるし、テレビのモノマネ番組やバラエティ番組にも、月に数回程度は呼んでもらえる。モノマネ番組でも長くて数分、その他のバラエティ番組だと数十秒程度の、ただ一笑い取るだけのワンポイントリリーフ的な役回りが多いが、それでも合計すればそこそこの収入になる。もろもろ積み重なった結果、浩樹はここ何年か、年収五百万円前後をコンスタントに稼げているのだ。

この収入は、同世代の堅気《かたぎ》の職業と比べても悪くない方だろう。まして、モノマネのレパートリーがたった一つで、週に二、三日は必ず休日があってこの収入というのは、同業者だけでなく一般人からも羨まれるほどの、相当幸運な部類に入るはずだ。

「ていうか、竹下本人から怒られたりしないの？　さすがにもう本人も知ってるだろ」

クワガタ佳祐が、少々やっかみも入ったような口調で言ったが、浩樹より先にジョナサン後藤が答えた。

「それがなんと、ご本人も公認なんですよ」

「マジか！」クワガタ佳祐が目を丸くする。

「ええ、ありがたいことに」浩樹ははにかんでうなずく。

「僕なんかたぶん、福山さんご本人に知られてもいないですよ」ぷく山雅治が嘆《なげ》いた。

「でも、前に噂《うわさ》で聞いたことあるけどな。竹下がまだ現役だった頃に、竹下のモノマネした芸人が本人に怒られたって」クワガタ佳祐が言った。

「実は、僕も聞いたことあるんです。でも僕は大丈夫だったんですよ」

昔、竹下竜司の現役時代に、竹下のマネをして本人から怒られた芸人がいたらしい、という噂は、浩樹も何度か耳にしたことがあった。しかし、怒られた芸人が誰だったのかといった具体的なことまでは分からない。あくまでも風の噂だ。

「まあ、噂が本当かどうか分かんないけど、本当だとしたら、あの人も現役引退して丸くなったってことかな」ジョナサン後藤が腕組みして言った。

「とにかく羨ましいわ。何かないかな〜、一発でブレイクできるような新ネタ」

クワガタ佳祐が天を仰《あお》ぎながら言った。

「そんな簡単に見つかるなら、みんなやってますよ」ジョナサン後藤が苦笑する。

「でもマネ下は見つけちゃったんだもんな～」クワガタ佳祐が羨ましげに言う。

「いや、本当に……ただラッキーだっただけです」

浩樹は恐縮して答える。顔も体格も浩樹に似ていて、投球フォームや試合中の振る舞いも特徴的な、記録にも記憶にも残る名選手だったのに、たまたまモノマネする人が不在だった竹下竜司という枠にポンと飛び込むことができた。浩樹の成功の要因はそれに尽きる。過去に本人から怒られたモノマネ芸人がいたという噂が本当なら、なぜか浩樹は許されたという幸運も重なっていたことになる。とにかく、つくづく運がよかったのだ。

そこに、さっきまでステージに出ていた女性モノマネ芸人、飯山《いいやま》カリンが戻ってきた。

「お疲れ様で～す」

「お疲れ～」クワガタ佳祐が、すぐに飯山カリンにも言った。「ねえねえ、カリンちゃん知ってた？　マネ下って、芸人だけで食えてるんだって」

「え、そうなんですか？　マネ下さんすご～い」

飯山カリンが、浩樹を見て目を丸くする。浩樹は苦笑するしかない。

「今日も始球式行ってきたんだってよ」とクワガタ佳祐。

「私も投げたいですよ～、始球式」

「カリンちゃんだったら、誰で投げるのがいいかな。石川《いしかわ》さゆりか、あいみょんか」

飯山カリンも、特に歌マネのレパートリーが豊富なモノマネ芸人だ。

「たしかに、本物を呼ぶよりはだいぶギャラは安くて済みますね」ぷく山雅治が言った。

「何その言い方～。まあ当たってるけど」飯山カリンが頰《ほお》を膨《ふく》らます。

そのやりとりを聞いて浩樹は、裏事情を披露してやった。

「あ、でもね、始球式にプロモーションで来る有名人っていうのは、実はほとんどがノーギャラなんだよ」

「え、そうなんですか？」ぷく山雅治が驚いた。

「じゃあ、マネ下もノーギャラなの？」クワガタ佳祐が尋ねてくる。

「いや、僕はちゃんともらえます。僕は一応、何かの宣伝とかじゃなくて、ネタをやって観客を盛り上げるっていう仕事なんで」

「なるほどね。たしかに、すぐ投げて帰るだけのアイドルのおねえちゃんとかは、ギャラもらえるほどの仕事はしてないよな」

ジョナサン後藤がうなずく。浩樹はさらに始球式の裏話を披露する。

「あと、ああいう女性アイドルとか女優とかの始球式で、キャッチャーまでノーバウンドで届いた時、ネットニュースの見出しでよく『女優の誰々、ノーバン始球式』みたいに書かれるんですけど、実はあれって、世の男たちが『ノーバン』を『ノーパン』と勘違いしてクリックするのを狙ってるんですよ」

「ええっ、マジで⁉」

「そうなんですか？」

ジョナサン後藤とぷく山雅治が、揃《そろ》って驚いた。

「あ〜、俺も一回『えっ、ノーパン？』って思って、そういう記事読んで『なんだ、ノーバンか』ってガッカリした記憶あるわ！」クワガタ佳祐が額《ひたい》を押さえる。

「まんまと術中にはまってたんですよ。ああいうのは閲覧《えつらん》数が多いほど記事の広告収入が増える仕組みらしいんで、ネットニュースの記者がわざとやってるんですよ」

浩樹が解説すると、クワガタ佳祐は「くそ、はめられた！」と大袈裟に頭を抱えた。

「だから、始球式に来た若い女性タレントがノーバウンドで投げると、記者はみんな喜ぶらしいですよ。これで見出しに『ノーバン』って書けるぞ、って」

「そうなんですね〜、知らなかった」飯山カリンが笑顔であいづちを打つ。

「たしかに、別に嘘を書いてるわけじゃないもんな。本当のことを書いて、エロい読者が勝手に勘違いしてるだけなんだから、やってることは全部合法だもんな」

ジョナサン後藤がうなずいた後、ふと浩樹に言った。

「でもマネ下は、ちゃんとノーバンで投げてるのに、見出しにしてもらえないな」

「そりゃそうだよ。俺の『ノーバン始球式』っていう見出しを見て、『え、マネ下竜司がノーパンで投げたの?』って興奮して記事を読んじゃう奴なんて一人もいないんだから」

「じゃ、マネ下さあ、今度始球式があったら、本当にノーパンで行ってみろよ」

「なんでだよ! 嫌だよ」

「そうだよ。ノーパンで行って、投げてる途中にズボン下げてチンコ出してみろよ」クワガタ佳祐も茶化してきた。

「それいいですね。そうすれば『マネ下竜司、本当にノーパン始球式』っていう見出しで、トップニュースになるぞ」ジョナサン後藤が笑う。

「トップになるけど捕まるんだよ! 捕まって芸人引退なんだよ」浩樹がツッコミを入れる。「あと、その場合の見出しは『マネ下竜司逮捕　始球式でまさかの下半身露出』とかになるんだよ」

「アハハ、たしかに、もはや『ノーパン』とは書かれないな」ジョナサン後藤が手を叩いて笑う。「『前代未聞《ぜんだいみもん》の大奇行』とか、『マネ下竜司、薬物使用か?』とかだろうな」

「まあ、いいじゃねえか、そうやって伝説作って引退したって。今までさんざん稼いだんだからよお」クワガタ佳祐が言った。

「だから、そこまで稼いでないんですよ!」浩樹がツッコむ。

そんな馬鹿話を交わしていた楽屋に、多部未華子《たべみかこ》を筆頭に女優のモノマネを得意とする、ふくよかな体型の女芸人、多部すぎ未華子がやって来て、浩樹たちに告げた。

「みなさん、そろそろエンディングで～す」

「ああ、はいはい」

浩樹たちはぞろぞろと舞台に向かう。

「多部すぎ、お前また太ったろ」

クワガタ佳祐が、今や文句なしのセクハラとされる言葉を吐いたが、多部すぎ未華子は笑って返した。

「芸のためですよ～。ほら私、太ってないと普通に可愛《かわい》くなっちゃって、面白いモノマネにならないから～」

「バカ、どこがだよ！」

せいぜい五分から十分程度の出番以外は、楽屋でこんな話ばかりしているのだから、たとえ数千円でもギャラがもらえるだけありがたいと思うべきだろう。

2

「お疲れっした～」

出番を終えた浩樹たちは、モノマネパブの裏口から新宿歌舞伎町《かぶきちょう》の路地に出て、そこから靖国《やすくに》通りへと歩いた。

「ぷく山、今日は車じゃないのか?」

ジョナサン後藤がぷく山雅治に声をかけると、ぷく山は苦笑して答えた。

「いや、いつも車で来てるわけじゃないっすよ」

ぷく山雅治の実家は元寿司屋なのだが、未だに寿司屋のロゴが入った配達用の軽ワゴン車を持っていて、それが芸人仲間に重宝《ちょうほう》されている。ぷく山と一緒に東京近郊の営業に呼ばれた時は、衣装や小道具を持って電車移動するのが面倒なので、ぷく山に一人二百円払って車で運んでもらうのが恒例になっている。

「あ、カリンちゃん、飲み行く?」

クワガタ佳祐が声をかけたが、飯山カリンは首を振った。

「ああ、ごめんなさい。今日はこの後バイトあって」

「多部すぎは?」

「私もこの後、ホステスの仕事です。中野《なかの》のぽっちゃりガールズバーの」

多部すぎ未華子が、菓子パンを頰張って歩きながら答えた。

「よかったら今からお店来ます? この時間だとちょっと高いですけど」

「行かねえよ~、なんで高い金払ってデブと飲まなきゃいけねえんだよ」

「高い金払ってデブと飲みたい人が、意外とたくさんいるんです~」

「ちくしょう、多部すぎも来れないんじゃ、女っ気《け》なしかよ」

クワガタ佳祐が苦笑した後、浩樹を見た。

「あ、マネ下は？」

「ああ、俺はちょっと、明日朝早いんですよ」浩樹が顔をしかめて断った。

「へえ、テレビ？」ジョナサン後藤が尋ねてくる。

「うん。まあ、また何時間も待たされて、一笑いのために一瞬出るだけだろうけど」

「それだけの仕事でも、あるだけ羨ましいよ」

ジョナサン後藤がため息まじりに言った。ぷく山雅治も「本当ですよ〜」とうなずく。

「くそ、始球式でチンコ出して引退しろバカ！」クワガタ佳祐が浩樹に叫んだ。

「嫌ですよ！」浩樹が笑って返す。

「じゃ、野郎だけでちょっと飲むか。適当に店探そう」

クワガタ佳祐が言うと、ジョナサン後藤とぷく山雅治がついて行った。

「じゃ、お疲れ様で〜す」

「お疲れ〜っす」

靖国通りを渡る歩行者用信号が青になったところで、別れの挨拶を交わして解散となった。みんなJR新宿駅の方へ歩いて行く。西武《せいぶ》新宿線の沼袋《ぬまぶくろ》駅が最寄《もよ》りの浩樹は、新宿のモノマネショーの帰りはいつも少数派だ。JR新宿駅と西武新宿駅は徒歩数分の距離があり、それを初めて知った時に「新宿駅同士でつながってるのかと思ったらこんなに離れてるの⁉」と驚くというのは、上京したての人のあるあるネタだ。

浩樹は歩き出す。しばらく歩いたところで、飯山カリンが付いてくる。

そして、靖国通りの向こう側の雑踏《ざっとう》に芸人仲間たちが紛《まぎ》れたのを確認してから、飯山カリンが言った。

「始球式の、ノーバンとノーパンのあの話、やっぱりみんな食いついてたね」

「あれは絶対人に話したくなるよな」浩樹は微笑んでうなずく。「俺も始球式の時にスタッフさんに聞いて以来、いろんな人に話してるんだから」

「私も、初めて聞いたふりしちゃった」飯山カリンが悪戯《いたずら》っぽく笑ってから尋ねてきた。

「今日、行っていいよね？」

「うん、もちろん」浩樹がうなずく。

「さっきの、朝早いっていうのは……」

「ああ、もちろん嘘だよ」

「やっぱりね。私のバイトも嘘」

「そこまで忙しくないよ、俺も」

「知ってる」飯山カリンが笑顔を近付けてくる。「でも、芸人だけでご飯食べてるもんね。すごいよヒロ君は」

「運がよかっただけだよ」

話しながら、自然と二人で手をつないで、西武新宿駅の中へと歩く。

浩樹が飯山カリンと付き合っていることは、他の芸人には内緒にしている。彼女の本名は飯山果凜《かりん》。浩樹は楽屋などでは「カリンちゃん」、二人きりの時は「果凜」と呼んでいる。果凜も浩樹を、他の芸人たちの前では「マネ下さん」、二人の時は「ヒロ君」と呼ぶ。浩樹の方が二歳上で芸歴も一年長いので、他の芸人の前では果凜が敬語を使う。

浩樹は西武新宿駅から五駅目の沼袋駅、果凜はそこからさらに五駅先の井荻《いおぎ》駅が最寄りだ。歌舞伎町のモノマネパブの出番の後、二人で帰ることが多くなり、話す機会が増えるうちに自然と親しくなって付き合うようになった。告白してきたのは果凜の方だったが、その頃には浩樹も付き合いたいと思っていた。

今では、週の半分ぐらい、果凜が浩樹の部屋に来るようになっている。果凜の部屋は、浩樹の部屋より一回り狭い格安アパートだし、沼袋の方が主なモノマネパブや劇場に近いので、もっぱら果凜が浩樹の部屋に通う、半同棲《はんどうせい》と言っていい状態だ。

今夜もこれから二人で浩樹のアパートに帰り、軽く何か食べてからシャワーを浴びて、そしてむふふ……と、果凜と右手をつなぎながら、顔がにやけるのを抑《おさ》えつつ想像していた時、ふいに浩樹の左ポケットのスマホが振動した。浩樹は左手でスマホを取り出す。

画面を見ると、ＬＩＮＥの通知が来ていた。「りゅうじ」からだ。

あ、これはもしかして――。おそるおそる画面をタップする。

『ちょっとうちこれるか』

平仮名《ひらがな》が多く、漢字変換しようともしていない、いつも通りのLINEが来ていた。

「ああ……悪い、呼ばれた」

浩樹は、小さくため息をつきつつ、果凜にスマホの画面を見せた。

「あ……そっか、じゃあしようがないね」

果凜も、少し悲しそうな表情を浮かべたが、すぐに笑みに変えた。「断っちゃおうよ」なんてことは言わない。モノマネ芸人なら全員が、これがどれだけ重要な相手か分かる。

「じゃ、合鍵で入ってるね」果凜が言った。

「なるべく早く帰れるようにする」

浩樹は本心から言ったが、果凜は笑顔で首を振る。

「いいよ無理しなくて。それよりも怒らせたりしないようにね」

「大丈夫だよ」

恋人との時間を奪われた不満を、相手の前で出すようなことがあってはならない。もちろん、そんなヘマは今まで一度もしたことはないが。

「じゃあ、またね」

「うん」

手を振り合って果凜と別れる。改札を通る前だったので、浩樹は踵《きびす》を返して西武新宿駅を出て、地下鉄の東京メトロ新宿駅へ向かう。帰りはタクシーになるだろうが、タクシー代は必ず出る。

階段で地下に下り、音声入力をフリック入力で手直しして「りゅうじ」に返信する。

『すぐ向かわせていただきます！　たぶん23時半頃に着きます』

すぐに既読《きどく》が付き、返信が来た。『まってる』という文字と、ウイスキーボトルの写真だった。歩きスマホで返信する。

『ありがとうございます！　うかがいます！』

こうして、今夜は恋人の果凛とまったり過ごす予定が変更となり、りゅうじ――竹下竜司の太鼓《たいこ》持ちをすることとなった。後ろ髪を引かれる思いはあったが、これぱっかりは、どんな私用よりも優先しなければならない。

3

竹下竜司。一九七二年四月九日生まれ。高校三年生の夏の甲子園《こうしえん》で、無名のダークホースだった静岡栄星《しずおかえいせい》高校のエースとして決勝まで投げ抜き、惜しくも優勝は逃《のが》したものの、甲子園のスターとして脚光を浴びる。その年のドラフト会議で三球団から一位指名を受け、くじ引きの結果、東京エレファンツに入団。独特のサイドスローから繰り出す一五〇キロ近い速球とキレのある変化球を武器に、二年目から活躍。新人王を獲得後、リーグ最多勝と奪三振王を二回ずつ獲得。エレファンツの絶対的エースとして君臨《くんりん》する。二〇〇二年からアメリカに渡り、二桁勝利が三回と、メジャーに挑戦した歴代日本人投手の中でも上々の好成績を残す。だが二〇〇七年に肘の手術を受けてからは球威が落ち、リリーフに回る。また、その時期からどんどん太り出す。本人いわく「手術とリハビリのストレスで、動けてないのに手術前より食べちゃったから」らしい。

二〇〇九年に日本球界に復帰。古巣の東京エレファンツからオファーはなかったため、名古屋ユニコーンズに入る。もう全盛期は過ぎたと思われていたが、ユニコーンズで中継《なかつ》ぎ投手としてもう一花咲かせ、二〇一〇年にはリーグ優勝に貢献《こうけん》。その後、また肘の状態が悪化し、二〇一二年に四十歳で現役を引退。日米通算一九三勝一四一敗十六セーブ。引退の翌年から名古屋ユニコーンズ、さらに翌年は東京エレファンツで投手コーチを務めるも、どちらも一年で退任。

——これが、竹下竜司の主な経歴だ。浩樹はマネ下竜司として、すべて頭に叩き込んであるし、竹下竜司に関するクイズなら誰にも負けない自信がある。実際にフジテレビの『99人の壁《かべ》』に、得意ジャンル「竹下竜司」で出演し、見事に全問正解して賞金百万円を獲得したこともあるぐらいだ。

竹下竜司は現役時代、「鬼」「気合」「魂」といった枕詞《まくらことば》が付けられる感情むき出しのプレーが愛された。三振を取れば雄叫びを上げ、審判の判定に不満があれば大声で文句を言った。球審に暴言を吐いて退場処分になったことも、デッドボールを当てた相手と乱闘になったことも一度や二度ではない。助っ人外国人選手にデッドボールを当てた後、怒って突進してきた相手に一歩も引かず、マウンド上で総合格闘技さながらの取っ組み合いを演じたシーンは、今でも『珍《ちん》プレー好《こう》プレー』で必ず放送されるほどだ。まさに竹下竜司は、記録にも記憶にも残る平成の名投手だった。

ただ残念ながら、竹下竜司の気性の荒さは、グラウンドだけでなく私生活でも発揮されてしまった。本来、彼ほどの成績を残していれば、引退後に指導者や解説者として引く手数多《あまた》だっただろう。しかし、かつて所属したチームで投手コーチを相次《あいつ》いでクビになり、現在実質的に無職となっているのは、ひとえに彼の性格が原因だ。選手やチームスタッフと口喧嘩《くちげんか》どころか取っ組み合いにまでなったのが一度や二度ではないらしいし、浩樹が始球式で球場を訪れた際「マネ下さんは、モノマネは竹下竜司にそっくりだけど、裏での好感度は本人と真逆だよね」的なことを関係者に言われたのも一度や二度ではない。たしか今日も、ベテラン球場スタッフの太田に言われた。

おまけに竹下竜司は、酒癖も女癖も悪い。現役時代から、キャバクラで酔って暴れたり不倫《ふりん》スキャンダルを起こしたり、何度かマスコミ沙汰《ざた》になったたし、今の妻も二人目だ。ちなみに今の妻の真穂《まほ》は、看護師から転身したという経歴でデビュー当初話題になった、元グラビアアイドルのMAHOで、今もタレントとして時々BSの旅番組などに出ている。真穂は浩樹よりは年上だが、夫の竜司よりは一回り以上年下で、夫婦の間に子供はない。そんな妻がいるのに、どうやら竜司は、今もちょこちょこ女遊びをしているらしい。

このように、傍若無人《ぼうじやくぶじん》で厄介者《やつかいもの》の竹下竜司だが、なぜか浩樹の「マネ下竜司」としての活動は、快く許してくれたのだ。

さて、浩樹の半生はというと、竹下竜司が日本球界に復帰し名古屋ユニコーンズに入った年に、茨城県の実家を出て東京の二流私立大学に進学し、そこで演劇と出会い、まるで熱に浮かされたように芝居こそ自分の生きる道だと盲信《もうしん》してしまった。大学の演劇サークルが母体の劇団で芝居にのめり込み、ついには単位が足りず大学を中退し、両親から勘当《かんどう》されたのが二十一歳の時。それから芝居と引っ越し屋のバイトに明け暮れる日々を送ったものの、鳴かず飛ばずのまま二十代後半に入り、座長が金を持ち逃げしたことによって劇団の解散が決まった時は、絶望のどん底に突き落とされた。

ちなみにその座長というのは、ロバート・デ・ニーロをもじって路鳩伝郎《ろばとでんろう》という、今思えばモノマネ芸人のようなふざけた芸名の男だったのだが、彼はデ・ニーロに心酔《しんすい》していただけあって役作りには人一倍うるさく、「芝居ってのは感情移入が何よりも大事なんだ。役作りの時は、稽古《けいこ》や本番以外もずっと、演じる役柄に本気で没頭するんだ」と常々偉《えら》そうに語っていた。そんな座長の、活動資金を持ち逃げして自らの劇団をつぶすという愚行《ぐこう》には、団員は誰一人として感情移入できなかったのだが。

すべてを捧《ささ》げた劇団が消滅してしまい、茫然《ぼうぜん》自失《じしつ》の日々を送っていた浩樹だったが、その運命を一変させたのは、役者仲間に紹介されたモノマネ番組のオーディションだった。

「関野さあ、竹下のモノマネで、このオーディション出てみろよ。このまま何もしないよりはマシだろ？」

実は浩樹は、劇団時代に一度、竹下竜司のモノマネを披露したことがあった。子供の頃から何度か友達に「関野ってピッチャーの竹下に似てるよな」と言われるほど元々の顔が似ていたし、劇団に入ってダンスやアクションもできるよう体を鍛《きた》えたところ、まだ太る前の竹下竜司と、怒り肩の体型までそっくりになった。身長も竹下竜司が一七八センチで浩樹が一七五センチと、さほど変わらない。それを生かして、舞台のギャグシーンで竹下竜司のモノマネを披露したところ、観客にかなりウケたのだった。独特の投球フォームを真似る技術も、ダンスの稽古を受けた経験によって培《つちか》われていた。

浩樹は、これでダメなら芸能活動を辞めるという決意で、竹下竜司のかつての試合映像をＹｏｕＴｕｂｅで徹底的に研究してモノマネを磨《みが》き、臨んだオーディションで見事合格。番組本番で披露したモノマネも大いにウケて、その本番終了後に、現在の所属事務所にスカウトされた。それから「マネ下竜司」を芸名にして、竹下竜司のモノマネ一本で生きてきたのだ。

そんな浩樹の仕事が徐々に増えてきていた頃、竹下竜司本人と対面する機会が突然訪れた。先輩芸人に連れて行ってもらった飲み屋で「お前か、俺のモノマネしてる奴は」と突然背後から声をかけられ、振り向くとまさに竹下竜司本人がいたのだ。てっきりドッキリか何かかと思ったが、本当に偶然だった。

怒られる、下手したら殴られる——とまで覚悟したが、竹下竜司は「お前似てるよなあ」と機嫌よく言って、浩樹のモノマネを快くOKしてくれた。その日のうちに浩樹は竹下竜司とLINEを交換し、付き合いは現在にまで至る。

のちに、浩樹がその時のことを人に話したところ、野球関係者にもモノマネ芸人の先輩にも一様に驚かれた。「実は竹下竜司の現役時代、先輩モノマネ芸人が本人に激怒されたことがあるらしい」という噂を聞いたのも、その頃だった。本人に会う前にその噂を聞いていなくて本当によかった。聞いていたらモノマネを続ける勇気が出なかったかもしれないし、最初に対面した時にビビりすぎて失禁してしまったかもしれない。

そして今や、こうして竹下竜司に飲みに誘われるほどの関係を築いているのだ。つくづく自分は幸運だったと、浩樹は改めて思う。

地下鉄の東京メトロ丸《まる》ノ内《うち》線で新宿駅から霞《かすみ》ケ《が》関《せき》駅へ行き、日比谷《ひびや》線に乗り換えて、竹下邸の最寄りの広尾《ひろお》駅で降りる。実は新宿〜広尾間は、JRで恵比寿《えびす》まで行って、そこから東京メトロ日比谷線に乗り換えるのが最短ルートで、その方が十分以上早く着くのだが、ＪＲから東京メトロに乗り換える分、運賃が百何十円か高くなってしまう。竹下竜司は自分で切符を買って電車に乗った経験が高校時代以来ほぼないと言っていたので、浩樹が交通費をケチって少し遠回りしていることはバレやしない。

浩樹は広尾駅から走って、深夜の麻布《あざぶ》の高級住宅街を駆け抜ける。エレファンツ時代のまだ太る前の竹下竜司に似せるため、体型維持のトレーニングは欠かしていないので、走るのは得意だし、これもトレーニングの一環だ。

竹下邸に着き、チャイムを鳴らす。浩樹のアパートのような「ピンポーン」とは違う、チャイムの音までセレブ仕様の「シャンファーン」みたいな音だ。

「おお、遅えぞ、入れ」

インターフォンから竹下竜司の声が聞こえてきた。

「すいません、遅くなりました～」

インターフォンがブツッと切られた音を聞いてから、浩樹はそっとスマホを見る。時刻は二十三時二十七分。新宿からＬＩＮＥで伝えた二十三時半より早く着いているが、口答えなどできるはずがない。

門が自動で開く。広い庭を抜け、周囲と比べても特に豪邸といえる家の玄関まで歩く。年に数回業者が入って整備するという、きれいな芝生が広がった庭の一角には、小さな畑が作ってある。田舎だったら、この程度の広さの庭に家庭菜園がある光景はさほど珍しくないが、ここは国内トップクラスの地価の港《みなと》区なのだ。この超高級な土地に畑を作って、どこで育てても同じ味になるであろう野菜を育てるという、とっても贅沢《ぜいたく》な趣味を、竹下夫妻はここ二年ほどたしなんでいる。もっとも主導しているのは妻の真穂で、竜司は少し手伝うだけらしいが、それでも今の竜司にとっては数少ない運動の機会のようだ。

玄関のドアを開けると、部屋着のスウェット姿の竹下竜司が待ち構えていた。

「お邪魔《じやま》します」

「邪魔だバカヤロー」

「ああ、じゃあ失礼します」浩樹が踵を返そうとする。

「バカ」

まるで中高生の先輩後輩のようなやりとりで、竹下竜司が笑う。同時にだらしなく垂れ下がった頬が揺れる。元の顔は似ているのだから、たぶん浩樹も年を取って不摂生《ふせつせい》を重ねれば、こんな顔になるのだろう。

竜司の体重は、現役時代を上回り、もう百キロを優に超えているらしい。それも筋肉が落ちて脂肪ばかりの百キロ超えだ。高血圧と動脈硬化が深刻で、医者から「このままではいつ大事に至ってもおかしくない」と注意されたと、竜司本人も妻の真穂も言っていたし、なのに全然気を付けるつもりがないと、竜司本人も真穂も言っていた。

と、そんな真穂の気配が、玄関から廊下に上がっても感じられない。いつもはよほど深夜以外だったら顔を出して「こんばんは〜、いらっしゃい」と、癒やし系グラビアアイドル出身の美しい顔とグラマラスな体で出迎えてくれるのだ。

「あれ、今日は奥様は……」

浩樹が尋ねると、竜司が尻を掻《か》きながら答えた。

「ロケだよ。いつものBSの旅番組だ。帰りはあさっての朝だってよ」

「ああ、そうでしたか」

「だから明日まで浮気し放題だ。まあ、真穂もスタッフと出来てるかもしれねえけどな」

「ハハハ、そんなことはないでしょ」

浩樹は竜司の軽口に調子を合わせたつもりだったが、竜司が鋭《するど》い目になった。

「あ？　どういうことだ。真穂にそこまでの魅力がないって言いたいのか？」

「あ、いえ、そういうことではなくて……」

どうやら竜司は、一人酒の影響か、ご機嫌斜《なな》めらしい。酔ってもまったく顔色が変わらないから厄介《やっかい》なのだ。浩樹は慌《あわ》てて取《と》り繕《つくろ》う。

「ほら、竜司さんにベタ惚《ぼ》れの真穂さんが、浮気なんてするわけないじゃないですか」

「ベタ惚れのわけねえだろ、こんなジジイに」

「でもほら、あっちのテクニックが」浩樹は腰をくいっくいっと動かしてみせる。「一回でも竜司さんに抱かれたら、他の男じゃ満足できないでしょう」

「ああ、そりゃそうだな、アッハッハ」

すぐに竜司の機嫌が直った。下ネタを言っておけばだいたい機嫌が直る。

それからいつも通り、リビングへ通される。ソファの前のテーブルに、ウイスキーのボトルと日本酒の一升瓶《いっしょうびん》、炭酸水のペットボトル、それに高級スーパーで買ったであろう、ナッツやチーズやチョコなどのつまみが散らかっている。そこで竜司が言った。

「飲んでたら、あれ食いたくなってよ。お前の得意な、ネギのやつ」

「ああ、はい。お作りしましょうか」浩樹が申し出る。

「頼むわ」

「ええ、お安い御用で」

以前、やはり今日のように竹下邸に呼ばれて一緒に飲んだ際、「マネ下は料理とかできるのか?」と言われたのがきっかけで、ネギの胡麻油《ごまあぶら》炒《いた》めを作ったことがあったのだ。そんなことのために夜中に呼んだんですか、なんて言う権利はもちろん浩樹にはない。

浩樹はキッチンへ行き、手を洗ってから冷蔵庫を開けた。ところがネギがない。常温保存のタマネギやジャガイモなどが置かれた一角にも見当たらなかった。

「あ……ネギがないですね。買ってきましょうか」

「時間かかるよな。……じゃあいいや、一緒に飲もう」竜司はあっさり方針転換した。

「よろしいですか、どうもすみません」

まあ、ネギがなかった時点で、ただ一緒に飲むだけという流れになるとは思っていた。正直そっちの方が浩樹も楽だ。別に浩樹を呼びつける理由は何でもよかったのだろう。

「ネギぐらい買っとけってんだよな。気の利《き》かない嫁だ」

竜司が言った。真穂が不在とはいえ同調するのもはばかられ、浩樹が丁重に返す。

「まあでも、何日もロケだったら、ネギはしなびちゃいますからね」

「ああ、そうなのか」

「ええ、ネギって、何日も置いといたら先っぽの緑のところが、ふにゃふにゃってしなびちゃうんです」

「ああ……お前のポコチンと一緒か」竜司がにやける。

「そうそうそう。僕のも先っぽの緑のところがふにゃふにゃ……ってならないですよ！ ていうか、先っぽが緑だったらまずそっちが大変ですよ！ とんでもない性病でしょ」

「ギャハハハ」

高校生レベルの下ネタで喜ぶし、ネギの保存方法なんて全然知らない。竹下竜司はずっとそんな世界で生きてきた男だ。野球しかしてこなかった人生で、自炊なんて一度もしたことはないのだろう。

浩樹はキッチンから自分の分のグラスを持って、竜司とともにリビングへ行く。キッチンを自由に使えるぐらいの関係性が、竹下夫妻との間にはできている。最高級の大型テレビの前に配置された、最高級の革張りソファに座った浩樹に、竜司がテーブルの上のウイスキーを差し出してくる。

「あ、ありがとうございます」

頭を下げて酒をついでもらった後、傍《かたわ》らの炭酸水を注《つ》いでハイボールにして、置いてあった飲みかけのグラスを持った竜司と乾杯する。竜司のグラスのウイスキーは、いつも通りストレートのようだ。

「テレビでも見るか」

竜司がテレビをつける。深夜のトークバラエティ番組が流れる。

「こいつら最近よく出てるな」竜司が画面を指して言った。

「ああ、去年のM‐1グランプリで優勝したコンビですね」浩樹が説明する。

「マネ下は出ねえのか、M‐1には」

「僕はまあ……一人では無理ですけど、誰かと組めば出られますね」

浩樹はふと思い立って、調子よく言ってみた。

「あ、よかったら竹下さん組みませんか？　コンビ名は『竹下マネ下』で」

「バカ言うな」竜司が鼻で笑う。

「話題にはなりますよ、間違いなく」

「冗談じゃねえよ、笑われたくねえよ今さら」竜司は、ふいに暗い目になって言った。「どうせ、どんなに面白い漫才やっても、それより今の俺がこんなに太ってるのを見て、みんな笑うんだろ」

「いやいや、そんな……」

竜司の自虐《じぎゃく》に「そうでしょうね」なんて返せるはずもなく、浩樹はどう取り繕うべきか瞬時に頭をフル回転させて、すぐ答えを出した。

「ていうか、『どんなに面白い漫才やっても』って、そもそも僕にそんな面白いネタは書けないですからね。一応、R‐1グランプリっていうピン芸人の大会にも出たことはあるんですけど、二回戦で落ちちゃいましたから」

「しょうがねえなお前は」

「もう、ただ竹下さんに似てるってことだけで生活させてもらえてますから、本当に助かってます、師匠」

「んははは」

竜司が笑顔になった。一瞬垣間《かいま》見《み》えた暗い眼差《まなざ》しはすぐ消えたようでよかった。

歓楽街に近い麻布に住み、毎晩豪遊しても使い切れないほどの貯金があるはずなのに、竜司は店で飲むことはめったになく、ほとんどが家飲みだ。外に出て人目に触れ、現役時代の輝いていた頃との落差をいじられたり笑われたりするのが、心底嫌いらしい。飲み屋でばったり会った初対面の頃は、まだ時々外に飲みに行っていたらしいが、その後ますます太ったり、コロナ禍《か》で外に飲みに行く機会もなくなったりで、今やほぼ外飲みはしなくなった。その結果、今の竜司はほぼ引きこもりの状態だ。おそらく日本の全引きこもりの中でトップの貯金額を誇っているだろう。

浩樹以外に、竜司がこうやって飲みに誘う友人は、今いるのだろうか。今夜のように浩樹が家に呼ばれて、夫婦以外の誰かが家にいたことは一度もない。でも「僕以外にこうやって飲む人はいるんですか？」なんて聞いたら「あんた俺以外に友達いないんじゃないの？」と言っているのと同義になってしまいかねないので、聞くに聞けない。

そうこうしているうちに、テレビのトーク番組は進んでいる。スタジオの芸人たちの中に、浩樹にとっては大先輩の有名モノマネ芸人、守山《もりやま》スグルがいる。浩樹の写真を見て「マネ下竜司」と名前を答えられる人なんて、せいぜい日本人全体の一割ぐらいだろうけど、守山スグルは、たぶん日本人の大半が顔を見ただけで名前を答えられる。モノマネ界ではトップスターと言ってもいい存在だ。

そんな守山スグルを指差して、ふいに竜司が言った。

「そういえば、あの守山なんとかって奴も昔、俺のモノマネしてたんだぞ」

「あ、そうなんですか？」浩樹は目を丸くした。

「だいぶ昔だよ。俺もまだ現役だったたし、守山もまだ若手で、今のお前より若かったたかな。あいつ『竹下竜司のモノマネやりま～す』とか言って、サイドスローで適当に投げるマネした後わ～って叫ぶだけで、すぐに『続きまして……』って別のモノマネやってよ。俺、それをたまたまテレビで見て、なんだこいつ馬鹿にしやがってって思ったんだよ。そしたら、そのちょっと後にエレファンツが優勝したんだよ。たしか俺が最多勝をとった年でもあったかな」

竜司は、酒をちびちび飲みながら語る。

「まあ今もそうだけど、エレファンツとニッポンテレビって、親会社が同じだから仲いいだろ。で、俺、優勝の特番のバラエティに呼ばれたんだよ。別に行きたかなかったけど、しつこく言われて断れなくてな。俺以外にも何人かの選手が呼ばれて椅子《いす》に座って並ばされて、チームの裏話とかした後、司会のアナウンサーが『実は今日、竹下選手にお会いしたいという方がいるんです』とか言って、そこで出てきたのが守山だったんだよ。あいつ、俺の前でもまた、馬鹿にしたようなモノマネしてよ。さすがに俺も頭にきて、ネタの途中で座ってた椅子をぶん投げて、そのまま帰ってやったんだよ」

竜司は笑いながら語っている。一方、浩樹の体は小さく震え出す。

「スタッフはみんな大慌てだったな。あの守山も慌てて俺に土下座してきてよ。プロデューサーだったか、偉い奴が『このコーナーは全部カットしますんで、どうか帰らないでください』って頼んできたんだけど、全部無視して帰ってやったよ。チームメイトも慌ててたな。『まあまあそんなに怒るな』って、あの時は吉田《よしだ》だったかなあ。俺のキャッチャーとして、試合中みたいになだめてきたけど、それも全部無視しちまったな」

まるで子供の頃の懐かしい思い出でも語るように、竜司は笑みを浮かべている。

「まあ、あの時は俺も若かったな。そのあとで守山が、エレファンツを通して俺宛てに、謝罪の手紙を書いてきたらしいけど、それも全部無視してたら、あいつはもう二度と俺のモノマネをやらなくなったな」

饒舌《じょうぜつ》に語っていた竜司が、浩樹の様子に気付いた。

「……ん、どうしたマネ下。具合でも悪いのか？」

「いや、あの……」浩樹は、震える声でおそるおそる言った。「その、僕の最近のモノマネに、何かお気に召さないところでもあったでしょうか」

「ん？」竜司はぽかんとした表情になった後、急に笑い出した。「あっ、もしかしてお前、俺が今の話から、遠回しにお前にキレるんじゃないかって思ったのか？」

「あ、え……違うんですか？」

「違うよバカ。お前に今さら怒るわけねえだろ」

「あ……ああ、よかった」浩樹は心の底から安堵した。

竜司が昔、自分のモノマネをした芸人に対して怒ったことがあるという噂は聞いたことがあったが、その詳細を本人が急に語り出したから、「俺は本来モノマネをされるのが嫌いだ」という意思表示から転じて、怒りの矛先を浩樹に向けてくるのではないか。そもそも浩樹が今夜呼ばれた本当の目的も、その怒りをぶつけることだったのではないか——といったことまで、浩樹は想像してしまったのだ。

「さっきのはただの思い出話だ。俺はマネ下のファンだよ。だからお前は、俺のモノマネを好きなようにどんどんやりゃいい」竜司は、浩樹の肩を叩いて笑った。「まずお前は、あいつと違ってちゃんと俺のことを研究しただろ。フォームをばっちり似せてるのは、俺は誰よりも分かったよ。現役時代さんざんビデオで撮って自分で見てたからな。ここまで似せてるってことは、こいつは俺のファンだし、俺に対してあの……あれがあるってのは伝わったよ。リスト……じゃない。リス、パ……」

「リスペクト、ですかね」浩樹がおそるおそる言う。

「ああ、そうそう、それだ」

竜司は笑ってうなずいた。アメリカで七年間プレーしていたはずなのに、中学レベルの英単語も知らないというのは、逆にすごいことかもしれない。

「まあ、ピッチャーのフォームってのは、血と汗の結晶だからな。特に俺は、プロのピッチャーにしては背も低い、球も日本じゃそこそこだったけどアメリカじゃ遅いぐらいで、それでもなんとか打たれないように、サイドスローの変則フォームを徹底的に研究したんだ。お前も知ってるだろうけど、一球ごとにタイミング変えたり、腕の振りを変えたり、球の出どころが見えづらいようにしてな」

竜司はまた酒を一口飲み、さらに語る。

「それを、あの守山って野郎は、ただ適当に横投げした後わ〜って叫ぶだけで、これがあなたのモノマネですって言ってよ。そりゃ腹も立つってんだよ。でも、それに比べてマネ下は、俺の努力の結晶をちゃんと再現してた。だからお前は本当によくやってるよ……って、なんで俺がお前のこと慰《なぐさ》めなきゃいけねえんだよ」

「あ、本当にそうですよね、ごめんなさい」浩樹はぺこぺこ頭を下げる。

「お前が変なところでビビるからだろ」

「でも……これは絶対今から怒られる流れだ、って思っちゃったんで」

「お前はもう俺の友達だ。友達にモノマネされたって別に怒らねえだろ?」

「ああ……友達なんて言っていただけて、本当に恐縮です。ありがとうございます」

浩樹は泣き笑いの表情で何度も頭を下げる。すると竜司が、にやけて言った。

「まあ、もし俺がお前に本気で怒るとしたら……お前が真穂と不倫でもした時かな。その時はぶっ殺すわ」

「絶対にしません！」浩樹は平身低頭する。

「まあでも、守山にブチ切れた時は、俺も若かったからな。もし引退した後にあいつのモノマネ見てたら、許してたかもな。……いや、でもやっぱり、あれには腹立ってたか」

竜司が笑いながらグラスのウイスキーを飲み干す。浩樹はすぐお酌《しゃく》する。竜司は小さくうなずいた後、なおも機嫌よさそうに語る。

「逆に、もし若い頃にマネ下のモノマネを見てたら、やっぱりちょっとは腹立ってたのかっていうと……まあ分かんねえな。あの頃の俺に聞いてみねえと」

「いやあ……僕が生まれるのが遅くてよかったです」浩樹はおずおずと言った。

「でも、守山の野郎も結局、俺のモノマネは封印したけど、今ああやってテレビ出てるわけだしな。で、マネ下もこうやって元気にやってるわけだし……。そうだよ。もし俺があの時守山を許してたら、お前は今ここにいなかったかもしれないし、あいつも他のモノマネをやって評価されたから、今があるのかもしれないよな。だから、俺が守山にキレたのはやっぱり正解だったんだよ。うん、そうだそうだ」

竜司は一人で勝手に納得したようで、何度も満足げにうなずいた。

「だからマネ下、あの時あいつにキレた俺に感謝しろよ」

「あ、はい、ありがとうございます」浩樹はうやうやしく頭を下げる。「で、そのあと僕にキレないでくださって、さらにありがとうございます!」

「アッハッハッハ」

竜司は機嫌よさそうに笑った。ご機嫌なら何よりだ。

そうこうしているうちに、さっきのトーク番組は終わり、別の番組が始まっていた。若い女性タレントが何人か出ている。

「お、あの白い服の女いいなあ」竜司が画面を指した。

「ああ、キレイですね」浩樹があいづちを打つ。

「やりてえなあ」

「いやいや、奥さんがいるじゃないですか」浩樹が笑う。「元癒やし系グラドルの、誰もが羨む奥さんですよ」

「でも、真穂も年だからな。若いのは格別だろ」竜司はいやらしい顔でテレビを見て語る。「ああいう女はまず、後ろからあの乳をぐっと鷲《わし》づかみにしてよ、そのあと……」

と、五十代とはとても思えないような男子中高生レベルの猥談《わいだん》に熱中する竜司に、浩樹は大袈裟に笑いながらあいづちを打ち続けた。その後、酔って饒舌になった竜司は「肘の靭帯《じんたい》再建のトミー・ジョン手術が大変だった」という話や、「あの監督は名将と呼ばれていたけど口臭がきつくて選手はみんな困っていた」という話、それに「あの選手は今の妻である女性アナウンサーとの結婚前にあのアイドルと二股《ふたまた》かけていた」という話まで、機嫌よさそうに披露した。浩樹は「へえ、マジっすか〜」と、それらの話を酔った竜司から過去に何度も聞いているなんてことはおくびにも出さず、まるで初めて聞いたかのようなリアクションで聞き続けた。そのうちに、気付けばすっかり真夜中になっていた。

「ああ、そろそろ眠くなってきたな」

竜司のその一言が出ると、お開きの合図だ。

「あ、じゃ、そろそろ……」

「ああ、そうだな」

「では、片付けますね」

小皿に残ったおつまみを食べきって、浩樹は空のグラスと小皿をキッチンへ持って行く。テーブルを拭いてから食器洗いをするのも、もう慣れたものだ。

手早く片付けを済ませてリビングに戻ると、いつものように竜司が待っていてくれた。

「じゃ、これで帰れ」

竜司が差し出したのは、明らかにタクシー代にしては多すぎる枚数の一万円札だ。竹下家には、妻の真穂が銀行で下ろしてきた一万円札の束が封筒に入れて置かれていて、竜司はいつもその束の中から無造作につかんで、浩樹に渡してくれるのだ。

「え、いいんですかこんなに？」

「深夜割増の分だ、取っとけ」

「でもこんなにもらったら、竹下さん、お金なくなっちゃうんじゃないかな……」

と、浩樹がわざとらしく心配そうに言ったところで、竜司が笑いながらツッコむ。

「いや、なくなるか！　メチャクチャ貯金あるわ！」

これが、タクシー代をもらう時に毎回やる二人のノリだ。浩樹は笑顔のまま、また一礼して札を財布にしまう。

「すいません、いつもありがとうございます……。では、今日はこれで、失礼します」

「またな」

「はい、またいつでも誘ってください！」

笑顔で丁寧《ていねい》に何度も頭を下げてから、浩樹は玄関へ行く。リビングのスイッチで玄関の鍵を操作できるので、竜司は見送りには来ない。

玄関を出て門を出たところで、浩樹は竹下家に向かって深く一礼する。家の中からこれが見えているのかは分からないが、浩樹は毎回やっている。

深夜の超高級住宅街を一人で歩く。人けがないのを確認してから、街灯の下で財布に入った一万円札を数えると、六枚あった。今日は元々財布に万札は入っていなかったので、三時間ほどの太鼓持ちで六万円稼いだことになる。今日あった始球式とモノマネショーという正式な仕事のギャラと比べても、このタクシー代が一番高い。

これがあるから、地方で泊まりの仕事だからどうしても無理、といった事情でもない限り、浩樹は竜司の誘いを断らないようにしている。今日はてっきり怒られると思ったけど大丈夫だったし、多少扱いづらいことはあっても、毎回こんな金額がもらえることを考えれば安いものだ。たまに竜司が酔いつぶれてしまうとタクシー代がもらえない日もあるが、それを差し引いても非常にありがたいし、浩樹の年収の何割かは、竜司からのタクシー代名目のお小遣《こづか》いが占めているのだ。新型コロナウイルスの流行当初、仕事が激減してしまった時なんて、竜司からのお小遣いで生活していた時期もあったぐらいだ。

モノマネ芸人が、モノマネの「ご本人」の有名人との間に、これほど蜜月《みつげつ》の関係を築いている例はほとんどないだろう。浩樹はつくづく、竜司ただ一人によって生かされているのだ。仕事では竹下竜司のモノマネのみで稼ぎ、プライベートでは竜司の太鼓持ちをして稼ぐ。まさに竹下竜司の扶養《ふよう》家族のような、もう少し悪い言い方をすればペットのような、さらに悪く言えば寄生虫のような生き方だ。


広尾駅近くでタクシーを拾い、「西武新宿線の沼袋駅までお願いします」と運転手に告げてから、果凛にLINEを送る。

『今から帰るね。もう寝てると思うけど』

それからしばらく、シートにもたれて微睡《まどろ》んでいた時に、スマホが振動した。浩樹はすぐにスマホを見る。

『今起きた。布団《ふとん》で待ってる』

最後にハートマークが付いている。浩樹は嬉《うれ》しくなって返信する。

『ごめん起こしちゃって』

『起きて待ちたかったからうれしい』また最後にハートマーク。

そんなLINEをしているうちに、気付けばタクシーは沼袋駅の手前まで来ていた。

「あ、ここでいいです」

浩樹は運転手に告げ、一万円札で料金を支払ってお釣りをもらって外に出た。竜司からもらったタクシー代を、本当にタクシー代として使うのはもったいない。ワンメーター分でも多く手元に残したい。浩樹は歩いてアパートに帰り、深夜なので忍び足で外階段を上り、そっと自室のドアの鍵を開けた。

「ただいま〜」

声を落として言うと、明かりの消えた暗い部屋から、果凜の声が返ってくる。

「おかえり〜」

「歯磨きとシャワーだけ済ませちゃうね」

浩樹は脱衣所兼洗面所に行き、歯磨きとシャワーと着替えをさっと済ませる。そしてすぐに、果凜の待つ布団の隣に自分の布団を敷く。果凜と半同棲するようになって、布団をもう一組買った。明かりをつけなくても、外の街灯の光で布団を敷くぐらいはできる。

「お待たせ」

「待ちくたびれた〜」

すぐに果凜はこちらの布団に入って抱きついてくる。

「でも、今日のタクシー代は当たりだったよ。始球式のギャラより高かった」

果凜の細身の体を抱きしめながら、浩樹は言った。

「マジで？　やったね」

「まあ、情けなくもなるけどな。俺の仕事って何なんだろうって」

「そんなの私たちの宿命じゃん。だって、人の真似で生きてるんだよ」

果凜は小声で笑いながら、浩樹の頬に唇《くちびる》を這《は》わせ、耳元でささやく。

「そんな湿っぽい話はやめよう」

「そうだな……。湿っぽいのは、ここだけで十分か」

浩樹がそう言って、果凜の股の間に手を差し入れる。

「やだ～、エッチ～」

果凜がそう言いながら、浩樹にキスしてくる。舌を絡《から》ませ合いながら、浩樹は果凜の小さな胸を愛撫《あいぶ》する。

「やだ、大きくなっちゃう～」果凜が言った。

「なるか～」浩樹がツッコむ。

「ちょっと、失礼なんですけど～」

二人の夜のいつものノリだ。

その後、浩樹と果凜はたっぷり愛し合った。深夜三時過ぎ。長い一日の締めくくりとしては最高だった。

# 4

浩樹と果凜は、昼前に二人で目覚めた。果凜は十三時からのスーパーのバイトと、夜のモノマネショーの出番もあったので、起きてすぐ支度《したく》を始めた。

「ちょっと持って行けば？」

浩樹は、竹下竜司に昨夜もらった六万円を財布から出したが、果凜は首を振った。

「いいの、それは貯めといて。私はバイトも楽しいし、困ってないから」

果凜は笑顔で言うと、「じゃ、またね」と手を振って、アパートを出て行った。浩樹は手を振り返して見送ったのち、小さくため息をついた。

もし昨日、竜司に呼び出されなければ、果凜と一晩中過ごせたのに……なんて考えてはいけない。それと引き換えの六万円だったのだ。マネ下竜司になる前は、六万円稼ぐのに半月はかかった。どれだけありがたい金額か身に染みて分かっている。

竹下竜司に全面的に依存《いぞん》した、決してプライドを持てない稼ぎ方だということにさえ目をつぶれば、今の浩樹には果凜を養っていくのにも十分な収入がある。二人とも三十歳を過ぎているし、そろそろ結婚を考えてもいい時期だろう。結婚について具体的な話が出たことはないが、プロポーズのタイミングも考えた方がいいのか、でも急に言ったらさすがに果凜にビックリされてしまうか……なんて一人で思案して「プロポーズ　タイミング」などとネットで検索することもあるぐらいだ。

浩樹はこの日、一日オフだった。衣装の洗濯をしたり録画したバラエティ番組を見たり筋トレしたりして過ごした後、近所の安い定食屋で夕飯を食べ、家に帰ってまたテレビを見ながら歯磨きしていたところに、竹下竜司から短文のＬＩＮＥが来た。

『いますぐきてくれ』

少し驚いた。二晩連続で呼ばれたのは初めてだったはずだ。

とはいえ、妻の真穂が旅番組のロケでいないから寂しいのだろうと浩樹は察した。多少の浮気心はあっても、竜司は真穂を愛しているようだし、夫婦二人の時間も大事にしているようなので、浩樹が呼ばれるのは多くても週に二回程度だった。今日はオフなので、二日連続で呼ばれてタクシー代という名のギャラがもらえるのは、むしろありがたい。この調子で一年間毎日呼んでもらえれば、タクシー代だけで郊外に家を建てられるだろう。

『はい、すぐ伺《うかが》います』

浩樹はＬＩＮＥを返信してすぐ家を出て、沼袋駅へと走った。駅に入り、新宿方面行きのホームで、スマホで乗り換え検索をする。沼袋から広尾への乗り換えは、今まで幾度となく検索しているので履歴《りれき》からすぐ出る。その到着時間を見て、広尾から竹下邸まで走って五、六分なのを計算した上で、また竜司にＬＩＮＥを送った。

『たぶん8時40分ぐらいに着くと思います』

次《つ》いで、半同棲状態の果凜にもすぐＬＩＮＥを送る。

『ありがたいことに二夜連続でお呼ばれしました。帰りの時間は未定です』

こういうＬＩＮＥも、万が一竜司に見られてしまった時のために、決して失礼な表現は使わないようにしているし、果凜もそうしてくれている。

『うんわかった。今夜は自分ちに帰るね』

すぐに果凜から返信が来た。今夜は帰って愛し合えないのは残念だが、まあ仕方ない。

ＬＩＮＥのトーク画面を竜司の方に切り替える。先ほどの浩樹のメッセージに既読は付いていたが、返信はない。電車に乗って西武新宿駅に着いてもなお返信はなかった。

少し妙だな、と浩樹は思った。いつもの竜司は、到着時刻を概算してＬＩＮＥを送ると『まってる』とか『はやくこい』とか、平仮名の一言を何かしら送ってはくるのだ。とはいえ、まあ既読スルーされることもたまにはある。

地下鉄に乗り換え、丸ノ内線と日比谷線を乗り継ぐいつもの最安ルートで、広尾駅で降りる。そこから、すっかり通り慣れた高級住宅街の道をジョギングペースで走り、竹下邸に着いた。昨夜同様、門柱のチャイムを鳴らす。

すると、竜司はインターフォンに出ずにスイッチを操作したようで、すぐ門が開いた。

これまた普段とは違う対応だった。いつもの竜司は、ここでインターフォン越しに何か軽口を叩いてくるのだ。とはいえ、まあこういうこともたまにはあるだろう。浩樹はインターフォンのカメラに一礼した後、門から庭を抜け、玄関のドアを開けた。

　すると、シャツにジーンズというラフな外出着姿の竜司が、玄関を入ってすぐの廊下に立っていた。その顔はひどく険《けわ》しく、昨日より十歳ぐらい老け込んだかのように見えた。

「マネ下、来い」

　それだけ言って、竜司は廊下の奥へ消えた。

　さすがに浩樹も、いつもと様子が違うことは察した。しかし、その原因が何なのか見当もつかなかった。もしかして昨夜、竜司の逆鱗《げきりん》に触れるようなことをしでかしてしまったのか――。そんな恐れも抱きつつ、とりあえず浩樹は「すいません、失礼します」と平身低頭で廊下に上がり、竜司について行った。

「こっちだ」

　竜司に先導されて廊下を進んだ先の、階段の下に、それはあった。

　ピンク色のワンピース姿で、肉感的なスタイルの、茶色いセミロングの髪の若い女が、階段の方に足を向け、床にうつ伏《ぶ》せで寝ていた。遠目に見れば、ただ酔っ払って床で寝てしまったようにも見えるかもしれない。

　でも、近くでよく見れば、そうでないことは一目瞭然《いちもくりょうぜん》だった。

「えっ、これ……」浩樹が上げた声は、動揺のあまり裏返ってしまった。

うつ伏せの女の頭頂部の、髪の隙間から見える地肌は、一目見て分かるほど大きく陥没していた。そこから流れ出た血はすでに赤黒く固まっている。

こんなに大きな傷口から、もう血が流れていないということは、心臓が止まっているのだろう。――医学に関して素人《しろうと》である浩樹でも、それぐらいは察することができた。

「ある程度は片付けたんだけど、これ以上は無理でな……。ちょっと、手伝ってくれ」

竜司が、倒れた女を指差し、疲れたような口調で言った。

「手伝う、というのは……」

浩樹がおそるおそる聞き返すと、竜司は女を見下ろしたまま、乏《とぼ》しい表情で言った。

「車はあるからよ、こいつをどっか山とかに運んで埋めて……いや、海に沈める方がいいのかな。ちょっと、やったことないから分かんないけど」

「いや、そんな……それはさすがに、駄目ですよ」

浩樹が言った。ショックでほとんど何も考えられなくなっていたが、人間として最低限備わっている常識と倫理観《りんりかん》で、それが駄目だということだけは分かった。

「あの……殺しちゃった、んですか？」

浩樹は、うつ伏せに倒れた女を指し示し、震える声で尋ねた。すると、竜司はぶすっとした表情でうなずいた。

「じゃあ……自首、しましょう」

浩樹はおずおずと言った。だが竜司は、浩樹を睨《にら》んで言い返してきた。

「俺が悪いってのか？　逮捕されて刑務所にぶち込まれろってのか？」竜司は女の死体をちらちら見ながらまくし立てた。「言っとくけどな、この女が悪かったんだからな。こいつがこっそり盗撮して、俺とのことを週刊誌に売ろうとして逃げたから……」

「いや、あの、分かるんですけど、竹下さんは悪くないと思うんですけど」浩樹は懸命《けんめい》になだめた。「でもまあ、こうなってしまった以上は、自首した方が、罪は軽くなると思いますから……」

「マネ下よお、お前、自分の心配しろよ」

竜司がふいに、少し笑ったような表情を浮かべた。

「……えっ？」

この期《ご》に及んでなぜ笑えるのかと戸惑《とまど》った浩樹に、竜司が告げる。

「俺が逮捕されたとするよ。そしたら、お前どうなるんだ？　お前の仕事はよお」

そう言われて、浩樹はふと考えた。

しばらくして、思わず声を上げた。

「あ……そっか！　ああ、そうだ……」

目の前に死体が転がっているという、あまりにもショッキングな状況に気をとられて、自分の今後のことにまで考えが及んでいなかったが、浩樹の脳内でも、ようやくそのシミュレーションができた。竜司が警察に自首するという、とりあえずこの状況において最も常識的な対応をとった場合、浩樹はどうなるのか——。

その未来は、真っ暗であることが確定しているのだ。

浩樹は、マネ下竜司として、竹下竜司のモノマネ一本のみを武器に芸能活動をしてきた。モノマネがそれしかできないのは自分でも分かっている。まず、歌唱力が一般人平均より劣《おと》るぐらいなので、歌マネは絶対無理だ。それに声帯模写も全然上手くない。モノマネを始めたばかりの頃、レパートリーを増やすべく色々試してみた時期もあったのだが、竹下竜司以外の誰のモノマネをしても素人以下だと自覚できるレベルだったから、すぐ諦《あきら》めたのだ。だから腹を決めて、竹下竜司の専業モノマネ芸人となったのだ。

その竹下竜司が殺人罪で逮捕されれば、マネ下竜司に仕事のオファーが来ることは、もう金輪際《こんりんざい》なくなるだろう。

何年か前、浩樹と同様に、ある元プロ野球選手の専業モノマネ芸人だった先輩が、その元選手が覚醒剤《かくせいざい》使用容疑で逮捕されたことにより、決まっていた仕事が全部キャンセルになって多大な苦労を強《し》いられた、ということがあった。あれは全モノマネ芸人にとって、同情を禁じ得ない事件だった。芸人自身は何一つ悪いことをしていなくても、「ご本人」が罪を犯せば芸人も仕事を失ってしまう。——これはモノマネ芸人特有の、理不尽《りふじん》ながらどうしても不可避《ふかひ》な鉄則なのだ。

あの先輩芸人も、あの時は相当大変だったらしい。だが、今の浩樹はそれよりはるかに厳しい状況なのだと、悲しいかな自覚しつつあった。

覚醒剤使用なら、一時的に世間から叩かれても、裁判を経て執行猶予《しっこうゆうよ》がつけば、本人も社会復帰できるし、おそらくそのタイミングで専業モノマネ芸人も活動再開できただろう。でも殺人罪ではそうはいかない。法的な社会復帰までに何十年もかかってしまうし、その先も本人が表舞台に復帰することはないだろう。ということは、専業モノマネ芸人も事実上の引退を強いられることになる。

殺人犯のモノマネしかできない芸人に、オファーなど来るはずがない。こんなにコンプライアンスが厳しい現代で……という問題でもない。今では考えられないぐらい芸能界の規制が緩《ゆる》かった昭和の時代でもさすがに、殺人を犯した有名人のモノマネ一本で活動していくなんて無理だっただろう。

「マネ下、気付いたよな？」竜司が、絶句していた浩樹を憐《あわ》れむように声をかけてきた。「俺が自首すりゃ、お前も終わりなんだよ。俺たちは、この女の死体を隠して、何もなかったことにするしかねえんだよ」

「……そう、ですね」

浩樹は、茫然とうなずくしかなかった。

今後の浩樹の運命は、次のいずれかに絞られてしまっているのだ。
①竜司が逮捕された場合、浩樹は失業する。
②竜司が殺してしまった女の死体を、これから二人で遺棄《いき》し、それがバレた場合、竜司とともに浩樹も捕まる。
③ただ、もし死体遺棄がバレることなく、無事に完全犯罪にできた場合、二人とも今まで通りの生活を送れる。
——考えるまでもない。①は最悪。②は最悪中の最悪。③は現状維持。

もはや、③の「死体遺棄成功」を目指すしかないのだ。

厳密には「竜司の死体遺棄を手伝いはしないが黙認する」という手もないことはないが、それはただ①の「竜司逮捕→浩樹失業」にほぼ百パーセントの確率で直結するだけなので、選択肢には入らないだろう。竜司が一人で殺人の証拠を隠滅《いんめつ》し、死体を誰にも見つからないように遺棄するなんて、絶対に無理だ。なんとか一時的に遺棄できたとしても、きっと至るところに証拠を残しまくり、すぐ警察にバレて逮捕されてしまうに違いない。竜司は野球以外のことは何もできないし、世の中のあらゆることに対する知識が著しく乏しい。それは本人も認めていることだし、何年も付き合いのある浩樹もはっきり分かっている。竜司は「はじめてのおつかい」程度の子供のおつかいでさえ危ういレベルの人なのだ。見た目はぶくぶく太った五十代のおじさん、頭脳は子供以下という、名探偵コナンの逆バージョンのような人なのだ。

となると、浩樹が協力するしかない。

死体遺棄なんて絶対にやりたくないけど、それしか道は残されていないのだ。

自らの運命を呪いながら、浩樹はうなだれる。すると必然的に、廊下に横たわるそれを直視することになる。

目の前に、女の死体が転がっている。

嘘であってほしい。悪夢なら今すぐ覚めてほしい。

かぶりを振って、ぎゅっと目をつぶってみる。数秒経ってから目を開けてみても、やっぱり死体はそこにある。残念ながら夢なんかではない。

ああ、まさか、こんなことになるなんて……。

かつて自分は、プロ野球のマウンドで、何万人もの観衆を沸かせた人間だったというのに。日本中の野球少年たちが憧れるマウンドに立っていたというのに。

あの時の大歓声が、まるで昨日のことのように思い出される——。

ん？　あ、いや、違う。

「まるで昨日のことのように」ではない。あれは本当に昨日のことだったのだ。

信じがたいことに、浩樹が東京ベースボールドームでのプロ野球の始球式で、四万人超の観客から歓声を浴びて爆笑をとったのは、つい昨日のことなのだ。その翌日である今、自分が殺したわけでもない、縁《えん》もゆかりもない女の死体を遺棄しなければいけないという、理不尽きわまりない状況に直面しているのだ。このあまりの落差に、その間隔がたった一日、ほんの二十七時間程度だということが認識できなくなってしまっていた。

でも、もはや逃げ道はない。やるしかないのだ。

やらなければ自分も終わりなのだから、死体遺棄に加担するしかないのだ。重罪の片棒を担《かつ》ぐしかないのだ――。浩樹は渋々《しぶしぶ》、いや渋々々々ぐらい気が進まなかったが、ようやくその決意を固めた。


もちろん、浩樹に死体遺棄の経験などない。

劇団時代、自分や仲間が刑事ドラマにエキストラ出演したのがきっかけで、刑事ドラマの人気シリーズを見ていた時期はあるし、同時期に見聞《けんぶん》を広げるために読書もするようになり、ミステリー小説などもそれなりに読んできた。さらに、大学で法学や犯罪心理学の講義も受けたことがあるし、劇団時代は引っ越し屋のバイトでトラックの運転もしていたので、今も運転技術と首都圏の地理にはそこそこ自信がある。――なんて、せいぜいこの程度のアドバンテージしかない。死体遺棄をするにあたって、竜司より多少有能だとは思うが、果たしてこの程度で警察の目をかいくぐることができるのだろうか。

だが、そうやって思い悩んでいる暇もないのだ。いや、それどころか、タイムリミットもあるはずだ——。浩樹はそのことを思い出して、沈黙を破って竜司に尋ねた。

「あの……真穂さんが帰ってくるのって、いつでしたっけ？」

「ああ、明日の朝だって言ってた」竜司が答える。

「朝っていうのは、具体的に何時とか言ってましたか？」

「いや、毎回結構バラバラなんだよな。ロケバスでそのまま来ちゃう時なんて、明け方ぐらいの時もあるし」

「じゃ、やっぱり急がなきゃいけないですね。絶対に真穂さんが帰ってくる前に、僕らは死体を埋めて帰ってこなきゃ」

今の時刻は夜九時少し前。竜司の妻の真穂が帰ってくるまでに、すべてを終わらせられるかは分からないが、やるしかない。浩樹は頭をフル回転させた。

「一番楽なのは、庭に埋めることでしょうけど……無理ですよね」

「ああ、それは俺も考えたけど、たぶん埋めてるところを誰かに見られるだろうし、真穂には絶対バレる」

「やっぱりそうですよね……」

表の道路の街灯の光は、竹下邸の庭まで届いているし、この辺は夜中でも多少の人通りはある。浩樹が夜中に竹下邸を訪れたことは幾度となくあるが、道中でいつも何人かとはすれ違う。竹下邸の前の道を一人でも通る人がいれば、穴を掘って死体を埋めていることに気付かれてしまう可能性が高い。また、庭の様子は正面の道路だけでなく、両隣の家の窓からも、角度的に多少は見えてしまうはずだ。庭に死体を埋めるのは、短く見積もっても数十分はかかる。誰にも見られず完遂《かんすい》できる可能性は低いだろう。

仮に、奇跡的に誰にも目撃されなかったとしても、庭は年に数回業者が入って整備するきれいな芝生で、畑の部分だけ土になっている。芝生を掘れば大きな跡が残ってしまうし、畑を掘るには作物も掘り返さなければならない。いずれにせよ、明日の朝に帰宅した真穂に一目でバレてしまうだろう。

「あ、家の裏側って……」

浩樹がふと思いついて言ったが、すぐに竜司が返す。

「それも考えたけどな、コンクリとか砂利《じゃり》で、人一人埋めるスペースはなさそうだ」

「そうでしたよね……」

浩樹はこの家の隅々まで熟知しているわけではないが、裏側の塀までのスペースはそこまで広くないこと、また家の周囲はコンクリートで舗装《ほそう》されたり砂利が敷かれていたことは、明るい時間帯になんとなく見た覚えがあった。

やはり、この家の敷地内に死体を埋めるのは、あきらめるしかなさそうだ。それができれば、今後住み続ける気分が最悪であることはさておき、作業としては圧倒的に楽だったはずだが、却下《きゃっか》せざるをえない。

となると、女の死体をどこかに運んで、おそらく土に埋めて遺棄するしかないだろう。

浩樹はその方向で考えながら、また竜司に尋ねた。

「えっと……この女性のスマホ、ありますかね」

「ああ、たぶん、バッグの中かな」竜司が女の死体の傍らを指差す。「スマホで俺のこと盗撮してるのを見つけて、俺が問い詰めたら、こいつがバッグに入れて逃げたんだ。だから最終的に、こんなことになっちまったんだけど……」

竜司が言い訳がましく説明するのを聞き流して、浩樹は死体の傍らのバッグを探る。すると、たしかにスマホがあった。

電源ボタンを押し、画面ロックを顔認証で解除するべく、うつ伏せになった女の死に顔の前に画面をかざす。さすがに鳥肌が立ったが、死に顔の目が半開きだったためか、無事解除できた。ホーム画面から「設定」を開いてスクロールし、浩樹は安堵した。

「おお、よかった。GPSはオフになってますね」

「GPS?」竜司が聞き返す。

「ええ。だから、もし彼女の家族とか知人が、捜索願……でいいのかな？　そういうのを出したとして、警察が今後このスマホの位置情報を調べても、この家に滞在してたっていうことは、はっきりとは分からないはずです」

「ああ……うん、そうか」

竜司のあいづちの様子を見る限り、話の内容を全然理解できていないだろうけど、まあ逆名探偵コナンなのだからしょうがない。浩樹はまた質問する。

「あ、あと、竹下さんとこの女性の、今までのＬＩＮＥとかのやりとりは、スマホに残ってはいませんか？」

「ああ、それはない。今日初めて会ったからな」

「そうですか……。というか、そもそもこの女性とはどういう関係だったんですか？　初めて会ったけど、家に連れてきたっていうことですか？」

「そういう店があるんだよ。麻布……いや六本木《ろっぽんぎ》かな、あそこは」竜司が北の方角を指差す。「昔はディスコっていったけど、今はクラブっていうのか。ああいう、音楽かけて、ＤＪが来たりするような店は。その中でも、あそこはまた特別でな」

「要は、お店にいる女性を連れ出せると」

「うん。あの店はそういう女がたくさんいて、男が金の交渉して、みんな連れ出してる」

「えっと……この女性は、そのお店に雇われてたってことですか？」

「いや、違う。客だよ客。あれだ、立ちんぼみたいなもんだよ」

「立ちんぼってのは、あれでしたっけ？　路上に立って、売春をするような」

「そう。そういう女が集まるのが、あの店なんだよ。店の名前が……あれ、何だっけな。この前変わったんだよ。何度か名前は変わってるんだけど」

浩樹にはまったく縁のない世界だ。要は、麻布六本木界隈《かいわい》の歓楽街の中に、女性が集まって男性客と交渉し売春するための、出会いの場のようなナイトクラブがあるのだろう。そして、竜司は今までもその店で、行きずりの女と関係を持っていたのだろう。妻の真穂が不在の間に浮気していることを、昨夜もほのめかしてはいたが、そういうことだったのだ。まさかその相手を殺してしまうと分かっていれば、昨夜の段階で止めたのに——なんて、今さら考えても仕方ない。

「なるほど、事情はだいたい分かりました」浩樹は女のスマホを床に置いた。「で、この女性が行方不明になったら、すぐに気付くような人はいますかね？　たとえば同居してる家族がいるとか、そんな話はしてましたか？」

「いや、一人暮らしだって言ってたよ」

「昼間はどんな仕事をしてるとか、そういうことは言ってましたか？」

「最近はこれ一本だって言ってたな。だからたぶん、売春一本でやってたんだろう」

「なるほど……」

彼女がこの竹下邸まで来たことは、周辺の防犯カメラを調べれば簡単に分かってしまうだろう。だが浩樹は、以前ミステリー小説で読んだことがあった。大人がただ行方不明になっただけの場合、警察が本気で動き出すことは、そうはないのだ。警察が本気で捜査を始めるのは、事件の可能性が高いと判断された時だけ。歓楽街での売春を仕事としてきた一人暮らしの女が行方不明になったとして、まず近しい人間が警察に届け出るだろうか。その可能性が決して高くないと思うが、仮に誰かが届け出たとして、警察はすぐに捜査を始めるだろうか――。

たぶんそんなことはないだろう、と浩樹は判断した。彼女の姿を最近見ないことに誰かが気付いていても、売春で生計を立てる生活が嫌になってどこか遠くに行ったのかもしれないし、どこかで堅気の仕事を見つけて新生活を始めたのかもしれない。何より、彼女の仕事も、彼女たちの存在を売りにしていたクラブも違法だろうから、彼女の姿が見えないことを誰かが警察に相談するということ自体が、そう簡単には起きないように思える。

となると、彼女の死体をどこかに埋めて、彼女と竜司が二人で移動しているのを映したすべての防犯カメラの映像保存期間が過ぎるまで、死体が見つからないでくれれば、竜司の殺人は完全犯罪にできるのではないか。

成功の可能性は、決して低くない。まあ、可能性が少々低くても、もはや手伝うしかない状況なのだが、十分に成功を狙えるのではないかと浩樹には思えた。

成功させるしかないのだ。なんとしても誰にも見つからないように、この死体を埋めるしかないのだ――。浩樹はさらに頭脳をフル回転させた。

ところが、静かに考えたい状況なのに、竜司はなおも言い訳がましく語り始めた。

「こいつ、俺のこと知らないふりして、本当は知ってたんだよ。それで、盗撮して週刊誌に売ろうとしてたんだ。怪しかったからすぐ気付いたんだけどな」

「そうですか……」

ちょっと黙っててください、と言いたい気持ちは山々だったが、彼女の事情を詳しく聞いておいた方がいいのも事実だ。浩樹は、死体遺棄について具体的に考えるのをいったん保留して、竜司の話を聞いた。

「こいつのスマホも、捨てた方がいいよな。俺の顔……というより、裸も全部撮られてると思うんだ」竜司が眉間《みけん》に皺《しわ》を寄せる。

「まあ、たぶんスマホは、完全に破壊した後、誰にも見つからないように捨てるのが一番だと思います」浩樹は、さっき床に置いた女のスマホを見下ろした。

「そうだよな。よし、分かった！」

竜司が、ふいに女のスマホを拾い上げ、廊下の先の洗面所へと早足で入っていった。

「え、あ、ちょっと……」

浩樹が後を追うと、竜司は女のスマホを洗面台で水没させた上に、傍らの石鹸箱《せっけんばこ》でガンガンと叩いていた。

「よし、壊れた壊れた。もう電源も入らないや。これで、俺が映った動画も消えただろ」

竜司は、画面がひび割れたスマホの電源ボタンを押しながら、得意げに言った。たしかに、水没したまま画面が割れ、水が内部まで浸入したようで、完全に壊れたようだった。

　浩樹は、慎重に言葉を選びながら返す。

「あの……たぶん、ここでは破壊しない方がよかったです。スマホの電源が、ここで切れたことが分かると、後々ちょっとまずいかもしれません」

「えっ、そうなの？」

　竜司はきょとんとした顔になった。ああ、やっぱりこの人は何も分かっていない――。

浩樹は、失望が顔に出ないように努めつつ説明した。

「スマホって、GPSがオフになってても、電話会社の基地局と常に電波のやりとりをしてるんですよ。で、ここの基地局で電波をキャッチしてたからスマホはこの辺にあった、っていう情報は、後から警察が調べれば分かるはずです。実際、子供とかが行方不明になった事件で、そういうのがよくニュースで流れますから。――だから、今スマホを壊した時点で、そのスマホはこの辺りで電源が切れたのを最後に、二度と電源が入らなかったっていうことが、もう後から調べれば分かる状態になっちゃったと思います」

「ああ、えっと……それって、まずいってことか？」

　竜司は、話をよく理解できていないようだったが、それでも自分が失態を犯したという自覚は芽生えたようで、不安そうな表情になった。

「まあ……もうしょうがないです」浩樹は小さくため息をついてから言った。「竹下さん。

今後、あまりそういった衝動的な行動はしないようにしてください」

「ああ……悪い」

浩樹が竜司に注意をしたのなんて、たぶん初めてだし、竜司が謝ったのも初めてだろう。今までずっと、そんなことはありえない関係性だったが、死体遺棄を成功させなければならない今夜だけは別だ。

5

その後も浩樹は、頭をフル回転させながら、普段はまずすることのない、竜司への指示を出していった。

「死体を触る前に、手袋をしましょう」

「車に血痕《けっこん》が残るといけないから……ビニールシートとかありますか?」

「スコップと、あと懐中電灯も必要ですね」

浩樹の指示通り、竜司が納戸《なんど》や庭の物置から道具を出してきた。その間に浩樹は、死体の遺棄場所についても考える。

やはり、人けのない田舎《いなか》の森の中にでも埋めるしかないだろう。ぱっと思いついたのは、浩樹の地元近辺の、茨城の農村地帯だ。この東京都港区から一晩で車で往復できて、浩樹にとって土地勘《とちかん》のある田舎は、それぐらいしか思いつかなかった。特に、浩樹が実家から自転車で四十分ほどかけて通っていた高校までの道の周辺は、「あの辺に車を停《と》めて森の中に死体を埋めても誰にも目撃されないだろうな」と思えるような、絶好の死体遺棄スポットだらけだったはずだ。

二人で軍手をはめ、女の死体をビニールシートで包んだところで、竜司が尋ねてきた。

「じゃ、あとは、車で埋めに行くんだよな？」

「ええ、そうですね」浩樹がうなずく。

「悪いけど俺、女を連れてくる前に、ちょっと酒飲んじゃって……」

「ああ、だったら僕が運転しましょう」

浩樹はすぐに申し出た。竜司に運転させて事故でも起こされたら一巻の終わりだ。

「じゃ、車の鍵持ってくる」

竜司がリビングの方に行きかけたところで、浩樹は声を上げた。

「あっ……ちょっと待ってください！」

「どうした？」

「……Nシステムがある」

浩樹は思い出した。Nシステムというものの存在を——。

全国の高速道路や幹線道路上のゲートに設置されたカメラ、通称Nシステムが、通過した車のナンバーをすべて読み取り、その記録を長期保存している——ということを、以前ミステリー小説でも読んだし、刑事ドラマでも見た記憶がある。たしか、Nシステムの記録の保存期間は非公表なのだが、何十年にも及ぶという説もあるのだ。

浩樹は、これから竜司の車で死体を埋めに行った場合どうなるか、理詰めで考えた。

Nシステムは、都内の幹線道路の至る所にあるはずだ。死体遺棄現場まですべてを避けて通るのはまず不可能で、どこかで撮られてしまうと考えるべきだろう。

女の死体が発見され、身元が特定される。もしくは女の周辺の人物が、女が行方不明だと警察に届け出て、警察がすぐには動き出さないにしても、最終的に捜索が始まる——。このどちらも起きなければいいが、どちらかは起きてしまうことを想定した方がいい。特に後者は、こちら側の努力では防ぎようがない。

どちらかの事態が起きた時点で、警察は女が契約していたスマホを調べるだろう。そのスマホは、今夜この竹下邸周辺のどこかで電波が途絶《とだ》えたきりだということは警察に知られてしまう。今から一、二週間ぐらいで、警察にそこまで知られてしまった場合、竜司が女を家に連れ込むまでの映像もどこかの防犯カメラに残っているだろうから、その時点で竜司も浩樹もバッドエンドを迎えてしまうだろう。では、死体遺棄が成功して、たとえば半年とか一年経った段階で警察が動いた場合、どうなるか。

女は、スマホの電波が途絶えたエリアで、殺されたか拉致《らち》された。——警察はその線を調べるのではないだろうか。そこで東京周辺のNシステムの、今夜の記録を照会すると、まさに女のスマホの電波が途絶えたエリアに住む竹下竜司の車が、スマホの電波が途絶えた数時間後に、茨城の田舎の方面へと走り、さらに何時間も経った真夜中もしくは明け方に、東京に戻ってきたことが分かってしまうはずだ。

この時点でもう、死体が見つかっていなくても、竹下竜司が第一容疑者に浮上してしまうのではないか。もし死体が見つかってしまった場合はなおさらだ。この家と死体発見現場を結ぶ道路上のNシステムに、竜司の愛車のナンバーがことごとく記録されているのだ。警察はきっとこの家に家宅捜索に入る。そうなれば、DNA鑑定やルミノール反応といった科学捜査によって、何かしらの証拠は出てしまうだろう。それらをすべて消し去るノウハウなど浩樹にはない。

「すいません、やっぱり竹下さんの車は使えませんね」浩樹は長考の末に断言した。

「あ、そうなのか……」竜司は戸惑っている。

「さっき彼女のスマホを壊しちゃったじゃないですか。で、Nシステムっていうのがあるんですけど――」

浩樹は、さっき考えたことをかいつまんで説明したが、竜司は説明の後半から口を半開きにして、視線は宙をさまよっていた。まあ仕方ない。頭脳は子供の逆コナン君に、この話を理解できるはずがない。

「――まあ、とにかく、捕まらないためには車を調達するしかないってことです。すみませんが、しばらく待っててください」浩樹が話をまとめた。

「ああ、うん、分かった」

竜司は素直に従う。浩樹はさらに、つぶやきながら考える。

「じゃ、レンタカーにするか……。いや、でも、店側に記録が残っちゃうな。それを警察にたどられたら危ないか。となると誰かに借りるしか……あっ！」

そこで浩樹はひらめいた。

「マジでごめんな。こんな夜遅くに急に」

駐車場で頭を下げた浩樹に対し、部屋着姿のぷく山雅治が、笑顔で首を振った。

「いえいえ、大丈夫ですよ。お安い御用です」

後輩モノマネ芸人の、ぷく山雅治が住む実家は元寿司屋で、配達に使っていた軽ワゴン車を今も持っている。車を借りる相手として思いついたのは、ぷく山しかいなかった。

「親御さんにも申し訳ない。ご挨拶した方がいいかな？」

「ああ、いいです。年寄りはもう寝ちゃってますから」

ぷく山が、こぢんまりした瓦屋根の自宅を振り向いて言った。たしかに家の中の電気は消えている。また、かつての寿司屋の看板が、外壁の脇に錆《さ》びついたまま置かれている。

決して裕福そうな家ではないが、ぷく山のモノマネ芸人としての収入と、回転寿司のチェーン店で今も働く両親の稼ぎで生活はできているらしい。

「竹下さんが車こすっちゃって、代わりの車がどうしても必要になってさ。明日の朝には返すから」

浩樹が嘘の理由を説明すると、ぷく山は苦笑してうなずいた。

「あ～、そりゃ大変っすね～」

「謝礼も払うから」

「いや、いいですよ、気にしなくて」ぷく山は首を振った。

「いやいや……とにかく悪いね」

後で数千円程度は渡しておこうと浩樹は思った。今すぐ渡そうとして「いやいやいいです」「いいから受け取ってくれ」のラリーをやっている時間も惜しい。

「まあ、事故らないでくださいね。リアルにそれが一番困るんで」ぷく山が冗談めかして言った。

「うん、それは絶対気を付ける。マジでありがとう」

浩樹は挨拶もそこそこに、ぷく山から受け取った鍵で「みやお寿司」というロゴが入ったドアを開けて軽ワゴン車に乗り込み、エンジンをかけた。そして「本当にありがとう」と窓を開けて改めて言ってから、車を発進させた。バックミラーに映るお人好《ひとよ》しのぷく山は、手を振って見送ってくれた。

よく考えたら、車を借りるための嘘の理由としてとっさにこしらえた、「竹下さんが車こすっちゃって、代わりの車がどうしても必要になって」という言い訳も無理があった。実際にそんな状況になることは、そうはないだろう。とはいえ、ぷく山も「要は竹下竜司に無理な要求をされたんだろう」ということは察してくれたはずだ。本当の無理な要求の内容は、絶対に知られるわけにはいかないのだが。

あとは、死体を運んだことがバレないように、ぷく山に車を返す前の証拠隠滅を入念に行わなくてはならない。もちろん血痕などを残してはいけないし、消臭剤も買っておいた方がいいだろう。それにカーナビの履歴を最後に全部消す必要もある――。あれこれ考えながら、浩樹はぷく山の車で竹下邸に戻った。ガレージは二台停められるスペースがあり、竹下家の車は最高級のベンツ一台だったので、その隣に車を入れた。竜司がガレージの後ろで出迎えていた。

「それじゃ、行きましょう」運転席を降りて浩樹が声をかける。

「おう……って、妙な車だな」

竜司が「みやお寿司」というロゴが入った軽ワゴン車を見て、戸惑った声を上げた。

「ああ、その説明は、また追々《おいおい》――。すぐ死体を積みましょう」

浩樹は声を落とした。時刻は夜十一時過ぎ。これから死体を積み込み、死体遺棄に必要な道具も積んで、すぐに出発しなければならない。

これまでの人生で最悪最長になるであろう夜は、まだ始まったばかりだ。

## 6

プロ野球の日本シリーズに、メジャーリーグの優勝決定戦――竹下竜司は、一般人がまず経験しないような修羅場《しゅらば》を、今までいくつもくぐり抜けてきたつもりだった。だが、そんなのは全部、生易《なまやさ》しい作り物のイベントでしかなかったのだと、竜司はつくづく思い知らされた。人を殺して、その死体を埋めることになった今夜こそが、長く過酷《かこく》な正真正銘の修羅場だった。

すべては、この女のせいだった。

若い女とセックスしたくなった。だからあの店に女を買いに行った。これは竜司にとって珍しいことではない。もちろん一度目の結婚中も、二度目の結婚中である今も、独身時代に比べれば頻度《ひんど》は大幅に減っているが、買春は竜司が人生の半分以上やってきたことだ。昔はディスコ、今はクラブと称しているあの店は、もう二十年以上、売春目的の女が出入りして、男と個別に交渉し、近隣のホテル、あるいは男の自宅に消えていっている。この界隈の遊び好きな男なら、みんなあの店の存在は知っているだろう。

もうずいぶん前になるが、竜司が一度目の結婚生活の最中、妻の不在時にあの店で女を買って、近くのホテルに入ったところ、週刊誌に撮られてしまったことがあった。まだコンプライアンスが緩い時代だったこともあり、選手としては一切お咎《とが》めなしだったが、妻には愛想を尽かされて離婚され、慰謝料を何億円も取られた。プライベートでは最大級のお咎めを食らってしまったのだった。

それ以来竜司は、あの店で女を買った後、人目につくホテルには行かず、すぐタクシーで家に連れ帰ることにしていた。再婚後しばらくは真穂の体に夢中だったが、真穂も年を取るし、竜司も徐々に飽きてくる。夫婦関係も倦怠期《けんたいき》に入っている。子供がいればまた違ったのかもしれないが、竜司は二度の結婚で一人も子供を授《さず》かることはなかった。竜司に原因があったのかもしれないが、不妊治療などはしていないので分からない。

そんな夫婦関係の中、竜司はここ何年か、真穂が主に旅番組の泊まりロケで家を空けるたびに、あの店で買った女を連れ帰るようになっていた。金をたっぷり渡せば女が他言することはない。これまでの女たちは自分たちの商売をわきまえていた。

しかし、今夜買った女は最低だった。

彼女は当初、竜司が有名人だと気付いていない様子だった。十万円ですんなり交渉がまとまって、家に連れ帰った時には「すごい豪邸じゃん！」と目を輝かせていたし、その後二人でシャワーを浴びて二階の寝室に行ってからも、内容的には十分満足できた。そこまではまったく不満はなかったし、むしろ平均点より全然上だった。

ところが、ベッドで一戦交え終え、小休憩に入ったところで、竜司は気付いてしまったのだ。壁際に置かれた女のハンドバッグの中から、スマホが不自然に飛び出していることに。そして、そのカメラのレンズが、真っすぐベッドの方を向いていることに。

「おい、ちょっと、あれ……」

竜司がそれを指差すと、女は「あっ！」とあからさまに慌てた様子で、裸のままバッグに駆け寄り、スマホを手に取って画面をタップし、すぐバッグの中に引っ込めた。

「おい、もしかして……盗撮してたのか？」竜司は女を睨みつけた。

「いや、そんなわけないじゃん」

女は笑ってごまかしながら、行為の前に脱ぎ捨てた下着とピンクのワンピースを、大急ぎで着始めた。

「ちょっと待て、なんで焦《あせ》ってるんだ。まだ帰ることないだろ」竜司が咎めた。

「え？　いいじゃん、一回したんだし」

女は引きつった笑顔で言いながら、まるで早送りのようなスピードで服を着ていった。

「話が違うぞ。十万で、何度でもヤリ放題って言ってたはずだ。まだ帰るなよ」

「えっ、ごめ〜ん、一回だと思ってた」

「おい、スマホで撮ってたんだろ？　だから帰ろうとしてんだろ？　スマホ見せろよ！」

激高《げっこう》した竜司は、全裸のままベッドから立ち上がり、ワンピースを大急ぎで着終えた女につかみかかった。

「ちょっと、やめてよ！」

女は竜司を両手で突き飛ばした。竜司はバランスを崩しベッドの角で背中を打ち、思わず「ぐえっ」と悶絶《もんぜつ》してしまった。それでもどうにか、痛みに耐えながら女に言った。

「お前、盗撮なんかしてどうするんだ！　そんなの、どこかで売るにしても、お前の裸が見られちまうんだから、お前の方がダメージがでかいだろ。俺なんか別に、金は持ってるけど一般人のおっさんなんだから……」

竜司がそこまで言ったところで、女は「ふっ」と嘲笑《ちょうしょう》のような息を漏らした。

その様子を見て、竜司は察した。

「お前……まさか、知ってるのか？」

女は少し動揺したような目つきになったが、またふっと笑って白状した。

「うち、実家の死んだパパがエレファンツファンだったからね」

「この野郎……はじめから俺だって分かってたのか！　だからスマホで撮って、週刊誌にでも売るつもりだったのか！」

竜司が怒って立ち上がる。しかし女は開き直ったように言い返してきた。

「浮気すんのが悪いんじゃん、馬鹿」

「待て、やめろ、金ならもっと出すから……」

竜司は説得を試みたが、女は鼻で笑った。

「週刊誌はもっともっと出してくれるも～ん」

女はハンドバッグを持ち上げ、寝室のドアに手をかけた。服を急いで着ていた時点で、もう逃げるつもりだったのだ。

「待てよおい！」

竜司は素っ裸で追いかけようとしたが、これでは外までは追って行けないと思って、とっさにパンツを拾って穿《は》いた。しかしそれが仇《あだ》となった。女はその間に寝室を飛び出し、廊下に出ていた。

慌てて追いかけたが、女は軽やかに階段を駆け下りていった。竜司はすっかり太って膝《ひざ》も悪く、ここ最近は階段を歩いて下りるのにも少々難儀するようになっている。すでに女に引き離されているのに、このままでは間違いなく逃げられてしまう――。そう焦っていた時、とっさに目についてしまったのが、階段の上に飾ってあった、エレファンツ時代のリーグ最多勝のトロフィーだった。

いわゆる「魔が差した」というやつだろう。竜司はほとんど反射的に、ずっしり重いトロフィーをつかみ、今まさに階段を下りきろうとしていた女の頭めがけて、階段の上から投げ落とした。

平成の名投手のコントロールは、衰《おとろ》えていなかった。

それは見事に、女の頭に命中してしまった。

「ガツンッ」と「バキッ」が合わさったような音が響き、女は階段を下りきった廊下で、うつ伏せに倒れた。数秒だけ手足をピクピクと震わせたが、すぐに電池が切れたかのように動かなくなった。

「あ……やべえ」竜司は遅まきながらつぶやいた。

こんなことをすればこうなる、というのは予想できたのに、取り返しのつかない事態になってから後悔する。――竜司の人生において、幾度となく繰り返されてきたことだった。選手時代、球審に「今のストライクだろ！　どこに目え付けてんだ馬鹿！」と叫んで退場になったり、飲み会で酔った勢いで先輩選手に「てめえエラーしすぎなんだよ」と絡んでつかみ合いの喧嘩《けんか》になったり、投手コーチ時代にも打ち上げで泥酔《でいすい》して「お前ツルッパゲだな。ボールかと思って投げるところだったぞ」と絡んだ相手がスポンサーの偉い人で、それが決定打となってコーチを一年でクビになったり、安易《あんい》な衝動に駆られた言動で数え切れない失態を犯してきた。

しかし、今回はその中でも最悪の事態だということは、階段を下りてすぐ自覚できた。その目が半開きのままうつ伏せに倒れた女の頭の下に、小さな血だまりができていた。その源流の頭頂部は、熟した柘榴《ざくろ》のように赤く割れて陥没していた。「おい」と呼びかけて女の肩を揺すっても、一切反応はなく、首がぐらぐら揺れて顔がごつごつ床に当たるだけ。それを見れば竜司にも、女が死んでしまったことは容易に分かった。

ああ、なんてこった。人を殺してしまった——。そう思いながらも竜司が最初にとった行動は、寝室に戻って服を着ることだった。人を殺した直後も、まずパンツ一丁だから服を着ようと思うんだな、とやけに客観的に自分を見てしまった。

それから、床の血だまりや凶器のトロフィーをトイレットペーパーで拭いて、トイレに流したりしたが、それ以上はもう一人では無理だと思って、マネ下を呼んだのだった。

しかし、マネ下を呼んで正解だったと、竜司はすぐに確信した。

マネ下は最初、竜司に自首を勧《すす》めてきたが、「お前はもう俺に協力するしかないんだ」と竜司が説得したところ、すぐに自分の立場を悟《さと》り、覚悟を決めてくれた。そこからは、実に頼もしく動いてくれた。

「死体を触る前に、手袋をしましょう」

「車に血痕が残るといけないから……ビニールシートとかありますか?」

「スコップと、あと懐中電灯も必要ですね」

そんなマネ下の指示を受けながら、竜司はやはり自分一人では何もできなかっただろうと痛感した。死体を埋めるのにスコップが必要なのはさすがに分かったが、ビニールシートや懐中電灯なんて思いつかなかっただろう。竜司一人だったら、死体をそのまま車に積んで、埋められそうな場所に着いて、車を降りて初めて「やばい、暗い。懐中電灯でも持ってくればよかった」と気付いたんじゃないかと思う。それで仕方なくスマホのライトで辺りを照らして、でもスマホだからライトとしては持ちづらくて落として壊してパニックになって……みたいな事態に陥《おちい》った可能性も十分にある。

マネ下が指示した道具が、納戸や庭の物置に揃っていてよかった。ビニールシートもスコップも、真穂の趣味で庭に作った畑の作業のために買ってあったのだ。道具を揃えて軍手をはめた後、女の死体を床に敷いたビニールシートで包んでいった作業はさすがに鳥肌が立ったが、青く細長い長方形になったそれを、青い巨大春巻きだと思い込むことで、竜司はどうにか死体に対する恐怖を紛らわせた。

その後、マネ下は「Nシステムがなんたらかんたら」と言って、わざわざ芸人仲間に車を借りに行った。死体を埋めに行くのに竜司の車を使ってしまうと、ナンバーが警察に分かってしまうとか、どうやらそんな理由で都合が悪かったらしいが、竜司にはマネ下の説明は難しすぎてほとんど分からなかった。一時間ほど経って、マネ下が借りてきた軽ワゴン車のドアに「みやお寿司」と書かれているのを見た時は、本当にこれに乗るのか、まあ生《なま》ものを運ぶことに関しては寿司屋と共通してるけど……なんて思って戸惑ったが、ともあれマネ下は、竜司一人ではろくにできなかったであろう死体遺棄の準備を、色々考えながら万全に調《ととの》えてくれたのだ。

その後、軽ワゴン車の後部座席に、青巨大春巻きを二人で運んで載せ、スコップや懐中電灯や予備の軍手なども積み込んだ。その作業中に、表の道路を通る人影は見えなかったし、両隣の家の窓も、こちら側はずっと明かりが消えていた。たぶん誰にも目撃されなかっただろう。

そして、マネ下の運転で数時間のドライブを経て、ついに死体遺棄にふさわしい場所に到着した。マネ下の地元の近くらしいが、周囲には家の明かりはおろか街路灯すらほとんどなく、ヘッドライトで照らされるのは田畑か森林か雑草の茂った空き地ばかりという、本当のド田舎だ。たしかにこの辺の森の中なら、死体が見つかることも、死体を埋めている最中に誰かが通りかかることもなさそうだ。

「じゃ、この辺の、できるだけ奥に埋めましょう」

森の間を抜ける細道の端に寄せて車を停め、マネ下が言った。

「さて、運びましょう」

「おお、分かった」

車を降りると、サクサク、パキパキと、落ち葉や枯れ枝を踏みつぶす感触があった。普段は車が全然通らない道なのだろう。懐中電灯を片手に持ったマネ下が後部ドアを開け、再び車の中に入り、青巨大春巻きを中から引きずり出す。竜司が外側の端を持ち、マネ下は腰をかがめながら「よいしょっ」と反対側を持ち上げて車から出る。

「足元、気を付けてくださいね」

「うん」

マネ下がビニールシートと一緒に右手で握《にぎ》った懐中電灯の、ふらふら揺れる明かりを頼りに二人で進む。前側を持つ竜司は、何度も振り向きながら後ろ歩きする。シートの中身は女一人なので、重さは大したことはないと、はじめのうちは思えたのだが、雑草だらけの不安定な地面を、生えている木をよけつつ何度も転びそうになりながら進むうちに、腕や足腰もどんどん疲れてきた。かつての筋肉がすっかり落ちて脂肪に置き換わった五十路《いそじ》の肉体は、すぐに悲鳴を上げた。

「ああ、きついな」

竜司が思わず声を漏らしたところで、マネ下も息を弾《はず》ませて言った。

「これぐらい進めば、もういいですかね」

「ああ、もう下ろすか」

「そうしましょう。よいしょっと」

二人で青巨大春巻きを地面に下ろす。限界まで歩いたつもりだったが、懐中電灯で照らしてみると、車から十メートルほど離れただけだった。とはいえ、あの細道を通る人なんてめったにいないはずだし、数少ない通行人がここに埋めた死体に気付くとも思えない。だから大丈夫だ、と思うことにした。

「じゃ、待っててください。スコップ持ってきますね」

マネ下が懐中電灯を手に、小走りで車に戻る。暗闇と静寂《せいじゃく》の中、もう蚊《か》が出てきているようで、何匹も竜司の周りでぷーんと飛び回っていた。長袖長ズボンで来たから簡単には刺されないだろうが、気分のいいものではない。竜司が見えない蚊を手で払い続けているうちに、車のドアの開閉音が聞こえ、すぐにマネ下がスコップを持って戻ってきた。

「じゃ、掘りますね」

マネ下が、持ってきたスコップを構えた。

「あ、じゃ、懐中電灯は俺が」竜司が申し出る。

「はい、お願いします」

竜司が懐中電灯を受け取って地面を照らし、マネ下がスコップで穴を掘っていった。

死体を埋められるほど大きなスコップは、竹下家の物置に一つしかなかった。車中で「途中に売ってそうな店があればもう一つ買おうか」と竜司は提案したのだが、「店の防犯カメラに映らない方がいいからやめておきましょう」とマネ下は冷静に言った。言われてみればたしかにそうだ。そんなリスクは竜司には思いつかなかった。やっぱりマネ下を呼んでよかったと、竜司はその時もつくづく思った。

「もし誰かが来たのに気付いたら、すぐ教えてください。あと懐中電灯も消してくださいね」マネ下が穴を掘りながら言った。

「うん、分かった」

　思えば、こんなふうにマネ下に指図されたことなんて今まで一度もなかった。でも、さすがに今は「生意気な口をきくな」なんて怒るべきではないことぐらい竜司でも分かる。

　穴はどんどん大きくなっていく。ざくっ、ざくっと一定のリズムで穴を掘っていくマネ下を見るうちに、ずいぶん前にテレビで見た、笑《わら》い飯《めし》の土器を発掘する漫才を思い出してしまった。また、相変わらずぷーんという蚊の羽音も聞こえるので、これまた笑い飯の、蚊を叩く漫才も思い出してしまった。でも、今は絶対に笑い飯を思い出している場合ではない。女を殺して死体を森に埋めるという、あまりにも非日常的な体験をしているせいで、情緒がおかしくなって急にこんなことを思い出してしまっているのだ――と自己分析して、頭の中から笑い飯の面白漫才を追い出そうとしているさなか、ふいにマネ下に声をかけられて竜司は我に返った。

「穴、これぐらい掘ればいいですかね？」

「ああ……うん、まあ、分かんねえけど」

　穴はマネ下の腹ぐらいまで達していた。一メートル近く掘っただろうか。でも、死体を埋めるのに十分な深さなのか自信はない。ここに来る道中で竜司がスマホで調べたところ、死体が地中の微生物に分解されるには三、四十センチ掘る必要があると、「サスペンス雑学」というサイトに書いてあった。でも、そのサイトが信用できるかどうかも分からない。というか、死体の埋め方を「サスペンス雑学」というサイトに載せる奴なんて変人に決まっているのだから、少なくとも人としては信用できないだろう。

「あんまり時間をかけても、目撃されるリスクが上がりますから、もう埋めましょう」

マネ下がそう言って、スコップを杖のように使って穴の上に登った。そしてビニールシートを穴の近くまで引きずり、シートを開いて、女の死体をごろんと穴の中に落とした。殺したのは竜司だとはいえ、女の死体がまるでゴミ箱に捨てられるように、ごろんと穴の底に落ちていく光景はさすがに残忍で、竜司の背筋にぞっと寒気《さむけ》が走った。

掘る時に積み上げた土を、マネ下がスコップでどんどん投入していく。女の死体にみるみる土がかぶさり、すぐ見えなくなった。竜司はそれを懐中電灯で照らしながら、少しだけ安堵した。この忌《い》まわしき女の姿を見ることは二度とない。そしてこのまま永遠に誰にも見つからないでくれ、と心から願った。

穴が埋まったところで、マネ下は「足跡はつけない方がいいか……」とつぶやいて、スコップの穴を掘る部分の背面で、土の山をパンパンと叩いた。相変わらず色々考えながら作業しているようだ。竜司はただ見ているだけなのが申し訳ないが、よかれと思って女のスマホを破壊したあの行動はどうやら余計だったようなので、これ以上何か余計なことをして、またマネ下の邪魔をしてしまってはもっと申し訳ない。だから結局、竜司はマネ下の作業を懐中電灯で照らすだけの役割に徹した。

穴を埋め終えたマネ下は、周囲の落ち葉や枯れ枝を、埋めた跡にかぶせてカムフラージュしてから、腰を押さえて一息ついた。

「たぶんこれぐらいで大丈夫でしょう。……あ、そうだ、彼女の荷物がありましたね」

「ああ、あれも車に積んできたよな。一緒に埋めた方がよかったか……」

竜司が言いかけたが、すぐにマネ下が否定した。

「いや、別の場所に捨てた方がいいと思います。身分証とかはなかったけど、身元を特定できる何かしらのヒントになっちゃうかもしれないんで」

女のバッグの中身は、家ですでに確認してあった。財布に化粧ポーチ、水が少し残ったペットボトル、ガムなどが入っていたが、身分証の類《たぐ》いはどこにも入っていなかった。

しばらく考えた後、マネ下は言った。

「じゃ、もう出発しましょう。で、スマホとバッグは途中で、見つからなそうなところに捨てましょう。これ以上ここにいて、一台でも車が通って見られたらまずいですから」

「うん、分かった」

マネ下は、女を包んできたビニールシートを畳み始めた。竜司も一応端《はし》を持って渡したが、大した手伝いにはならなかった。それでもマネ下は「ありがとうございます」と竜司に一礼してから、独り言のように言った。

「じゃ、バッグはコンビニのゴミ箱にでも捨てるか……。あ、でも防犯カメラに映らない方がいいか。もしかしたら店員に注意されるかもしれないしな。やっぱり少し離れたところに全部埋めるか……」

考えるのは全部マネ下に任せる。竜司は今までの人生で、野球以外のことはほとんど考えたことがない。そんな竜司が今何を考えても無駄だということぐらいは、考えなくても分かる。

「ちょっと、懐中電灯いいですか?」マネ下が言った。

「あ、うん」

竜司が懐中電灯を渡すと、マネ下は埋めた穴の周辺を照らして確認し、「よし、大丈夫だよな」と小声で言ってうなずき、すぐ「ありがとうございました」と懐中電灯を竜司に返した。そして右手でスコップ、左手で畳んだビニールシートを持ち上げた。

「じゃ、戻りましょう」

「うん」

竜司が前方を照らし、二人で車に戻る。もちろん周囲には人も車も見当たらない。ビニールシートとスコップを後ろに積み、すぐマネ下がエンジンをかけて車を出し、他の車など一切通らない田舎道を戻る。車が一台通るだけでもヘッドライトが目立つはずだから、それが一度も見えなかったということは、死体を埋めている最中はもちろん、車を停めた前後も含めて誰にも見られなかったはずだ。

その後、十分ぐらい走って、やはり他の車などまったく通らない森の中の道で、マネ下が「この辺にしましょうか」と車を端に寄せて停め、女のスマホとバッグを持って森の中へ行き、地面に埋めた。死体と比べればはるかに短い、ほんの数分の作業で済んだし、その間に車も人も通りかかることはなかった。

そこからは一気に東京に向かった。「疲れたでしょうからお休みになってください」と、マネ下は助手席の竜司を気遣《きづか》ってくれたが、眠れる気はしなかった。マネ下も腰が痛むようで、信号待ちの際に何度か腰を手で押さえて「う〜ん」と唸《うな》っていたが、それでも東京まで運転してくれた。

麻布の家に戻った時には、もうすっかり朝になっていた。

「じゃ、履歴を消して……よし、完了」

カーナビの履歴を消すマネ下を見て、よくそんなところにまで気が回るものだと、竜司は今日何度目かの驚きを覚えた。もし竜司が一人で死体を捨てに行っていたら、いくつ証拠を残してしまったか分からない。Ｎシステムがどういうもので、なぜ自分の車を使うとまずかったのかも竜司は理解できなかったし、そもそも五十路であちこちガタがきている肥満体では、一人で死体を担いで運ぶことすら難しかっただろう。とにかくマネ下に感謝するばかりだった。

「じゃ、あとは、ビニールシートに多少血が付いちゃってると思うんで、それを洗って、他の道具も片付けましょう」

マネ下が言った。さすがに疲れが顔に出ていたが、頭は働いているようだった。

「竹下さんは、家の中の物をお願いします。僕がビニールシートとかスコップとか、物置から出したのを片付けるんで。一応、家の中が終わったら、一回出てきてもらって、物置の中の置き場所とかが合ってるか見てもらってもいいですか?」

「ああ、うん……」竜司はうなずく。「ただ、俺もあんまり、物置の中がどうだったかは覚えてないけど」

「まあ、だいたいでいいんで」

「そうか、分かった」

物置の中の配置が変わっていることを後で真穂に指摘されたら、真穂の不在中に少し畑をいじったとか、適当に言い訳すればいいだろう。

竜司は、家の納戸から持って行った懐中電灯と軍手を片付けた。そういえば軍手は結局、たくさん入った袋を持って行ったけど、竜司とマネ下で一組ずつしか使わなかった。軍手って、出先でもっと必要になるかと思って余分に持って行くけど、意外と丈夫だから一組で十分で、だからみんな出先で持て余して、結果的に道端に一つだけ落としたりするのかな。たまに軍手が一つだけ落ちてるのはそれが原因なのかな——なんて、竜司が眠い頭でぼんやり思っていた時だった。

「ただいま」

背後から突然声をかけられ、竜司は思わず「わっ」と声を上げてしまった。

振り向くと、真穂が帰ってきていた。

「あ……おかえり、だったかな？」真穂が無邪気《むじゃき》な笑顔で尋ねてきた。

「え、ああ、うん……」

まさか真穂が帰宅していると思っていなかった竜司は、思考停止してしまう。すると、真穂が竜司の手元に気付いた。

「あれ、懐中電灯、どうしたの？」

「ああ、ちょっと……」

なんと返せばいいか、まるで言葉が出てこなかったところに、さらに事件が起きた。庭から、ジョロジョロと水を流す音が響いてきたのだ。

「ちょっと待って、外に誰かいる？」

真穂が廊下を小走りして、リビングの庭に面した窓に向かった。竜司は後を追いながら、さすがに隠しきれないと悟って言った。

「ああ、あの……マネ下だよ」

「マネ下さん？　なんで？」

真穂が振り向いて尋ねてくる。竜司はとっさに、口から出まかせで言った。

「あの……一緒に飲みに行ってたんだ」

「飲みに行くのに、懐中電灯とか軍手とか持って行ったの？　さっき片付けてたけど」

「うん、まあ……ちょっと変わった店でな」

竜司は口から出まかせの嘘を重ねていく。このままでは無理がありすぎて嘘が破綻《はたん》してしまうかもしれない。しかし嘘をつかないわけにもいかない。女の死体をマネ下と埋めに行っていた、なんて真実を言うわけには絶対にいかないのだ。

真穂はリビングの窓を開けた。そして庭に向かって声をかけた。

「どうも、おはようございます」

竜司も、真穂の後ろから外を見る。マネ下は畑の水まきなどに使う外の水道でビニールシートを洗っていた。

「あっ……ああ、おはようございます」

マネ下が真穂を見て驚き、一気に緊張感が高まったのが見てとれた。次に竜司と目が合った。まさか真穂がもう帰ってるとは思わなくて、俺もビックリしてるんだ——という念を送ってみたが、お互い超能力者ではないので伝わった自信はない。

「真穂さんが今朝帰ってこられるって、竜司さんにうかがってたんですけど……この時間にもう帰ってらっしゃったんですね」

マネ下が、やや引きつった笑顔で言った。真穂は穏《おだ》やかな口調で返す。

「うん。やっぱり今、番組の予算が減ってるから、一泊でも減らしたいみたい。ロケバスが夜行バス代わりで、そのまま帰ってきちゃった。まあ、早く帰れた方が、私も水口《みずぐち》さんも都合がいいんだけど」

水口さんというのは、ベテラン女優の水口佳代子《かよこ》だろう。不定期の放送だが真穂がほぼレギュラー扱いで出ているBSの旅番組で、よく共演している。

そんな雑談だけで終わってくれればよかったのだが、やはりそうはいかなかった。

「ところで、ビニールシート、どうしたの？」真穂がマネ下に尋ねた。

「あ、えっと、これは……」マネ下が言葉に詰まる。

まずい。ここでマネ下が独自の嘘をついてしまったら、いよいよ竜司の話と辻褄《つじつま》が合わなくなる。――瞬時に察した竜司は、真穂の肩越しにマネ下に言った。

「俺たち、変な店に飲みに行ったんだよな。懐中電灯とか軍手とか、ビニールシートも持って行って」

「ああ……はい、そうなんですよ」

マネ下が、竜司の無茶振りを受けて、懸命に頭を働かせているのは表情から分かった。

死体を埋めに行く際にも何度も見た表情だ。

そしてマネ下は、自然な微笑を浮かべて真穂に言った。

「実はゆうべ、お花見バーっていうところに、飲みに行きまして」

「お花見バー？」真穂が聞き返す。

「はい。最近できた店らしいんですけど……。ほら、お花見って、せっかく楽しいのに、春先のほんの一時期しかできないじゃないですか？　だから、それがもったいないってことで、天井一面に、造花なんだけど、桜が満開になってる感じの飾りが付いた、そんな店だったんですよ〜」

マネ下が即興で嘘を膨らませていく。さすが芸人だと竜司は思った。竜司には、こんな臨場感のある嘘をアドリブでつくなんてとても無理だ。

しかし、マネ下の嘘が上手すぎたのが仇となってか、真穂が思わぬことを言い出した。

「へえ、楽しそう。私も行きた〜い」

「あっ、いや、でも……」マネ下が慌てて付け足す。「実際行ってみたら、あんまりよくなかったんですよ」

「うん、ひどい店だったな。もう二度と行かねえよな」

竜司も加勢する。真穂も行きたがっては困るのだ。そんな店は存在しないのだから。

「ビニールシートとか、もろもろ持って行かなきゃいけなかったのが面倒だったし、あと下が土っていうのもねえ。あそこまでのリアリティは必要ないですよね」

マネ下が言った。竜司も「うん、そうそう」と内心冷や冷やしながらうなずく。

「しかも、僕らが持って行ったビニールシートに、店員さんが料理をこぼしちゃいまして。ホットドッグ……いやフライドポテトだったかな？　とにかくケチャップが付いちゃって、それで今洗ってたんですけど……。だから申し訳ないんですが、もしかするとこのビニールシートに、ちょっと赤みが残っちゃうかもしれません」

素晴らしいアドリブだ。竜司は真穂の背後で、思わず大きくうなずいてしまった。これで、ビニールシートに女の血痕が少しぐらい残ってしまっても大丈夫だろう。

「で、一応洗ったんですけど、何か拭く物ありますかね？　雑巾《ぞうきん》とかでいいんですけど」

「ああ、そこの物干し竿《ざお》に下げといてくれれば、後で片付けるよ」真穂が言った。

「あ、よろしいですか、どうもすみません」

マネ下が真穂に頭を下げ、濡《ぬ》れたビニールシートを物干し竿に止めたが、念のため後で自分で片付けることにしようと竜司は思った。

「じゃ、片付けも終わったんで……竜司さん、大丈夫ですかね、僕帰っちゃって」

マネ下が、腰を押さえながら竜司に言った。

「ああ、うん……」

とりあえず返事をしたが、もうマネ下が帰って本当に大丈夫なのか、判断できるだけの頭脳は竜司にはない。

「じゃ、僕はこれで失礼します。どうも、お邪魔しました」

マネ下は一礼して、ガレージの方に歩き去って行った。

「どうもありがとう」

真穂の言葉に振り向いて、笑顔で改めて一礼し、やや早足でマネ下は去って行く。少し急いでいる様子が怪しく見えなくもないが、そういえばマネ下は、寿司屋の軽ワゴン車で去って行くのだ。あれも真穂に見られたら怪しまれるだろうし、なるべく早く車を返しに行く必要があるのかもしれない。

ほどなく、エンジン音がして、マネ下が借りてきた車が道路へ走り出した。

「あ、マネ下さん、車だったの？」

「ああ……うん」

竜司はあいづちを打ちながら、さりげなく真穂と窓の間に立ち、視界を遮《さえぎ》った。寿司屋のロゴ入りの軽ワゴンは、真穂には見られなかったはずだ。

「あれ、マネ下さんは、お酒飲まなかったんだよね？」

真穂が心配そうに尋ねてきた。竜司は慌ててうなずく。

「ああ、大丈夫。あいつは飲んでなかったから、飲酒運転じゃないよ」

「ていうか、お花見バーの床、土をわざわざ敷いてあったの？」

「あ……うん、そう。下が土だったな」

「ズボンも靴下も汚れてるもんね」真穂が竜司の足元を指差した。

「ああ……ごめん、汚しちゃって」

竜司がまた慌てて言うと、真穂は不思議そうな目を向けてきた。

「珍しいね、謝るなんて」

「あ、ああ……そうかな」

そういえば、真穂に「ごめん」なんて言ったことは、長らくなかったか。

「ちょっと眠いし、シャワー浴びて少し寝るわ」

竜司は、これ以上真穂に不審点を見つけられないうちに言った。

「うん、そうした方がいいよ。朝まで飲んでたんだもんね」

とりあえず、真穂に疑われている様子はない。ピンチはどうにか乗り切れたようだ。普段からほんわかした、癒やし系とか天然キャラと称される真穂が嫁でよかった。鋭い嫁だったらあんな嘘はすぐ見抜かれただろう。客がビニールシートを持参しなければならない、床に土が敷いてあるお花見バー……なんて普通に考えたらありえない。そんな店は、土に虫がわんさか湧《わ》いて苦情殺到ですぐつぶれるに決まっている。

竜司は風呂場に向かった。さっき真穂に言った通り、シャワーを浴びてから寝ることにする。ただ一応、ビニールシートの片付けと物置の確認だけ、シャワーの後に済ませよう。家の中の痕跡は、死体を埋めに行く前にきちんと消してある。床の血痕は見た目にはまず分からないように拭いたし、凶器となったトロフィーは衝撃で歪《ゆが》んで血も付いてしまったので、血痕を拭いて竜司の部屋のクローゼットの奥に隠した。もし今後、真穂に見つかったら、「間違って落として壊しちゃったから、飾っておくのもみっともないし片付けた」とでも言い訳をするつもりだ。

とにかく、この件は今後も真穂にバレるわけにはいかないし、埋めた死体が誰にも見つからないことを祈るしかない。ただその一心だった。

7

浩樹は、あの夜以来ずっと思っている。

自分も竜司も、絶対に許されないことをしてしまった。人として越えてはいけない一線を越えてしまった。

いくら相手の女が、竜司との不貞行為を週刊誌に売ろうとしていたからって、殺していいはずがない。というか、そもそも妻の不在時に買春したりするから、あんなことが起きてしまったのだ。竹下竜司は本当にどうしようもない男だ。立派だったのはプロ野球選手としての成績だけ。人間としては屑《くず》であり、女の敵としか言いようがない。

しかし浩樹は、そんな屑人間がいないと生きられない、哀しき寄生虫なのだ。宿主《しゅくしゅ》が死ねば自分も死ぬ。だからピンチに陥った竜司を救うしかなかった。その結果、死体遺棄という犯罪に手を染めてしまったのだ。

それにしても、あの夜、竜司は死体遺棄の作業をろくに手伝わなかった。浩樹は態度に出さないように努めていたが、正直かなり腹が立っていた。

穴を掘るのも埋めるのも、途中でちょっとぐらい代わることだってできたはずだ。なのに竜司ときたら「代わろうか？」の一言すらなかった。浩樹が穴を掘っている時は、懐中電灯で照らすだけの楽な役しかしなかったし、ざくざくと穴を掘っている時にちらっと見たら、何か思い出し笑いでもしているかのようにニヤついていた。さらに死体を埋めた後も、ビニールシートを畳む作業すらろくに手伝わなかった。徹夜で車を長時間運転した上に、スコップで大きな穴を掘って人を埋めるのが、どれだけ大変か分からなかったとは言わせない。帰りの運転中には、浩樹の腰はパンパンに張っていた。浩樹が何度も腰をさすっていたのを見ていたはずなのに、竜司は「大丈夫か」とか「苦労をかけて悪いな」といった一言すらかけてくることはなかった。ああむかつく。殺したのは自分なのに、よくもまあ死体遺棄をあれだけ人任せにできたものだ。

あんな男と結婚してしまった真穂も大変だ。きっと日々の家事に労《ねぎら》いの言葉など一切かけてもらえていないのだろう。ただ真穂も真穂で、天然ボケのほんわかキャラが売りのタレントMAHOなだけあって、浩樹と竜司の嘘にころっと騙《だま》されてくれたのは不幸中の幸《さいわ》いだった。

ビニールシートを洗っているところを見られて「お花見バーに行ってた」なんて無茶な言い訳で押し通せたのは、相手が真穂だったからだろう。客が各自ビニールシートを持って行くルールで、床に土が敷いてあるお花見バー……なんて店があるわけがない。よくもまあ、あんな嘘を信じたものだ。真穂はあれでも元看護師らしいが、もしあの様子で看護師を続けていたら、飲ませちゃいけない薬を飲ませたり、刺しちゃいけない血管に針を刺したり、執刀《しっとう》しちゃいけない立場なのにうっかり執刀しちゃったりで、患者が何人死んでいたか分かったもんじゃないだろう。さすがにこんな自分が看護師をやっていては危ないと自覚したから、芸能界に転向したのかもしれない。とにかく、あの夫婦は夫も馬鹿なら妻も馬鹿だ。憎むべき馬鹿か愛すべき馬鹿かの違いだ。

死体遺棄を終え竹下邸に戻り、真穂をどうにか騙しきった後で、浩樹はぷく山雅治から借りた車で逃げるように去った。ただ、そのまま車を返すわけにはいかなかった。カーナビの履歴は忘れずに消したが、死体遺棄をした際に車内に持ち込んでしまった土や落ち葉などは掃除する必要があったし、何より不安なのは死臭だった。死体を乗せて長時間ドライブしてしまった浩樹には、もはや客観的に、というより客嗅的に、死臭がどれだけ車内に残っているか判断できなかった。だから疲れた体にむち打って、ホームセンターに行って車を停め、ハンディクリーナーと消臭スプレーを買った。そして、ハンディクリーナーで落ち葉のかけらや土汚れを掃除し、消臭スプレーを濃霧《のうむ》注意報が出るぐらい車内に振りまき、それらをどこかに捨てて足がついてもいけないから、いったん沼袋の浩樹の部屋に置きに行き、最後に給油してから、車をぷく山に返しに行ったのだった。

「いや〜、ゆうべは色々大変だった。本当に助かったよ」

浩樹は礼を言いながら、財布に残っていた五千円札をぷく山に握らせ、「いやいや、いいですよ」と遠慮するぷく山を「いいから取っといて」と振り切って電車で帰り、ようやくアパートに着いたのが昼過ぎだった。徹夜明けなので、できることなら心ゆくまで眠りたかったけど、その晩はモノマネショーの出番があったので数時間しか眠れず、起きてすぐモノマネパブに直行。頭も体もくたくただったので、「続きまして、エレファンツ……あ、違った、ユニコーンズ時代の竹下竜司」などとタイトルコールを何度も間違えたり、客前で何千回も披露しているピッチングのモノマネでふらついて転びかけたりして、スベりまくりの散々な出来になってしまった。つくづく、日付をまたいで死体遺棄をさせられたあの半日は、人生最悪の時間だった。

しかも、苦しみはそれだけでは終わらなかった。

浩樹はその後もたびたび、ふいに思い出してしまった。女の陥没した頭、血がこびり付いた茶髪、濁《にご》った半開きの目、冷たくなった肌――いわゆるフラッシュバックというやつだった。日常生活の中で突然、あの夜記憶に刻まれた光景が頭の中を占領することがあって、そのたびに浩樹は「うわあっ」と叫びたくなった。

家に一人でいる時なら、実際に「うわあっ」と叫んだところで問題はないのだが、外出先や、果凜が家にいる時にフラッシュバックに襲われた時は困った。異変に気付かれないよう、じっと歯を食いしばって耐えていたのだが、果凜には何度か「大丈夫？」とか「何か悩んでない？」と声をかけられてしまったし、果凜と夜を共にした翌朝に、心配そうに尋ねられたこともあった。

「ヒロ君、夜中にすごいうなされてたけど大丈夫？」

さすがに睡眠中まではごまかしきれなかった。そんな時は、素知《そし》らぬ顔でとぼけた。

「ああ、なんか嫌な夢を見た記憶だけはあるわ。内容は忘れちゃったけど……」

実際は鮮明に覚えていた。頭から血を流したあの女がアパートに突然現れる夢や、なぜか死体遺棄現場を再び訪れた浩樹の目の前で、土の中から女が這い出てくる夢など、あの夜の記憶は様々な悪夢に形を変え、そのたびに浩樹はうなされた。

フラッシュバック以外にも不安はつきまとった。やはり最大の不安は、あの死体が見つかってしまうことだった。浩樹は一日に何度も「茨城　遺体　発見」とスマホで検索した。あの件のニュースが出てくることはなく、そのたびに少し安堵したが、今後も見つからない保証はない。すぐまた不安になってしまった。そもそも、本当にあの埋め方でよかったのか――。浩樹は気になって、ある時「死体　埋め方」で検索してみた。

するとますます不安が膨らんでしまった。

あるペット関連のサイトに「動物の死体を庭に埋葬《まいそう》する時は、最後に土をしっかり踏み固めましょう」という内容の記述があったのだ。土を踏み固めないと、まず土の隙間から死体のわずかなにおいが発せられ、それを嗅《か》ぎつけた虫が土に穴を空けて出入りし、死体を食べたり卵を産みつけたりするようになる。そうすると虫の出入りによって空いた穴から、さらににおいが外に漏れてしまう。――そんなことが書かれていた。

穴をどれだけ深く掘るべきか、といったことは、行きの車内で竜司が検索していたのだが、最後に土を踏み固めることは、浩樹はおろそかにしてしまった。穴を埋めた土を、スコップの掘る部分の背面でパンパンと叩きはしたが、さらに踏んで足跡をつけたら、文字通りそこから足がつくのではないかと不安がよぎってしまったのだ。冷静に考えれば、足跡なんてあの周りにもたくさん残してしまったのだし、ネットでよく調べたら、時間が経って雨風にさらされれば足跡の検出は不可能になるらしい。後で不安になるぐらいなら、あの時もっと踏み固めておけばよかった。

死体遺棄現場の周辺に人通りはなさそうだったが、誰一人通らないわけではないだろう。誰かしらは通るから道があるのだ。もし、数少ない通行人の誰かが、死体を埋めた場所の土から漏れ出たにおいに気付いて、土を掘り返してしまったらどうしよう。あの辺の農村部なら、ちょうどスコップなどを持って通る人もいるかもしれない——。考えれば考えるほど、浩樹の心は悪い予感で満たされてしまった。

もう一度レンタカーでも借りて、またあの場所の土を踏み固めに行こうか——と考えたことも何度かあった。しかし、それはそれでリスクがあった。まず、死体を埋めた正確な場所を浩樹は覚えていなかった。たしかあの辺の細道の、だいたいあの辺に車を停めて、そこから死体を竜司とともにあっちの方に運んだはず……ぐらいの記憶しかない。もちろん死体を埋めた場所に目印なんて付けていない。

あの死体を埋めた場所を再び見つけるには、下手したら死体を埋めた作業以上の時間がかかってしまうかもしれない。真っ暗な夜中に見つけるのはもはや不可能だろうから、行くとしたら昼間になる。でも、昼間にあんな場所をうろうろして、それを現地の人に目撃されたら、そっちの方がよっぽど怪しまれて、死体が見つかるリスクは上昇してしまうだろう。結局、浩樹はもろもろ考えた末に、「死体が見つかってしまうのではないかという不安を抱えながらも、何もせず悶々《もんもん》と過ごす」という選択肢をとるほかなかった。

しかし、不安に苛《さいな》まれる浩樹にはお構いなしに、世の中は従来通りに進んでいく。浩樹も事務所から渡されたスケジュール通り、マネ下竜司として人前に出る日々を続けるしかなかった。モノマネショーの出番が日常業務で、たまにテレビや営業に呼ばれて、短時間のモノマネをして一笑いとり、そっちの方がモノマネショーよりずっとギャラが高いという、同一労働同一賃金のドの字もない賃金体系も従来通り。傍《はた》から見れば、マネ下竜司の様子は今までと何一つ変わらないはずだった。

そんなある日の、モノマネパブの楽屋でのことだった——。

「これ似てないか？　『蛍《ほたる》〜、純《じゅん》〜』って」

役所広司《やくしょこうじ》のモノマネを主にするベテラン芸人、役所狭司《せまし》が、後輩芸人たちに新ネタを試していた。

「田中邦衛《たなかくにえ》はさすがに無しでしょ。さんざんやり尽くされてるし、もう死んじゃったし」

椎名林檎《しいなりんご》のモノマネを主にする女芸人、椎名すりおろし林檎が苦笑する。

「今さらやるっていうのが、逆にありじゃないかな？」と役所狭司。

「いや、逆にとかじゃなくて普通に無しですって。ていうか、若いお客さんはもう田中邦衛を知らないでしょ」

椎名すりおろし林檎が、若い後輩芸人を振り返って尋ねる。

「似《ニ》トルちゃん、田中邦衛って分かる？」

「ああ、田中邦衛さんは私、モノマネしか知らないです。本物は見たことないです」

藤田《ふじた》ニコルのモノマネを主にする女芸人、藤田似トルが答えた。

「そっか、もうそんな世代か～」役所狭司が頭をかく。

「『蛍～』とか言ってるの、モノマネでは見たことありますけど、田中邦衛さんって本当にあんな喋《しゃべ》り方だったんですか?」藤田似トルが尋ねる。

「本当にああだったんだよ。YouTubeとかで見てみるといいよ。ふざけてんのかなって思うぐらい、あの喋り方だから」椎名すりおろし林檎が答える。

「え～、今度絶対見よう」と藤田似トル。

「私の世代でも、森進一とかは、本人よりモノマネの方を先に見たからね」椎名すりおろし林檎が言うと、役所狭司は目を丸くする。

「あ～、すりちゃんの世代でもそうか」

椎名すりおろし林檎は、モノマネ芸人仲間からは「すりちゃん」と呼ばれている。「椎名」とか「林檎」とか、ご本人の名前に由来する部分はモノマネ芸人同士であまり呼ばれない。決まっているわけではないが、さすがにご本人の名前を呼び捨てしたり、ちゃん付けするのは失礼だという暗黙のルールがある。まあ、その割にはさっきから田中邦衛も森進一も平気で呼び捨てにしているのだが。

「私も、本物の森進一を初めてちゃんと見た時はビックリしましたよ。あ、本当にこんな顔で歌うんだ～って」椎名すりおろし林檎が言った。

「しかも森進一は、本物の方がモノマネよりも面白いからな」役所狭司が笑う。

「え、そうなんですか？」藤田似トルが驚く。「森進一さんのモノマネって、口角上げて、顎《あご》もちょっとしゃくれさせて、正直、かなり変顔で歌うやつですよね？」

「そうそう。芸人がみんな誇張してやってるのかと思いきや、実は本人の顔が一番面白いんだよ」と役所狭司。

「それって、本人も笑わせようとしてるんですか？」

「いやいや、本人はメチャクチャ真剣なんだよ。ただ、森さんってのは歌う時にものすごく感情を入れる人だから、『おふくろさんよ～』って歌いながら感情が入りまくった結果、メチャクチャ面白い顔になっちゃうんだよ。元の顔がイケメンだから、その分落差がすごいっていうのもあるんだよな」

「ネットに上がってる動画見ても、本当にすごいからね」椎名すりおろし林檎が言う。「動画によって、そうでもないやつと、マジですごいやつがあるんだけど、マジですごいやつはもう絶対笑っちゃうから」

「え～、それも絶対見よう」

――そんな雑談の輪の外で、出番を終えたジョナサン後藤がスマホをいじっていた。

そういえば、ジョナサン後藤は国立大学の理学部卒だ。埋めた死体のにおいが地中から漏れてしまうのではないかという問題に関して、多少は詳しいかもしれない。浩樹は楽屋の他の芸人が森進一の話に興じている間に、声を落として後藤に質問してみた。

「あのさあ後藤……土に埋めた物からにおいが出なくなるまで、どれくらいの時間がかかるかな？」

「何だよ急に。どういうこと？」後藤が怪訝《けげん》そうな顔で聞き返してきた。「そんな、においの強い物を埋めたってこと？」

「ああ、あの……まあ、生ものというか、そういう物を埋めて、まあ生臭いっていうか、腐るようなにおいが出ちゃった場合なんだけどね」

オブラートに包みすぎて分かりづらくなっている自覚はあったが、人の死体の話だとは悟られないように、浩樹は苦心して質問した。

「そういう物を埋めた場合、そのにおいに引きつけられた虫が、土に穴を掘っちゃったりすると思うんだけど、そのあと時間が経てば、においはだんだんなくなっていくよね？土の中で分解されたりして」

「ああ、まあ、そりゃ時間が経てばね」後藤がうなずく。

「腐敗した物が、いつまでも同じくらいのにおいを発することはないよね？」

「そりゃそうだろうけど……何か最近埋めたの？」

後藤に正面から尋ねられ、浩樹はドキッとしたが、動揺を悟られてはいけない。

「ああ、それは……俺が埋めたわけじゃないんだけど、この前、そういうシーンが出てくる小説を読んでさ」

「何ていう小説？」

「ああ……えっと、ごめん、忘れちゃった」

「作者ぐらい覚えてるだろ」

「あ～……図書館で適当に借りたから、ちょっと思い出せないや」

しどろもどろになりながら、浩樹は後悔した。一時の安心を得たいからって、他人に怪しまれるリスクを負うのは間違いだった。その方がますます自分の首を絞めかねない。

「なんか、ここのリアリティがどうなのかなって思ったシーンがあったんだけど……まあいいや。急に変なこと聞いて悪かった」

浩樹が適当に話を切り上げると、後藤はあくびをしながらまたスマホをいじり出した。

と、そこで後藤が「おっ」と声を上げて、興奮気味に浩樹に声をかけてきた。

「おい、竹下竜司のニュース、知ってるか？」

「えっ……何かあったの？」

浩樹は、急速に鼓動が速まるのを感じながら聞き返した。

まさか、竜司が逮捕されたのか――。今まさにあの死体遺棄に関する話をしていたこともあり、浩樹の頭に真っ先に思い浮かんだのは、そんな悲観的な想像だった。

死体遺棄をしたあの夜以来、かれこれ一ヶ月ほど竜司に酒に誘われていなかったので、近況もよく知らなかった。実は竜司の周囲にはすでに捜査の手が及んでいて、とうとう証拠を固められてしまったのではないか。その場合は浩樹も無事では済まないはずだ――。瞬時にそこまで想像し、浩樹はぞくっと寒気を覚えた。

「これ、今見つけたんだけど」

後藤がスマホを差し出してきた。その画面を、浩樹はおそるおそる見る。

そこには、ニュース記事の見出しが表示されていた。

『竹下竜司さん救急搬送　心筋梗塞《しんきんこうそく》の発作《ほっさ》で』

ああ、あの件じゃなかった。よかった――。と一瞬だけ安堵してしまったが、すぐに思い直す。これはこれで大事件じゃないか。

「マジか……こりゃ大変だ」

浩樹は慌てて自分のスマホを取り出した。

8

「もしもし、マネ下です。すみません、ついさっきネットニュースで、竜司さんが病院に運ばれたのを知りまして……」

浩樹は、モノマネパブの裏口から外に出て、竹下家の固定電話に電話をかけた。電話に出た真穂は、少し疲れたような声で返した。

「ああ、マネ下さん。ありがとう、わざわざ」

「それで、竜司さんの容態《ようだい》は……」

浩樹は緊張しながら尋ねたが、真穂の答えはあっけらかんとしていた。

「うん、全然命に別状はないって。ただまあ、しばらく入院するみたい」

「ああ、そうですか……。よかったです、大事に至らなくて」

浩樹は本心から言った。たとえ死体遺棄の片棒を担がされても、その際に全然手伝わなかったことに腹が立っても、今の浩樹があるのはすべて竜司のおかげで、竜司が人生最大の恩人であることに変わりはない。心筋梗塞で救急搬送されたと聞いたら、やはり心配だったし、無事であってほしかった。まあ、死なれてしまうと当分モノマネがしづらくなって仕事が減る、という理由もあったが。

「あ、それで、お見舞いに伺うのは……」

浩樹はおずおずと言いかけたが、すぐに真穂が優しい声で答えてくれた。

「ああ、やっぱりコロナがあるから、お見舞いは家族だけにしてくれって病院から言われちゃった。マネ下さんは大丈夫だよ。退院したらまた会ってあげてください」

「どうもすみません。一応、さっき竜司さんにＬＩＮＥはしたんですけど、まだ読まれてないみたいで……」

この電話の前に、浩樹は真っ先に竜司に『すみません！　たった今ニュースで、竜司さ

んが病院に運ばれたことを知りました。ご無事であることを心から願っております！』と
LINEを送っていたが、既読は付いていなかった。浩樹には入院した経験がないため、竜司が今どういう状況なのか想像もつかない。もしかすると、医療ドラマで見るような、たくさんの機械につながれている状態なのではないか、とも想像してしまっていた。

「なんか、あれですかね。病院でスマホが見れないってこともあるんですかね？　スマホの電波が医療機器に影響しちゃうみたいな……」

浩樹は尋ねたが、すぐ真穂が返した。

「いや、そんなことはないよ。普通にLINEとかできてるし」

「ああ、そうなんですね」

「本人もちょっとは慣れてると思う。心筋梗塞で入院したのも二回目だからね」

「えっ、二回目ですか？」

浩樹が驚いて聞き返すと、真穂は逆に尋ねてきた。

「あ、知らなかった？」

「ああ、はい、ごめんなさい……」

浩樹は、竹下竜司に関する知識には相当の自信があった。ウィキペディアも何度も熟読したが、心筋梗塞の記述はなかったはずだ。あったらさすがに覚えている。

「一回目に倒れたのは、十年近く前だったかな。まだマネ下さんがテレビに出る前だった

かも。ああ、そういえば、たしか大きな台風と重なって、それであんまり騒がれなかったんだ。だからマスコミとかはほとんど来なくて、ちょっと助かったなって思っちゃったんだ。あれだけどね。不健全、じゃなくて、ふけん、ふきん……ああ、不謹慎《ふきんしん》だけど」

真穂が言った。少し難しい言葉になると出てこなくなるのは夫婦共通だ。

「だから、心臓はその頃から悪くてね。夫が血圧の薬飲んでたのは知ってたよね？」

「あ、はい。ご本人から聞いたことがあります」

「でも、最近は油断して、全然気を付けなくなっちゃってたからね。お酒も平気でガブガブ飲んじゃってたし」

「ああ……すいません。僕のせいでもあります」

晩酌の太鼓持ちとして呼ばれる浩樹は、丁重に謝った。

「いいのいいの。あの人が自分の意志で飲んじゃってるんだから」真穂は電話越しに笑った。「前にお医者さんに、適度な飲酒はむしろ心筋梗塞の予防効果があるって言われたんだけど、それをいいことにあの人、さすがに適度じゃないでしょっていう量のお酒を飲んじゃってたからさ。それも今回の原因なのかなあって思うんだけど」

真穂は医療系の話になると、普段は舌っ足らずな口調が少し流暢《りゅうちょう》になる。元看護師のキャリアがあるからだろう。

「でも、あの人いつも言ってるからね。人生は長さじゃなくて太さだって。好きなことを我慢させるのも、あの人には合わないでしょ」

「たしかに……」

我慢させるのが合わない、というより、竹下竜司は我慢なんてできない人だろう。飲みたい酒を好きなだけ飲み、抱きたい女を家に連れ込み、その女に不倫をリークされそうになったら殺してしまう。自制心をろくに働かせずに今まで生きてきたし、今後もそうやって生きていくに違いない。

「まあとにかく、夫が回復したら、また会ってあげてください。わざわざお電話ありがとう」真穂が言った。

「いえいえ、こちらこそ大変な時に電話してしまって申し訳ありません」

その後「いえいえ」とか「どうも」とか「失礼します」などの言葉をお互い言い合って、タイミングを計りながら電話を切った。とりあえず、マネ下竜司としての義務は果たしたところで、浩樹はふうっとため息をついた。

楽屋に戻ってから、浩樹は「竹下竜司　心筋梗塞　一回目」とスマホで検索してみた。すると、たしかに竜司は八年前に救急搬送されていたことが分かった。浩樹がモノマネ芸人になるより前のことで、真穂が言っていた通り、台風が西日本に大きな被害をもたらしたのとちょうど同じ日だったようだ。改めて竹下竜司のウィキペディアを見ても、やはり載っていなかったから、本当にほとんど報道されなかったのだろう。

「おお、大丈夫だったか」

ジョナサン後藤が、楽屋に戻った浩樹に気付いて声をかけてきた。

「うん。奥さんに電話したら、そんなに重症ではないって」

「そっか……。あ、奥さんってグラドルのMAHOだっけ。電話するような仲なんだ」

「うん、まあ、家の電話番号は知ってるからね」

その会話に、先輩モノマネ芸人の役所狭司も入ってきた。

「あっ、マネ下って、MAHOとも仲いいのか。いいなあ」

「マネ下、竹下家にもしょっちゅう行ってるんですよ」ジョナサン後藤が言う。

「しょっちゅうってほどじゃないよ。たまに呼ばれたら行くだけです」浩樹が補足する。

「じゃ、MAHOの風呂とか覗いたことある？」役所狭司がにやついた。

「あるわけないでしょ！」浩樹がツッコむ。

「俺だったら絶対、隙見て覗くけどな。だってMAHOって、超エロい体してただろ」

「ちょっと、最低な会話してるんですけど～」

ちょうどステージから戻ってきた、松任谷由実《まつとうやゆみ》のモノマネを得意とするベテラン歌マネ女芸人、トルティーヤ由実が顔をしかめた。

「俺なら、『失楽園《しつらくえん》』で黒木瞳《くろきひとみ》とエッチしてる時のこの顔で、MAHOの風呂覗くよ」

役所狭司が、鼻の下を伸ばしながら、隙間から顔を覗かせる実演をしてみせる。

「アハハ、本当に最低！」

「MAHOにも役所広司にも謝れ！」

トルティーヤ由実とジョナサン後藤が、相次いでツッコミを入れた。

浩樹が死体遺棄犯となってからも、共演者の芸人たちは以前と何も変わらず、楽屋でこんな馬鹿話ばかりしている。それを聞いていると、浩樹が死体遺棄をしたのも悪い夢だったんじゃないか、本当は何もしていないんじゃないか、という錯覚《さっかく》をしそうになる。

その後、モノマネショーを終え、浩樹が沼袋のアパートに帰宅したところで、ようやく竜司からLINEの返信が来た。

『しぬかとおもったぜ。まあしんでもしょうがないことしたからな』

相変わらず全部平仮名の文面。「しんでもしょうがないこと」とは、殺人と死体遺棄のことだろう。

そこで浩樹は、ふと不安になった。あの事件に関する記述をLINEに残してしまうのは、後々リスクにもなりえるはずだ。浩樹はそれを伝えるべく、竜司に返信した。

『今から電話できますか？　もしできたらお話をさせていただきたいのですが』

すると、ほどなく竜司からLINE通話がかかってきた。すぐに浩樹は出た。

「もしもし竹下さん、大丈夫でしたか？」

「ああ、胸が痛くて倒れた時は死ぬかと思ったけど、今はもう大丈夫だ。なんもやることがなくて暇《ひま》だよ」

「いやあ、それはよかったです。ところで……」浩樹は声を落として本題に入った。「あんまり、LINEに文章で、あの事件に関することを残さない方がいいと思うんです。真穂さんに見られたらまずいですし、後々、警察にとっても証拠になっちゃうかもしれないんで。だから、あの件については、できれば電話で話した方が……」

と、遠慮がちに言ったところで、竜司が言い返してきた。

「いや、話してるのを聞かれた方がまずいだろ。マネ下、お前は怪我《けが》とか病気で入院したことないのか？」

「ああ……すみません、ないです」

「病院ってのはな、いきなり看護婦とか医者が入ってくるもんなんだよ。万が一あの話を聞かれてみろ。そっちの方がまずいぞ」

たしかに、それは竜司の言う通りかもしれない。とはいえLINEに文章を残してしまうのも問題があるとは思うのだが、入院中の恩人にこれ以上盾突《たてつ》く勇気も出なかった。

「そうでしたか……。すみません、失礼しました」

結局、浩樹は丁重に謝ってから話題を変えた。

「まあ、それはそうと、ご無事だったということで、本当によかったです」

「退院したらまた付き合え」竜司が言った。「でもあれだな。病院も悪いことばっかりじゃねえや。看護婦はいい女が多くてよ、ムラムラしちまって困るぐらいだよ」

「アハハ……まあ、お元気なのは何よりです」浩樹は愛想笑いをする。

「真穂だって、俺がいない間に浮気してるかもしれないしな」

「そんな、するわけないじゃないですか」

「おい、魅力がないって言いたいのか？」

「いやいや、違います。ありますけど……」

「じゃあマネ下も狙ってるってことだな？」

「いや、違いますって」

以前もした覚えのあるやりとりだ。竜司も、顔は見えないが声は不機嫌そうではないので、たぶん冗談で言っているのだろう。

「まあとにかく、お元気そうで何よりです」

浩樹が改めて言うと、「そうだな。あっはっは」と竜司が笑った。

その後も、病院の飯がまずくて量も少ないとか、太りすぎて採血の時に血管が出なくて大変だとか、採尿の時にコントロールをミスって紙コップを持った左手に盛大にひっかかったとか、竜司の愚痴《ぐち》をたっぷり聞かされたのち、「では、退院したらまたよろしくお願いします」と丁重に挨拶をして、浩樹は電話を切った。

ふう、とため息をついてから、浩樹は思いに耽《ふけ》った。

竜司は、まだ五十代なのに、心筋梗塞による救急搬送がこれで二度目。高血圧と動脈硬化を抱えた重度の肥満体で、本人に節制するつもりがないのだから、おそらく長生きはしないだろう。浩樹より先に死ぬのは間違いないだろうが、この分だと、その時が来るのはそう遠くないのかもしれない。下手したら数年以内かもしれない。

もし竜司が死んだらどうなるのだろう――。浩樹は考えてみた。

竜司の死亡直後は、仕事はしづらくなるだろう。他のモノマネ芸人も、持ちネタにしている有名人が死んだ直後はさすがに、テレビはもちろん舞台でも、そのネタは自粛《じしゅく》するケースがほとんどだ。「どうも、天国から戻ってきました〇〇です」などというモノマネをして、客が引かずに笑ってくれるのは、その有名人の死からしばらく経ってからだ。レパートリーが多いモノマネ芸人だったら、亡くなった人以外のモノマネをすればいいけど、浩樹のような専業モノマネ芸人は、竜司が死んだら仕事をしばらく休むことになるだろう。とはいえ、病死であれば、いずれまた仕事は再開できる。他のモノマネ芸人の中にも、亡くなった有名人のモノマネで生計を立てている人は少なくない。

しかし、浩樹には、他のモノマネ芸人にはない重大な懸案《けんあん》がある。

竜司の死後、彼が殺人を犯していたことが、何かのきっかけで明るみに出てしまうことはないだろうか――。

たとえば、過去に竜司に体を売ったことのある女性が、本人が死んだから構わないだろうと、竜司との情事を週刊誌にバラしてしまう。それをきっかけに、売春の交渉場所を兼ねていた例の店から、女性が一人行方不明になっていることも記者に知られてしまう。記者が調べてみると、その女性を亡き者にした犯人が竹下竜司であることが判明し、さらにマネ下竜司も関わっていたことが判明し……なんてことは起きないだろうか。

浩樹の頭の中で、悪い想像がどんどんエスカレートしていく。最悪なのは、竜司が死んだ後であの女の死体が発見され、遺棄したのが浩樹だということが分かり、浩樹一人が罪を着せられるようなケースだ。「殺したのは竹下竜司で、僕は遺棄を手伝わされただけなんです」と真実を供述したところで、死んだ竜司に罪をなすりつけようとしていると思われて、信じてもらえないかもしれない――。

心配すればきりがないことも、今はただ死体が見つからないように祈るしかないことも分かっている。それでも、浩樹の頭から不安が消えることはなかった。

9

半月ほど経ったある日の朝、竜司からＬＩＮＥが来た。

『かいきいわいだ　ひまなら今日の夜こい』

「い」が多すぎて解読に少々時間を要したが、「快気祝い」だと読み取れた。「今日の夜」を漢字変換したなら、なぜ「かいきいわい」を全部平仮名にしたのか理解に苦しむが、そんなことを言い出したら竜司なんて理解に苦しむことの集合体のような人間だ。

『退院されたんですね。おめでとうございます。もちろん行かせていただきます！』

浩樹はすぐ返信した。断る選択肢はない。思えば、死体遺棄をしたあの夜以来、飲みに誘われていなかったので、竜司と直接会うのは約二ヶ月ぶりだ。

その日、浩樹は仕事がオフだったので、竜司から『じゃ7じにこい』と指定された通り、夜七時に竹下邸を訪れた。真夏なので夜でもまだ暑く、広尾駅から走って汗だくで到着しても迷惑になるので、速歩程度で高級住宅街を進み、竹下邸のチャイムを鳴らすと、

「いらっしゃい、どうぞ入って」と真穂の声で招き入れてもらえた。

玄関のドアを開けると、真穂が笑顔で迎えてくれた。

「マネ下さん、いらっしゃい。お寿司がちょうど今来たところ」

「あ、そうなんですか、ありがとうございます！」

浩樹は笑顔で頭を下げる。その動きに合わせて、Tシャツとハーフパンツという部屋着姿の、真穂のボディラインを上から下にスキャンする。三十代後半でありながら、まだまだ抜群のプロポーションだ。こんな妻がいるのに浮気するなんてどうかしてる……と思ったところで、まさにそのどうかしてる張本人である竜司が、奥の部屋から顔を出した。

「よお。寿司食うぞ」

「ありがとうございます！　お寿司なんてめったに食べられないんで嬉しいです！」

本当は一人でも食おうと思えば食えるが、浩樹は太鼓持ちモード全開で喜んでみせる。

浩樹は玄関から廊下に上がる。入ってすぐの、スリッパなどを入れる棚の上に、デジタル式の置き時計があった。

「あ、ここに時計置かれたんですね」

浩樹が言うと、寿司の鮮度が心配になるほどのスローテンポで、真穂が説明した。

「ああ、この前、お隣さんがおうちの中を断捨離《だんしゃり》したらしくて、『竹下さん、よかったらこれいらない？　いらなかったら捨てちゃうんだけど』って言われたから、捨てるのももったいないし、もらったんだ。でも、もらってみたら置く場所がなくて、とりあえずここに置いたの」

「そうなんですか……いいですねえ」

浩樹は笑顔でうなずく。「置く場所がないならそんな物もらうなよ」なんてツッコミを入れるのは心の中だけだ。真穂のこの程度の天然ボケにツッコんでいたらきりがない。

廊下から広間に入ると、テーブルの上に豪華な寿司と缶ビール、それに副菜の野菜料理が並んでいた。

「わあ、すごい、絶景です〜」浩樹はまず寿司を褒《ほ》めた後、竜司に向き直る。「いや〜、それにしても、ネットニュースで竜司さんが心筋梗塞って最初に見た時は、僕の心臓も止まるかと思いましたけど、無事退院できて本当によかったです」

「安心しろ、俺は不死身だ」竜司が笑った。

「さすが、鬼の豪腕サイドスローですよ。鬼はそう簡単に死なないですよね」

「ハッハッハ、そりゃそうだ」

と、そこで真穂が「ごめんなさい、ちょっとお手洗い行ってくる」と部屋を出て行った。その後ろ姿を見送った後、竜司が浩樹に小声でささやく。

「まあ俺も、あれの罰《ばち》が当たったのかもな。いや、だとしたら軽すぎるか。ハハハ」

「ああ……あはは」

浩樹は苦笑しながらも、心の中では引いていた。あの殺人と死体遺棄を、もう笑い話にできる神経は信じられない。

「病院で看護婦のケツ触ったら怒られたよ」竜司はなおも、にやついてささやく。

「またそんな……セクハラも今の時代、週刊誌にリークされたら大変ですよ」

「大変じゃねえよ。人殺しよりはよっぽどましだ」

「ちょっと、あんまり言わない方が……」

浩樹が、万が一真穂に聞こえてしまったら大変だと思って、声を落としてトイレの方向を見た。すると、竜司に笑いながら頭を叩かれた。

「気にしすぎだよ馬鹿。ていうか、そんな反応したらかえって怪しまれんだろ」

「あ、すいません……」

たしかに竜司の言う通りかもしれない。「人殺し」という言葉は、一般的には喩《たと》え話や冗談でしか出てこないのであって、まさか本当に実行しているなんて思われはしないのだ。そんな言葉に対して、いちいち過剰《かじょう》なリアクションをしてしまう方が、真穂に聞かれた時にむしろ怪しまれてしまうかもしれない。

ほどなく、トイレの水が流れる音と手を洗う音が聞こえたのち、真穂が「お待たせ～」と戻ってきた。浩樹も「ちょっと手だけ洗わせていただきます」と、さっと台所に行って手を洗ってから、竹下夫妻とともにテーブルにつく。

「じゃ、いただきましょうか」真穂が言った。

「はい、ありがとうございます」浩樹が頭を下げる。

「いただきま～す」

「いただきま～す。ありがとうございます」

真穂と浩樹が言って、竜司は無言でうなずき、晩餐《ばんさん》が始まる。モノマネ芸人が「ご本人」の家で、高級な寿司と冷えたビールをご馳走《ちそう》してもらって、後でタクシー代までもらえるなんて、芸人仲間から見ればさぞ羨まれることだろう。死体遺棄の片棒を担がされてさえいなければ、こんなに恵まれたモノマネ芸人はいないと、浩樹は自分でも思う。

今日は真穂が目の前にいるので、さすがに男二人の時のような猥談は無しで、まずは竜司の愚痴が続いた。

「しかし、入院なんてするもんじゃねえよな。病院の飯はまずいし、量は少ねえし、医者も看護婦も態度がでかいし」

「竜司さんが言うこと聞かなかったからでしょ？」真穂がたしなめるように言った。

「俺はちゃんと言うこと聞いてたぞ」

「でも、無断で外出したって言ったじゃん」

「外出時間が分かりづらかったんだよ。もっとでかく書いとけってんだよ」

「私もやってたから知ってるけど、看護師だって大変なんだから」

「そんなのはお前……」

と、ちょっと夫婦が口論になりかけたところで、浩樹が割って入る。

「でも、大変ですよねえ。僕なんか今までの人生で一回も入院したことないですけど、竜司さんは選手時代も、肘の手術で入院したんですよね」

「そうだよ、二回入院したからな」

「トミー・ジョン手術、大変だったんですよね」

「ああ。あの時は、さすがに引退もちょっと考えたし、リハビリも大変でよお……」

と、竜司が酔った時にしょっちゅう語る、トミー・ジョン手術の経験談に対し、浩樹はまるで初めて聞くような顔であいづちを打つ。

竜司がひと通り語ったところで、真穂が言った。

「ていうか、マネ下さんもさすがだよね。竜司さんがお世話になった、アメリカのお医者さんの名前まで知ってるんだ」

「えっ……」

浩樹が、何のことかと戸惑っていると、真穂が言った。

「トミー・ジョンさんだっけ。担当の先生の名前まで、マネ下さん知ってたでしょ」

「馬鹿……」

竜司が寿司を頬張りながら、呆れたように笑った。浩樹がすぐに説明する。

「あ、あの、トミー・ジョンっていうのは、竜司さんの担当医の名前ではないんですよ」

「え、そうなの？」

「ええ。竜司さんが受けた、肘の靱帯の再建手術を、トミー・ジョン手術って呼びまして、トミー・ジョンさんっていうのは、その手術を最初に考案した人かな……」

「違うよ。トミー・ジョンは、最初にその手術を受けて復帰したピッチャーだ」竜司が割って入る。「あの手術を考えたのは、ジョーブ先生だよ」

「あっ、そうか。それがジョーブ先生なんですね。スポーツ医学の権威の」

さすがは竜司。野球の知識だけは浩樹を上回っている。――と思っていると、また真穂が質問してきた。

「ジョーブ先生っていうのは、日本の人？　スポーツ医学の先生だから、そういうあだ名なの？」

「あ、いや、体が丈夫とかの『丈夫』じゃないんですよ」浩樹が笑いながら説明する。「ジョーブ先生っていうのは、偶然そういうお名前の、アメリカのお医者さんです」

「まったく、お前がいると話が進まねえよ」

竜司が真穂を見て苦笑する。真穂がふくれっ面になる。

「しょうがないじゃん、知らないんだもん」

「いや、でも楽しいですよ〜。やっぱり真穂さんがいると」浩樹が場をとりなす。「それに、ジョーブ先生っていう名前を初めて聞いた時に、真っ先にあの『丈夫』を思い浮かべたのは、僕も一緒です。たしか中学生ぐらいの頃、同じことを思いましたから」

「やっぱりそうだよね。絶対そっちの『丈夫』だと思った」真穂が笑顔でうなずく。「体を丈夫にするお医者さんだからジョーブ先生っていうのも、分かりやすいですよね。カンゾー先生みたいで」

「カンゾー先生って？」また真穂が聞き返す。

「あ、カンゾー先生っていうのは、今村昌平《いまむらしょうへい》監督の映画で……」

——とまあ、このように、真穂の天然ボケに付き合っていたらきりがないのだ。

その後も浩樹は、少しでも夫婦喧嘩の芽が出そうになったら、すぐ芽を摘むことを心がけつつ、折に触れて、寿司以外の真穂の手料理を「これ美味《おい》しいですね」と褒めることも忘れなかった。実際は、真穂はそこまで料理が上手ではない。竜司にできるだけ野菜を摂《と》らせようと作ったであろうサラダも野菜炒《いた》めも、正直それほど美味しくはない。でも、竜司ばかりを持ち上げて真穂の機嫌が悪くなってしまうのは避けたいので、浩樹は竹下夫妻双方の太鼓持ちに徹した。これが今日の役割だと心得ていた。

二時間ほど飲み食いして、さすがに入院前よりは少ない酒量で、竜司が「そろそろやめとくか」と自ら言った。それを合図に浩樹は「ごちそうさまでした。最高に美味しかったです〜」と笑顔を作って頭を下げ、快気祝いの夕食会は終わった。真穂が同席していたから当然だが、あの殺人死体遺棄についての話は一度も出なかった。まるで、あんなことなど起きなかったかのような、表面的には実に平和な晩餐だった。

後片付けは、浩樹も率先《そっせん》して動く。「いいよいいよ」と真穂に言われながらも、「いえ、これぐらいはさせてください」と、テーブルを拭き食器を洗う程度の手伝いはする。それは真穂への手伝いでもありながら、実は竜司がタクシー代を持ってくるための時間を作る作業でもあるのだ。

もしかしたら、今日のタクシー代には、死体遺棄を手伝った分の上乗せもあるかもしれないぞ——。浩樹は食器を洗いながら、密かに期待していた。

浩樹がテーブルに戻ったところで、待っていた竜司が複数枚の一万円札を渡してきた。

「ほれ、タクシー代だ」

ぱっと見た時点で、いつもより多いということはない、と分かった。

「ああ、いつもありがとうございます」

浩樹は丁重に頭を下げながら、そうか死体遺棄代は上乗せされないのか、と心の片隅で思ってしまった。だからつい、いつものくだりを忘れてしまって、竜司の寂しそうな顔を見てはっと思い出した。

「あ……でも、こんなにもらったら、竹下さんお金なくなっちゃうんじゃないかな……」

「いや、なくなるか！　メチャクチャ貯金あるわ」

いつものくだりを二人でやる。台所から戻ってきた真穂は、それを見て苦笑している。浩樹がタイミングを逃《のが》したせいで若干《じゃっかん》スべってしまった感があるが、よく考えたら真穂もこのくだりを何度か目にしているので、もう愛想笑いしかできないだろう。

気を取り直して、浩樹は札を財布にしまい、改めて丁重に頭を下げる。

「すみません本当に。竜司さんの快気祝いなのに、僕が普段食べられないご馳走をいただいてしまって」

「そう言われてみりゃそうだな。よし、ゲロ吐いて返せ」竜司が上機嫌で言った。

「分かりました。では失礼します」浩樹が喉に指を突っ込むそぶりをしてみせる。

「やめろやめろバカ」

竜司はご満悦《まんえつ》でツッコミを入れる。後ろで真穂がまた苦笑している。同級生の可愛い女子を笑わせたくて、男子同士で教室でふざけていた高校時代のひと時をふと思い出した。

「では、今日は本当にごちそうさまでした。ありがとうございました。失礼します」

浩樹は深々とお辞儀をしてから玄関に向かう。

「またな」

「気を付けてね～」

竹下夫妻が、揃って玄関まで見送りに来た。普段は竜司が来ることなんてまずないので、珍しい光景だ。

「ごちそうさまでした。本当にありがとうございました。失礼します」

玄関に下りて改めて丁寧に挨拶し、ドアを開けて頭を下げながら、浩樹は外に出る。

と、ドアを閉めて門へ歩いていたところに、竜司がサンダルを履いて追いかけてきた。

もしかして、真穂からは見えないところで例の追加料金をくれるのか……と思っていると、竜司は浩樹に近寄り、小声でささやいてきた。

「あの死体が見つかったっていうニュース、見てないよな？」

「ああ、見てないです」

浩樹も小声で返す。やはり竜司もニュースをチェックしていたようだ。

「やっぱそうだよな。大丈夫だ、心配いらねえよ。バレやしねえ」

竜司はうなずいて笑みを浮かべ、浩樹の肩をぽんと叩いた。

「じゃあ、またな」

「はい、ごちそうさまでした。またよろしくお願いします」

浩樹が頭を下げると、竜司はそのまま玄関のドアを開け、家の中へ戻っていった。

竜司は単に、「死体は見つかってないし、心配いらない」と最後に浩樹に言いたかっただけのようだ。竜司が見送りに出てくるのは異例だったから、変に期待してしまった。

浩樹は門を出て、いつも通り竹下邸に向かって一礼してから帰路につき、しばらく歩いてから、竜司にもらった万札を街灯の下で数える。

五枚だった。たしか、死体遺棄の前夜より一万円少ない。

そもそも、死体遺棄をしたあの日は、真穂が帰宅していて慌てていたこともあり、竜司からは一銭も受け取れていない。それどころか、ぷく山雅治に借りた車の証拠隠滅のためハンディクリーナーや消臭スプレーを自腹で買い、最後に給油してぷく山に五千円も渡したので、浩樹は死体遺棄をさせられた上に一万円以上も出費したのだ。

もちろん、今日もらった五万円でも、タクシー代としては十分高いし、そもそも今日はタクシーではなく電車で帰れるので、ほぼ全額を懐《ふところ》に入れられる。とはいえ、あの夜の死体遺棄の謝礼としては、どう考えても安すぎる。

今までに竜司から受け取ったタクシー代は、通算で何百万円にもなるだろう。ただ、そのうち本当にタクシーに使った分もあるし、太鼓持ち代としてもある程度はもらわなければ納得できない。それを差し引いて、死体遺棄代として、今までにもらった金額を合計しても、十分と言えるだろうか……。正直、安すぎるだろう。現役時代の年俸総額から考えて、竜司には何十億円もの貯金があるはずだから、あんな犯罪の片棒を担がせた相手には何千万円、いや億を超える報酬を支払ってもいいはずだ。

……なんて、そんな不満を抱く権利はないのだということは分かっている。竹下竜司の専業モノマネ芸人である以上、死体遺棄の手伝いぐらいはしなければいけないのだ。これが専業モノマネ芸人という名の寄生虫の定めなのだ――。そう自分に言い聞かせながら夜道を歩く浩樹の頭に、ふいに別れ際の竜司の声がよみがえった。

「大丈夫だ、心配いらねえよ。バレやしねえ」

浩樹も、本当に大丈夫であることを願いたかった。あの罪が一生発覚しないことを祈るばかりだった。実際、もう二ヶ月以上、死体は見つかっていないのだし、このままずっと見つからなければ、何も変わらない日々を過ごしていけるのだ。少なくとも竜司は、それを信じ切っているように見えた。

もちろん、こちらの希望的観測など関係なく、バレてしまう時は、何の前ぶれもなくやってくるのだろう。でも、このままバレずに済むのではないか。竜司の言った通り、本当に大丈夫なのではないか――。
そんな望みを抱いていたが、夏が終わった頃に、その時は突然やってきたのだった。

## 10

飯山果凜は、その日も恋人の関野浩樹の部屋に泊まった。

果凜と浩樹は、お互いに三十歳を超えているし、半同棲の状態も長い。正直、そろそろ結婚の話も、ちらっとぐらいは出ていい時期じゃないかと果凜は思っている。

ただ、果凜から結婚の話をしてしまうと、養ってもらおうとしている感が出てしまう。浩樹は、モノマネ芸人のマネ下竜司としての収入だけで生活できているけど、飯山カリンこと果凜は、未だにバイトをしているし、現時点でバイトを辞められる見込みもない。

一方で、これは浩樹に直接言ったことはないし、今後も言うつもりはないけど、正直、モノマネ芸人としての技量は、絶対に果凜の方が浩樹より上だという自負もある。果凜は三十人以上の歌手の歌マネから女芸人の声マネまで、数多くのレパートリーがあるのに、浩樹のレパートリーは竹下竜司のみで、歌唱力なんて素人以下なのだ。こんなことは絶対に誰にも言えないけど、自分より技量が下のモノマネ芸人に養われたくないというプライドを、果凜はどうしても捨てきれない。

今は恋人同士で対等な関係を築けている。でも結婚したら、ましてそれが果凜から言い出しての結婚だったら、その関係が崩れてしまう気がする。浩樹は優しいから、面と向かってそんなことはきっと言わないだろうけど、「養ってやってる」という意識が彼の中に少しは芽生えてしまうと思う。それを感じ取った時、果凜はきっと「モノマネ芸人としては私の方が上なのに」と、浩樹に対して敵意のような感情を抱いてしまうと思う。そこまで想像できてしまうから、なかなか結婚を言い出せないのだ。

果凜が浩樹の部屋に通ってイチャイチャして、二人が対等で楽しくいられる今の関係を崩したくない。だから、浩樹からお金を渡されそうになっても断っている。そのお金が、竹下竜司からもらったタクシー代名目のお小遣いだということも知っているし。

もちろん果凜は、浩樹の専業モノマネ芸人ゆえの苦労も分かっている。竹下竜司に飲みに誘われたら、何よりも優先して行かなくてはならないし、酒の席では機嫌をとり続けなくてはいけない。モノマネ芸人が「ご本人」の機嫌を損ねてしまうのは御法度《ごはっと》だ。果凜のように多くのレパートリーがあれば、最悪そのうちの一人を怒らせてしまっても、他の人のモノマネをして生きていけるけど、浩樹はそういうわけにはいかない。

そんな、竹下竜司に関することなのか分からないけど、浩樹はここ最近、何か悩みを抱えているように見える。

険しい顔で口を真一文字に結んで、じっと押し黙っている時もあるし、一緒に寝ていると夜中にうなされることもある。果凜は心配になって「何か悩んでる？」と何度か聞いているけど、「いや、別に」とはぐらかされてしまう。ただ、こんな様子の浩樹は今まで見たことがなかったから、果凜に言えない何かがあるんじゃないかと思ってしまうのだ。

そして、今朝。また浩樹の様子に異変があった。

テレビのニュースを見て、ずいぶんショックを受けていたようだったのだ。

果凜はよく見ていなかったが、どうやら茨城県で人の遺体が見つかったというニュースのようだった。その画面を食い入るように見て、浩樹は絶句していた。

「どうしたの？　気分悪い？」

果凜が声をかけると、浩樹はつらそうな顔で答えた。

「ああ、いや……ここ、地元の近くだわ」

浩樹はテレビ画面を指差した。そこには、雑木林《ぞうきばやし》の手前に警察の立入禁止の黄色いテープが張られた、遺体発見現場の光景が映っていた。

「ここ、たぶん高校時代に、自転車で通ったこともあるわ」

浩樹が悲しげな顔で言ったので、果凜はあいづちを打った。

「ああ……嫌だよね、そんなところで死体が見つかったなんて」

ただ、正直言うと、ここまで動揺するほどのニュースでもない気がする。地元で起きたとはいえ、ニュースでちょくちょく見るような割とありふれた事件にまで動揺してしまうなんて、やっぱり浩樹は心が疲れているのかもしれない。

悩みが解決されればいいんだけど——。果凜は願った。


浩樹が恐れていた事態は、まさに恐れていた通り、何の前ぶれもなくやって来た。

朝起きてなんとなくテレビをつけて数分経った頃、そのニュースは流れた。

「昨日の午後五時頃、茨城県稲崎町《いなざきまち》で、通行人の男性から『人の死体のようなものが土に埋まっている』という一一〇番通報があり、警察が駆けつけたところ、林の中から一部が白骨化した女性の遺体が見つかりました。遺体は十代から三十代ぐらいの女性で、死後数ヶ月が経過しているとみられ、警察が現在、身元の確認を進めています——」

血《ち》の気《け》が引いた。恋人の果凜と迎えた幸せな朝が、一気に暗転してしまった。

アナウンサーが読むニュースとともに画面に映る、遺体発見現場の映像にも、明らかに見覚えがあった。死体遺棄の当夜は暗くてほとんど見えていなかったが、浩樹が高校時代に自転車で何度も通ったことがある、人けのない森林と、その間を通る細い道だ。土地勘があったからあの場所を選んだのだ。

ニュースに見入っていた浩樹に、果凜が心配そうに声をかけてきた。

「どうしたの？　気分悪い？」

「ああ、いや……ここ、地元の近くだわ」

浩樹はとっさにごまかすために、テレビを指差して答えた。

「ここ、たぶん高校時代に、自転車で通ったこともあるわ」

言っていることは嘘ではない。ただ、「この死体を埋めたのは俺だ」という重大事実に触れていないだけだ。

「ああ……嫌だよね、そんなところで死体が見つかったなんて」

果凜は同情するように言った。さすがに、ニュースで報じられている死体を実は浩樹が埋めたのではないか――なんて勘付かれはしなかったはずだ。

ニュースはすぐ別の話題になった。まだ、茨城で若い女性の死体が見つかったという、一分足らずの報道だけだったが、今後も続報をチェックするしかない。もっとも、チェックしたところで、状況を改善させられることはないだろうが――。

と、そこで浩樹のスマホが振動した。見ると「りゅうじ」からのＬＩＮＥだった。

『ニュースでたな』『まあしょうがない』

竜司も報道を見たようだった。もしかしたら同じニュースを見ていたのかもしれない。

それにしても、もう少し考えてほしいと思った。遺体発見のニュースが最初に流れた日時に、竜司から浩樹に『ニュースでたな』とＬＩＮＥを送ったことが、もう証拠として残ってしまったのだ。今後このことが警察にバレたらまずいかもしれないのに――。竜司が入院した際のＬＩＮＥでも懸念《けねん》したことだが、浩樹はスマホを見て苛立《いらだ》った。とはいえ、同じ部屋に果凜がいるので、表情には出さないように努めた。

浩樹は、すぐ竜司に返信した。

『この件については、できれば後で電話で話した方がいいと思うんですが、やっぱり厳しいでしょうか?』

すると、すぐ既読が付いて返信が来た。

『むり』『真穂にきかれるほうがあぶない』

やはり、竜司の意向は以前と変わらないようだった。

正直、ちょっと外に出るとか、真穂に聞かれない部屋に行くとかすれば、電話ぐらいできるだろ、とも思った。でもよく考えたら、浩樹や竜司のLINEを警察に調べられるという状況は、すでに警察に相当疑われている状況だろう。仮にLINEを残していなかったとしても、そこまでいったら遅かれ早かれ捕まってしまう気がする。

だったら、今後は文面が残ってしまうのは承知で、連絡をとっていくしかないだろう。

『失礼しました。まあ、このLINEのやりとりを警察に調べられるような状況になった時点で、もはや僕らはアウトだと思うので、そうならないように最善を尽くしましょう』

そう返信して、もうLINEうんぬんについては考えないことにした。

その日から、浩樹は暇さえあれば、遺体発見のニュースの続報をスマホでチェックするようになった。発見された遺体は頭蓋骨《ずがいこつ》に損傷があり、他殺の可能性が高いということも、発見の翌日には報じられていた。

そんな中、遺体発見の数日後に出た記事を読んで、浩樹は大いに悔やんだ。

『女性の遺体は、付近に生息する動物によって掘り返されたとみられる形跡があり、一部が土から露出して腐敗していた。近くの道を通って異様なにおいに気付いた農業の男性が、林の中に入って、土から露出した遺体に気付いたのだという』

――こんな記述が、ウェブ版の週刊誌の記事にあったのだ。

死体遺棄後にネット検索して見つけた「土を十分に踏み固めないと、まず土の隙間から死体のわずかなにおいが発生し、それを嗅ぎつけた虫が土に穴を空けて出入りし、さらににおいが漏れてしまう」といった内容のサイト。まさにあれが真実だったのだろう。あの遺棄現場の周辺には、野良の犬や猫、それにキツネやタヌキなども生息しているはずだ。何かしらの動物がにおいに気付いて掘り返してしまったのだろう。

やっぱり埋め方を失敗したのだ。最後に土を踏み固めるべきだったのだ。検討した末にやめたけど、死体を埋めた場所をもう一度探しに行って、改めて踏み固めるべきだったのかもしれない――。そんな悔いばかりが浩樹の心に浮かんだが、後悔先に立たずだった。

さらに、その翌週の土曜日の午前のことだった。

恐れていたことではあったが、そのネットニュースの見出しを、アパートの部屋で一人で見つけた時、浩樹は思わず「ああっ」と声を漏らしてしまった。

『発見された女性遺体の身元判明　茨城』

## 11

炭岡結莉香《すみおかゆりか》、新潟県出身、二十三歳。

これが、浩樹が埋めた女の素性《すじょう》だった。

いくつかのニュースサイトを見たところ、遺体が発見された時点ですでに、炭岡結莉香の親族から行方不明者届が出ていて、ＤＮＡ鑑定の結果、身元が特定されたということだった。記事には、中学校の卒業写真と思われる、紺色の制服姿の彼女の顔写真も載っていた。化粧もせず髪も染めていない、地味な雰囲気のその写真は、浩樹が見た遺体とは印象が大きく違ったが、たしかに顔のパーツはこんな風だったか、とも思い出した。

遺体が見つかってしまった時点で、こうなる覚悟はしていた。あわよくば身元不明のまま迷宮入りしてくれないか、なんて思ってもいたが、そんな願いは叶わなかった。

事態はいよいよ正念場を迎えた。果たして、炭岡結莉香を殺して埋めた犯人が、平成の名投手の竹下竜司と、そのモノマネ芸人のマネ下竜司だという、さぞや世間を大騒ぎさせるであろう真実は、警察によって明らかにされてしまうのだろうか――。心配になって、浩樹はますますネット検索に没頭した。

炭岡結莉香を殺して埋めたあの日から、もう三ヶ月以上が経っている。調べたところ、竜司が彼女を家に連れ込む様子を映した防犯カメラの映像は、もう残っていなさそうだと分かった。どうやら映像を三ヶ月以上保存できる防犯カメラというのは、銀行のATMなど、ごく限られた場所にしか設置されていないようで、一般の住宅や駐車場などに設置された防犯カメラの映像保存期間は、長くても一ヶ月程度らしい。

やはりカメラ関係で怖いのは、警察のNシステムだ。幹線道路や高速道路上のゲートに設置されたカメラが、通過した全ての車のナンバーを撮影して記録し、運転席と助手席の人の顔まで写せるタイプもあって、そのデータの保存期間は非公開だが数十年という説もある。――これらの情報は、あの犯行の時点で浩樹もなんとなく知っていたが、改めて検索してみても、やはり複数のサイトで同様の記述があった。

あの夜、浩樹と竜司が死体を運んだ車が、どこかしらのNシステムのカメラで撮影されてしまったのは間違いない。ただ、記録されたのはあくまでも、ぷく山雅治の家の車のナンバーと、それに乗った浩樹と竜司の顔にすぎない。

あの車は、あの夜都内を通った膨大《ぼうだい》な数の車の中の一台にすぎないし、遺棄現場に向かう際も、周囲に他の車がたくさん走っていた。高速道路は使わなかったし、Nシステムの特徴的なゲートは、農村地帯である遺棄現場の付近にはなかったはずだ。

となると、警察が犯人の車を特定するのは、きわめて難しいのではないか――。浩樹はそんな希望的観測を抱いた。

あの夜、炭岡結莉香のスマホの電波が途切れた後に、都内から茨城方面に向かった車なんて、きっと何千台もあったはずだし、そもそも彼女の遺体が、スマホの電波が途切れてからどれぐらい後に遺棄されたのか、警察には分からないはずだ。実際はあの夜のうちに埋めに行ったわけだけど、電波が途切れた何日か後に彼女が殺された可能性や、死後何日か経ってから埋めに行った可能性だって、警察は検討しなければいけないだろう。土の中に三ヶ月以上埋まっていた遺体から、その時間の幅を正確に割り出すのは不可能なはずだ。その上、都内からあの遺棄現場までの道順は、浩樹が選んだルートだけではない。高速道路を含めて、ぱっと思いつくだけで五通り以上ある。

つまり、警察がNシステムを駆使したところで、調べなければならない車は、地理的にも時間的にも幅がありすぎて数が膨大で、ぷく山雅治の車を借りた浩樹と竜司が犯人だという真実に行き着くのは不可能なのではないか――。

たぶん、Nシステム以上に怖いのは、炭岡結莉香のスマホの線から捜査されることだ。

現時点で、彼女のスマホが発見されたという報道は見当たらない。遺体からは離れた場所に埋めたし、さすがにスマホは動物に掘り返されることもないだろう。でも、スマホの現物が発見されるかどうかは、もはやあまり重要ではないと思う。彼女の身元が分かった以上、契約していたスマホの電話番号も分かるだろうし、そのスマホの電波が最後にどの基地局でキャッチされたかという情報も、警察はすぐ知ることになるだろう。それは、竹下竜司の家を含む、麻布の高級住宅街の一角になるのだ。まだ報道されていないだけで、警察はとっくにその事実をつかんでいるのかもしれない。

炭岡結莉香のスマホのGPSはオフになっていたので、殺害現場が竹下邸ということまで即座に特定されることはないはずだ。でも、彼女のスマホの電話会社の基地局が、あの高級住宅街の中にどれぐらい設置されているのか、浩樹には見当もつかない。「このエリアの住人の中に犯人がいるはず」という容疑者が何人いて、竹下竜司が何分の一人になるのか。基地局が少なければ何千分の一なのかもしれないし、基地局が多ければ何十分の一にまで絞り込まれてしまうのかもしれない。

それにしてもあの時、竜司が衝動的にスマホを洗面台で壊してしまったのが本当に悔やまれる。あの愚行がなければ、スマホを離れた場所に持って行ってから電源を切ったり、犯行現場を警察に知られないための対策が何かしらできただろう。もっとも、あの状況で浩樹にそこまで考えられたかどうかは、今となっては分からないが――。

その後も、浩樹はアパートで一人、スマホを片手にネットであれこれ検索し続けた。

そんな時、竜司からのLINEが来た。

『みもともわかったな』

こんな時でも「身元も分かったな」という短文すら平仮名なのは、さすが竜司だ。緊迫した話なのに「みもとも」なんて卓球のペアの愛称みたいだ。

浩樹は少し考えてから、今後考えられるリスクについて、竜司に返信した。

『彼女の身元が分かった以上、あのスマホの電源が切れたのが竹下さんの家の周辺だということは、警察にすぐ知られるはずです。もしかしたら警察がその辺を一軒ずつ回って、竹下さんの家にも来るかもしれません。ただ、もし警察が来ても動揺せず、何も知らないふりをしておけば、警察も竹下さんが犯人だと絞りきることはできないはずです』

浩樹は警察の捜査について詳しいわけではないが、今後あるとすれば、炭岡結莉香のスマホの電波が途切れたエリアを、警察がしらみつぶしに調べることではないかと思えた。その際に警察は竹下家も訪れるだろうが、まだ竹下竜司が特に怪しいとマークするまでには至っていないはずだから、無難に対応すれば問題ないはずだ。

――と思っていたのだが、しばらくして竜司からこんな返信が来た。

『おれのせいしもばれてる。たぶんやばいよな』

何度か読んでみたが、浩樹は意味を理解できなかった。やむなくこう返した。

『せいしもばれてる、というのは、どういう意味でしょう？　生死ではないですよね？』

別の言葉を打とうとして打ち間違えたのか、などと考えていたが、また竜司から立て続けに二つ、返信が来た。

『精子』『さっきニュースでみた』

えっ、まさか――。浩樹はすぐに「茨城　女性　遺体　精液」とスマホで検索した。

すると、つい二十分ほど前に配信された、まだ浩樹がチェックしていなかった最新記事の見出しが目に入った。

『女性遺体から男性の体液を検出　茨城』

茨城県稲崎町の林で発見された女性の遺体の体内から、男性の体液が検出された――。

記事の内容はここまで読めば十分だった。

血の気が引いた。さすがにこれは話をしなければならない。浩樹はすぐ電話をかけた。

「もしもし」

電話に出た竜司に対し、浩樹はすぐ質問する。

「あの、竹下さん。記事見つけました。要は、彼女とあの夜、コンドームを着けずにしたってことですか？」

「うん」竜司はあっさり認めた。

「マジっすか……」

「ピル飲んでるから大丈夫って言ってたんだ」

いや、そんな問題ではない。というか、そんな馬鹿なことをする男がいるのか――。浩樹は愕然《がくぜん》とした。

避妊目的だけでなく、性感染症のリスクを減らすためにも、子作りが目的でない限りセックスの際はコンドームを着けるべきだ――なんてことは常識だと思っていたし、浩樹は恋人の果凜とのセックスでも必ずそうしていた。まして不特定多数の客を相手に売春する女性とのセックスで着けないなんて、浩樹の常識では考えられなかった。性感染症のリスクは相当高いだろう。

ただ、浩樹はそもそも風俗店に行った経験もない。一方、芸人仲間が楽屋で風俗の話をしているのは日常茶飯事だ。売春をする女性とのセックスで、コンドームを着けないことがあるなんて思いもしなかった浩樹は、もしかすると世の男性の平均よりも、性に対して真面目《まじめ》な方なのかもしれない――なんてことに今気付いてもしょうがないのだ。

「あの……コンドームしなかったって、あの日に言ってほしかったんですけど」

浩樹が遠慮がちに言うと、竜司はとぼけた声で返した。

「ああ、言った方がよかったか」

「はい。だって、彼女の遺体の体内に、竹下さんの精液という、これ以上ない証拠を残しちゃったわけですから」

「土に埋めれば、そういうのも分からなくなるかと思って……」

底抜けに馬鹿な竜司の言い訳を聞いて、浩樹はくらっとめまいすら覚えた。

もしあの夜の段階で教えてくれれば、まず竹下家のバスルームで、炭岡結莉香の遺体の膣内《ちつない》を入念に洗い流すとか、何かしらの対策はとれただろう。それでも、警察が鑑定できなくなるほど洗い流せたかどうかは分からないが——なんて、これも今さら考えても仕方ない。後悔先に立たずだ。とにかく、竜司の精液が警察の手に渡ってしまった以上、次の手を考えるしかない。

警察は、おそらくもうすでに、炭岡結莉香のスマホの電波が麻布の高級住宅街で途絶《とだ》えたことも、彼女がナイトクラブで売春していたことも知っているだろう。その上に、彼女の膣内から男の精液を検出している。

次に警察はどう動くか——。これに関しては、素人の浩樹でも想像できた。

炭岡結莉香が竹下邸に入ってから、スマホが破壊されるまでの、おそらく二時間以上の間、彼女のスマホはあのエリアに留まっていたのだ。その手がかりを元に警察は、それが炭岡結莉香にとっての最後の売春で、そのさなかに彼女は殺された可能性が高く、犯人は最後の客で精液の主である男の可能性が高い——と判断するのではないだろうか。

「もしもし、マネ下？」

沈黙した浩樹の様子に戸惑ったようで、竜司が声をかけてきた。

「ああ、すいません、色々考えてました。……ところで、真穂さんは今どちらに？」

竜司が通話を続けている時点で、真穂が不在なのは察していたが、念のため確認した。

「ああ、またロケだよ。例のＢＳの旅番組」竜司が答えた。

「そうですか……まあ、ちょうどよかったか」

皮肉な偶然だ。三ヶ月以上前のロケの間に竜司は殺人を犯し、今日のロケの間に竜司がその件で窮地《きゅうち》に陥っているのだ。

「今、家ですよね？　外とかじゃないですよね？　誰かに会話を聞かれることはないですよね？」浩樹はさらに念を押した。

「ああ、大丈夫。家で俺一人だ」

竜司が答えた。それを受けて、浩樹は緊迫した口調で告げた。

「竹下さん、よく聞いてください。たぶんもうすぐ、竹下さんの家に警察が来ます。で、DNAを採らせてくれって言われるはずです。でも、それを採られたら最後、竹下さんは逮捕されます」

考えうる次の展開はこれだった。警察は、炭岡結莉香のスマホの電波が途切れたエリアに住む、精液の主である男を探すために、エリア内の家を一軒ずつ回ってDNAを採取するはずだ。「警察官が家に来てDNAを採られた」という体験談は、以前テレビで芸人が話していたのを聞いたことがある。今回もその形の捜査が行われるのではないか。

「ああ……やっぱりあれ、そうだったのか」

竜司がため息まじりに言った。それを聞いて、浩樹はすぐに聞き返す。

「えっ、『やっぱりあれ』というのは？」

「今朝、一回警察が来たんだよ」

「えっ、もう来たんですか⁉」

思わず大きな声が出た。一方、竜司はまだ事の重大さを認識できていない様子で、浩樹に対して説明した。

「二回チャイム鳴らされて、俺が居留守使ってたら、すぐどっか行ったけどな。でも、カメラに映ってた二人のうちの一人は、制服着た警察官だったよ。うちの後、たぶん隣の家に行ったと思う。ちょっと離れたところでピンポーンって聞こえたから」

「ああ、そうだったんですね……」

浩樹の読み通りだった。とりあえず居留守を使った竜司は、好判断だったと言えるだろう。だが、それはほんの一時しのぎにすぎない。

警察は、精液の主の男を見つけるまで捜査の手を緩めないだろう。DNAの採取は任意ではあるだろうが、たぶん採取を拒否した方が怪しまれる。拒否したところで、最終的にはゴミを漁られたり、家の門扉《もんぴ》などからこっそり採取されたりするのかもしれない。とにかく、竜司のDNAが警察に採られてしまったら、もう一巻の終わりなのだ。

そして、その終わりの時は、このままだと間違いなく近日中に訪れてしまう。

もう袋の鼠《ねずみ》だ。これは本当にしゃれにならない大ピンチだ――。浩樹は焦った。

「また警察が来たら、居留守使った方がいいよな？」竜司が尋ねてきた。

「もちろんです。絶対に出ないでください。もし居留守使ってるのがバレて、警察にDNAを採らせてくれって言われても、何が何でも拒否してください」

「そっか、やっぱりそうだよな」

ただ、それは逮捕の時を引き延ばすだけにすぎない。警察から見れば、頑《かたく》なにDNA採取を拒《こば》むほどに疑いが増すだけだろう。

「やばいな。どうしよう……」浩樹は思わずつぶやいた。

「そんなにやばいのか?」竜司が聞き返してきた。

「はい。最悪です。しかも、この状況を打開する手立てもない……」

「おお、マジかよ……」

竜司が困ったような声を上げた。そこまで悪い状況だということも分かっていなかったようだ。まあ当然だ。竹下竜司は頭脳は子供で体は大人、それどころか初対面の女と避妊せずセックスをして最終的に殺すという、大人の男の中でも最低の部類の、名探偵コナンの逆かつR指定バージョンのような、むしろコナン君に捕まる側の屑人間なのだ。

「じゃあ俺、もう捕まるのか……」

竜司が不安そうに言った。浩樹はいらつきながらも、いらついたところで何も変わらないので懸命に考えた。

「う~ん、何か手があれば……」

なんとかしなければいけない。このままだと竜司だけでなく浩樹も終わりなのだ。

と、その時——浩樹の頭に、天啓のようなひらめきが訪れた。

「あっ……そうだ！」

浩樹はその案について、しばし考えた。そして、意を決して竜司に告げた。

「竹下さん、よく聞いてください。大事な話をします」

## 12

若手警察官の吉松航也《よしまつこうや》は、警視庁捜査一課の鴨田《かもた》とともに、地図を手に麻布の高級住宅街を歩き回って、初めての業務に従事していた。

普段の吉松は、六本木警察署の地域課に所属し、南麻布交番に勤務している。吉松はここが最初の任地だが、他の交番も経験した先輩いわく「ここは住民がほぼ全員金持ちだから犯罪も揉め事も少なくて楽だけど、その分嫌味な奴らが多い」とのことだ。

「逃げたペットを保護してやったり、落とし物を保管してやっても、『ありがとう』も言わねえ奴がいるのな。最初はマジで驚いたよ。ここより治安が悪い所でも、基本みんな、こっちが何かしてやったら真っ先に『ありがとう』だけど、この辺の奴らは、高い税金払ってんだからこれぐらいしてもらって当然だろ、ぐらいの気持ちなんだろうな」

こんな先輩の言葉は、もちろん公《おおやけ》の場で絶対に言えることではないが、吉松も何度かそんな場面を経験している。数ヶ月前にも、豪邸に住む爺《じい》さんから「泥棒に入られそうになった」という通報を受け、調べたらただの水道の検針員だったことが分かったという、プチ事件があった。そこで爺さんは「勘違いしてすみません」と謝るどころか、「あんな貧乏臭い格好の奴が庭に入ってきたら泥棒だと思うだろ」などと開き直っていた。金持ちの住人の、もちろんほんの一部ではあるが、著しく高飛車な態度でストレスという手土産を警察官に持たせてくださる住民様はたしかにいるのだ。

そして今日は、まさにそんなストレスを存分に味わう業務内容となっている。

吉松が今、捜査一課の鴨田を伴って内心緊張しながら、各戸を訪ねて行《おこな》っているのは、DNA鑑定の協力依頼だ。住人に、DNA採取のための歯ブラシに似た器具を口に入れてもらい、頰の内側をこすってもらう。それが完了したら滅菌袋に入れ、名前を書いてもらって指印《しいん》も押してもらう。こういうのは本来は刑事の仕事なのだが、六本木警察署の刑事課は現在、他にもいくつか難事件を抱えていて人手不足だということで、地域課の交番勤務の吉松も応援に駆り出されることになった。

吉松と鴨田以外にも、いくつものペアがこの捜査にあたっていて、担当する区域の地図をそれぞれ渡されている。また、DNAの採取対象は男性のみで、女性からは採らなくていいのだが、その理由を説明できないのが、これまた面倒なのだ。

今の段階では、何の事件の捜査かは明かさないという方針になっているので、聞かれても適当にごまかすしかない。そのせいもあってか、突っかかってくる住人が多いから、内心うんざりしてしまう。

「ちょっと、うちの夫が疑われてるんですか？　失礼じゃありませんか？」

「これって任意ですよね？　だったら拒否できますよね？」

「警察がこれを悪用しないという保証もないから、応じられないね」

そんな言葉を、すでに何軒もの家で聞かされた。吉松も「どうかお願いします」と多少は粘るが、それでも応じてもらえないなら、いったん引き下がるしかない。

やっぱり理由をちゃんと説明した方がいいんじゃないでしょうか――と、捜査一課の鴨田に言う勇気は、吉松にはない。鴨田はまだ三十代らしいが、とてもそうは見えないほど威厳たっぷりで強面《こわもて》だし、たぶん彼に進言したところで、この方針を変える権限は持っていないだろう。

このＤＮＡ採取の目的は、女性の遺体が茨城県内の林の中で発見された事件だ。被害者の炭岡結莉香は、六本木のナイトクラブで客を募《つの》り、売春をして稼いでいた。それ自体は違法な行為だが、彼女は売春で稼いだ金を、故郷の新潟県の弟と妹の学費に充《あ》てていた。実家は貧しく、シングルマザーの母親は病気で働けなかったらしい。

行方不明者届を出したのは、東京の姉と連絡がとれなくなったことを心配した弟だった。母親もきょうだいも、長女の結莉香が売春していたことなど知らず、ただ「東京で働いてる」としか聞かされていなかった。発見された遺体と対面した時、三人の遺族は号泣していたという――。その話を聞いて、何としても犯人を捕まえなければと使命感に燃えた警察官は、吉松だけではないはずだ。

炭岡結莉香は死亡する前にも性交をしていたようで、膣内から一人の男性の精液が検出された。その精液の主の男が、殺人と死体遺棄の犯人だと断定まではできないが、そうである可能性が十分にあるし、何らかの事情を知っている可能性は高い。その男のＤＮＡ型は警察のデータベースに入っておらず、前科がないことだけは分かっている。

さらに、その男は、麻布の高級住宅街の住人だろうと思われている。ここからはまだマスコミに流れていない情報だが、炭岡結莉香のスマホは、今から三ヶ月以上前の六月二日の夜にこのエリアで電源が切れたきり、今も発見されていないのだ。電話会社の基地局の記録から彼女のスマホの移動ルートをたどると、売春の拠点だったナイトクラブからこの高級住宅街まで移動し、三時間ほど留まった後で電源が切れたことが分かった。

このことから、このエリアの男性住人のうちの誰かが、炭岡結莉香の最後の客となって性交したのちに殺害し、彼女のスマホを処分し、遺体を茨城県まで運んで埋めた可能性が高いと、捜査本部は判断したのだ。

ただ、必ずしもスマホと最短距離の基地局が電波をとらえるとは限らないそうで、「炭岡結莉香の最後の客となったであろう男の住所」は広めに見積もられ、その範囲の中にはマンションもあるため、結果的に世帯数が二百以上と多くなってしまった。

もし炭岡結莉香の遺体が早く見つかっていれば、近隣の防犯カメラを調べて、もっと簡単に犯人に迫れただろう。しかし、彼女のスマホの電波が途切れたのは三ヶ月以上前の六月二日で、発見時の遺体も死後三ヶ月程度経っていたとみられるので、殺人と死体遺棄が行われたのもその時期とみて間違いなさそうだ。三ヶ月も経つと、ほとんどの防犯カメラの映像保存期間は切れてしまう。一応、どこかの防犯カメラに炭岡結莉香の生前の映像が残っていないか調べている班もあるが、望みは薄いとみられている。

もちろん、炭岡結莉香の交友関係を洗っている班もあって、そちらから犯人が判明するかもしれない。遺体から検出された精液の主はただの最後の買春客で、殺害とは無関係という可能性もゼロではない。ただ、現時点では精液の主が最も有力な容疑者といえるので、まずはこの男を見つけたいのだ。

この範囲に住む男のＤＮＡを、吉松と鴨田を含めた多数の警察官で手分けして採取していき、最終的には全員分集めるのが捜査本部の目標だ。とはいえ、その目標が達成されることはおそらくなく、真の目的は別にあるのだということも、吉松は鴨田刑事から最初に聞かされた。

「例の精液の主が犯人だと仮定すると、そいつがＤＮＡの採取に素直に応じる可能性はゼロと言っていいだろう。犯人は、拒否した奴の中の誰かだ。拒否した男を絞り込んでいけば、たぶんその中に犯人がいる」

言い換えれば、快くＤＮＡ採取に応じてくれた男性は、ほぼ間違いなくシロだということだ。シロを一人一人消していき、クロを絞り込んでいく。今はその作業なのだ。

「次は、この道のこっち側ですね……」

吉松は地図を頼りに、鴨田刑事を伴って高級住宅街の突き当たりを引き返し、先ほどとは反対側の家を回ってチャイムを押していく。私服の刑事二人のペアより、制服警察官の吉松がいた方が、住民が応対してくれる確率が多少は上がる。二人とも刑事だと、一見して警察だと分からず、悪徳セールスなどを警戒されてしまうこともあるのだ。

とはいえ、吉松がチャイムを押したところで、出てきてくれる人の方が少ない。ＤＮＡの採取対象は男性のみなので、在宅率が高い土日を使って、今日からなるべく多くの家を回る計画なのだが、洗濯物が干してあったり、カーテン越しに誰かが動いたのが見えたのに応答がないような、おそらく居留守を使っている家も多い。何度もチャイムを鳴らしてみるが、それでも出てこなかったら諦めて、後でまた行くしかない。そんな家には「犯人がいるかも」の第一チェックが入る。最後まで残った家ほど怪しくなっていく。

と、そんな中、吉松は気付いた。

「あ、あそこ……男性がいますね」

「ああ、本当だ。一回行った家だな」

数時間前にチャイムを押したけど留守だった家に、庭いじりをしている中年男性の姿が見えた。吉松が声をかけようかと思ったところで家の中に入ってしまったが、とりあえず今は留守でないことが分かった。

「また行ってみましょうか」

「そうだな」

二人でその家に近付いたところで「Ｔａｋｅｓｈｉｔａ」という表札が目に入った。

あ、そうか。ここはあの竹下家か——。数時間前にチャイムを押した時は気付かなかったが、吉松は手元の地図と照らし合わせて気付いた。

東京エレファンツやメジャーリーグでも活躍した平成の名投手、竹下竜司がこの辺に住んでいるという話は、以前から交番の先輩に聞いていた。吉松は高校までずっと野球部で、竹下竜司は子供の頃の好きな選手の一人でもあった。かつての野球部の仲間に「俺の勤めてる交番の管轄《かんかつ》に竹下竜司の家があるんだ」と言ったら、きっと羨まれることだろう。もちろん守秘義務があるので言うわけにはいかないが。

チャイムを押す。しばらくしてインターフォンから「はい」と男の声が返ってきた。

「すみません、警視庁の者です」

インターフォンのカメラを見ながら吉松が声をかける。

「あ、警察……」

男の声は戸惑っているようだった。すぐに吉松が説明する。

「実は今、ある事件の捜査で、この辺一帯を回らせてもらってまして、数分でいいので、お時間をいただきたいのですが」

「ああ……じゃあ、門開けますんで、玄関までどうぞ」

「すみません、ありがとうございます」

門が自動で開いた。吉松は鴨田とともに、庭を通って玄関に向かう。それにしても、このエリアでこの広い庭が付いた家を買うとなると、何億円かかるのだろう。警察官の給料では絶対に手に入ることのない豪邸だ。

玄関の前まで行くと、ドアが内側から開いた。

「どうぞどうぞ。……すいませんね、こんな格好で」

長袖シャツにジーンズというラフな格好の、太り気味の中年男性が、吉松と鴨田を玄関に招き入れた。

「いえいえ、こちらこそすみません、失礼します」

吉松と鴨田が玄関の中に入る。今日は涼しい曇り空で日差しが少ないこともあり、玄関の中も薄暗い。奥の棚の上のデジタル時計の数字がほのかに光って見える。家主の男は、さっき庭に出ていた時は着けていなかったマスクをしているため、顔の上半分しか見えないが、やはり見覚えのある目鼻立ちだ。かつては野球中継でもスポーツニュースでも、しょっちゅうテレビで見ていた。

「突然お伺いしてすみません。さっきもちょっとご説明したんですが、実は今、ある事件の捜査で、この辺一帯を回らせてもらってまして……」

と、吉松が言いかけたところで、左側の廊下の奥からバタンと音がした。

「ああ……すいません」音がした方を向いた家主の男が、すぐ吉松たちに向き直った。

「さっきちょっとそこを片付けてて、物が倒れちゃいました」

「あ、大丈夫ですか？」

「ええ、全然大丈夫です。ティッシュの箱なんで」

「ああ、そうですか」

なら大丈夫だろう。吉松は質問に移る。

「それで、最初に一応確認なんですけど、お名前を伺ってもよろしいでしょうか？」

「竹下竜司です」

「ありがとうございます。今、他のご家族の方は……」

「ああ、嫁さんがいますけど、今日は仕事で出かけてます」

「なるほど。では、こちらはご夫婦お二人のお住まいということで、よろしいですね」

「はい」

世帯主の名前と家族構成は、警察側も把握《はあく》しているが、確認のための質問だった。

あの竹下竜司と会話できているという感激は、あまり表に出さない方がいいだろう。現役時代と比べるとだいぶ太って白髪《しらが》も多いが、マスクの上の目鼻立ちは、たしかにあの名投手、竹下竜司だ。引退後はかれこれ十年ほど、テレビなどで見ることもほぼなかったが、やはり往年のスター選手のオーラが感じられた。

「で、実は今、ある事件の捜査で、この辺の住人の方に、こちらを使ってDNAの採取をお願いして回ってるんです。すみませんが、ご協力いただいてもよろしいでしょうか?」

吉松がいよいよ本題に入り、DNA採取専用の、歯ブラシに似た器具を差し出す。

「ああ……はい、分かりました」

竹下竜司は、拍子抜《ひょうしぬ》けするほどあっさりそれを受け取ってくれた。

「あ、よろしいですか?」吉松は思わず言ってしまった。

「だって、これ断るとますます疑われるんじゃないの?」

「え、ああ……まあ、そうですね」

吉松は苦笑してうなずいた。まさにその通りだった。

「では、すみません、それを口に入れていただいて、頬の内側を、こうやってこすっていただきたいんですが」

吉松がジェスチャー付きで説明する。竹下竜司は、吉松たちから距離をとるように一歩下がってから、マスクの右半分を外し、器具を口に入れた。意外とコロナウイルス対策をしっかり考えるタイプのようだ——と吉松は思いかけたが、そういえば少し前に、竹下が心臓の疾患《しっかん》で救急搬送されたというニュースを見たことを思い出した。見るからに肥満体だし基礎疾患もあるから、人一倍コロナに気を付けているのかもしれない。

とはいえ、竹下竜司が頬の内側を器具でしっかりこすっていることは、吉松の目からもちゃんと確認できた。昔の竹下竜司といえば、審判を怒鳴りつけて退場になったり、マスコミ対応もぶっきらぼうだったり、少々怖いイメージがあったが、実際に接してみると、むしろ好印象な方だった。

「これぐらいでいい？」竹下が口から器具を出した。

「ええ、大丈夫です。ご協力ありがとうございます」

竹下が差し出してきた器具を、吉松は受け取り、滅菌袋に入れる。

「それで、ここにお名前を書いて、あとここに指印も押していただきたいんですが」

吉松は、滅菌袋とペンを差し出し、朱肉もすぐに取り出す。この手続きによって、DNAのみならず指紋と筆跡まで警察に提供してしまうことになるので、抵抗感を覚える人も少なくないが、竹下竜司はこれにも素直に応じてくれた。

「ああ、はいはい」

名前を書きながら、竹下竜司がふと言った。

「あ、じゃ、これ、カミさんの分ももらっといた方が……」

「ああ、実はこれ、男性だけにお願いしてるんです」鴨田がすぐ答えた。

「ああ……そうですか、なるほど」

竹下竜司はうなずいた後、吉松の差し出した朱肉で指印も押し、次いで差し出したティッシュで指を拭きながら尋ねてきた。

「これが、どんな事件の捜査かってことは、聞くわけにはいかないですかね?」

「すみません。それはちょっと、秘密にさせていただいてまして」

吉松が申し訳ないという表情を作って頭を下げる。すると竹下竜司もうなずいた。

「そうですか……。まあ、犯人が男だってことは、分かってるんですね」

「ええ、まあ、そういうことです」鴨田が答えた。

「警察だから言えないこともありますよね。——分かりました。ご苦労様です」

竹下竜司は、警察側の事情もくみ取ってくれたようだった。

「では、どうも失礼しました。ご協力ありがとうございました」

吉松は、隣の鴨田とともに丁寧に頭を下げた。

「どうもどうも、頑張《がんば》ってください」竹下は小さく手を上げて応じてくれた。

「ありがとうございます、失礼いたします」

吉松と鴨田は、お辞儀をして玄関を出る。静かにドアを閉め、そのまま門を出て、道路を歩き出してから、鴨田が小声で言った。

「今の人、どっかで見たことある気がするな……」

「元エレファンツのエースで、メジャーリーグでも活躍した、竹下竜司さんですよ」

吉松が待ってましたとばかりに説明すると、鴨田は大きくうなずいた。

「あっ、竹下って、あのピッチャーの竹下か。俺、あんまり野球詳しくないから気付かなかったわ……。でも、さすがにエレファンツの竹下は、言われれば分かるわ」

「僕も、世代的にど真ん中ではないんですけど、高校までずっと野球やってたんで、正直すごい興奮しました。サイドスローのピッチャーで、竹下さんのフォームを参考にしてた友達もいましたから」

「そうかそうか。まあ、現役時代は相当稼いだんだろうから、麻布にあんな家も建つか」

鴨田はうなずいた後、ふと言った。

「あれ、竹下さんって、今はどこかの監督とか……」

「ああ、たぶんやってないですね。コーチをちょっとやったみたいですけど、あんまり長くはやらなかったみたいです」吉松が答えた。

「解説者とかやってんのかな。まあ、別にもう働かなくてもいいのか」鴨田はふんと笑った。「公務員には縁のない話だ」

たしかに、あれほどの豪邸に住み、まだ五十歳ぐらいのはずなのに何もせずに生きていけるのだとすれば、定年まで地道に働くであろう自分たちが馬鹿馬鹿しくもなる。

「そういえばあの人、現役時代はおっかないイメージじゃなかった？」鴨田が言った。

「ですよね。でも実際会ってみたら協力的で助かりましたね」吉松がうなずく。

「全員ああだったら、どんなに楽だろうな」

「本当ですよね。……あ、そうだ、チェック入れないと」

吉松は、地図上の竹下家にペンで「採取済み」のチェックを入れる。担当区域の中で、まだこのチェックが入っている家の方がずっと少ない。

「あんなに協力的で、思いっ切りＤＮＡ一致したら笑うよな」

鴨田の軽口に、吉松も笑った。いくらなんでも、それはありえないだろう。

「容疑者が一人減ったか。まあ、まだまだ百人以上いるんだけど。——じゃ、またこっちの列行くか」

鴨田が道路沿いの一列の住宅群を指差す。吉松は「はい」とうなずいた。この仕事にはまだまだ時間がかかりそうだが、元プロ野球選手の家を訪れたのがきっかけで、捜査一課の強面刑事と少し打ち解けられたのはよかった。

## 13

「いけましたね、あの感じは大丈夫ですね！」

レースのカーテンの外の道路を、二人の警察官が歩き去って行ったのを見て、マネ下は声を落としながらも興奮した口調で言った。

「大丈夫だったよな、疑ってなかったよな！」

廊下の奥の納戸に隠れていた竜司も、マネ下と並んで外を見ながら、大きくうなずく。二人の警察官は、特に怪しむ様子もなく去って行った。こちらの奇策に気付いたなら現行犯で捕らえたはずだ。そうしなかったということは、本当に気付かなかったのだ。

「あ〜、よかった〜」

マネ下は心底ほっとした様子で、今の竜司とよく似た白髪まじりのカツラを取った。額《ひたい》はうっすら汗ばんでいる。

「いや〜、でかしたぞマネ下！」

竜司はマネ下とハイタッチを交わした。マネ下は「ありがとうございます」と笑顔を見せた後、服の下に大量に入れた綿も取り出しながら、緊張の数分間を振り返った。

「いや〜、こんなプレッシャーは初めてでしたけど、乗り切れました。玄関は暗くして、マスクして、顔全体を見られる前に距離を取って……作戦大成功ですよ！」

「よくやったぞ、マジで」

竜司は心底安堵しながら、労《ねぎら》いの言葉をかけた。するとマネ下が苦笑しながら言った。

「ていうか、バタンって音がした時、マジで焦りましたよ。あえて正直に『ティッシュの箱が倒れました』って言って、疑われずに済みましたけど」

「わりいわりい。足で倒しちゃってよ」

納戸に隠れていた竜司は、少し動いた際に足元のボックスティッシュ五箱パックを倒してしまったのだ。あの瞬間は、現役時代に強打者に投げたストレートがど真ん中にいってしまった時ぐらい肝《きも》を冷やしたが、あの警察官二人は見逃してくれたので助かった。

運命の決断は、約二時間前に下された。

「竹下さん、よく聞いてください。大事な話をします」

マネ下は電話越しに前置きした後、思いもよらぬことを言い出した。

「僕が今からそちらに行きます。で、本気で竹下さんのモノマネをして、本物の竹下さんとして、警察にDNAを採られます」

「えっ⁉ そんなこと、できるのか？」

竜司は驚いたが、マネ下は「それ以外に方法はありません」と言い切った。

「大丈夫、勝算はあります。まず、僕は『現在の竹下竜司』というモノマネセットを持ってます。舞台で一回やってスべったきり、やってないんですけど……でも、むしろそれも好都合です。僕が現在の竹下さんのマネをしたところを見た人は、あのたった一回のモノマネショーの、百人足らずのお客さんしかいません。選手時代の竹下竜司のモノマネをするマネ下竜司という芸人がいる、ということはある程度知られていても、そいつが引退後の今の竹下さんのモノマネもするということは、ほぼ誰にも知られてないんです」

マネ下はさらに、冷静な口調で語った。

「それに、僕が竹下さんの家に招かれるぐらいの関係だってことも、世間には知られてないはずです。知ってるのは僕の一部の芸人仲間と、始球式で会うスタッフぐらいですから。――あと、そもそも今の竹下さんの外見も、ほぼ誰も知らないはずです。ちょっと前に『竹下竜司　現在　画像』で検索してみたことがあったんですけど、十年ぐらい前の竹下さんの写真しか出てきませんでした。それを見て僕は『だから今の竹下さんのモノマネがウケなかったのか』って納得したんですけど」

たしかに、竜司が最後にマスコミの前に姿を現したのは、たぶん十年近く前だろう。それから現在に至るまでの間に、体重は激増し、顔は老けて白髪も増えた。現役時代の竜司をよく知る人が今の竜司を見ても、その変貌《へんぼう》ぶりに驚くほどだろう。ということは、偽者でも気付かれないかもしれない。

「竹下さんは最近、警察官と挨拶を交わしたりしましたか?」マネ下が尋ねてきた。

「いや、してねえよ」竜司が答える。

「顔見知りの警察官とかもいないですよね?」

「いねえよ。別にそんな、警察好きでもねえし」

「うん、だったらきっと大丈夫です。警察官だって、竹下さんの最近の姿は見てない。遠目に見てたとしても、本気でモノマネする僕を近くで見たら『ああ、こんな感じだったかな』と思って、本物かどうか疑いはしないはずです。身長も三センチしか違いませんし、声で気付かれることもないでしょう。一応僕も竹下さんの声マネはしてますし、やっぱり竹下さんがメディアで最後に喋ったのも、ずいぶん前のはずですから」

「まあ、たしかにな」

竜司の低くてぼそぼそした声は、マネ下を含め、たぶん誰でもそれなりに真似できる。竜司の普段の声や喋り方をはっきり覚えている人も、今やほぼ皆無だろう。

「僕らが助かる方法は、たぶんもう、これしかないはずです」マネ下の声には決意がこもっていた。「警察は、竹下さんのDNAが採れるまで絶対にあきらめないでしょう。どんなに居留守を使っても必ず採れるまで来るでしょうし、そもそも居留守を使い続けたり、採取を何度も拒否したりすれば、その分どんどん怪しまれるでしょう。で、根負《こんま》けしてDNAを採られたら当然、炭岡結莉香の体内から出た精液と型が一致するわけで、竹下さんは捕まります。だったらもう、なるべく早い段階で、僕のDNAを竹下さんのものだと偽《いつわ》って警察に渡すしかないんです」

「大丈夫かな。そんなことしてバレないかな……」

竜司は弱気につぶやいたが、すぐマネ下が返してきた。

「そんなことをしてバレても、そんなことをしなくても、僕らはいずれ必ず捕まります。だったら『そんなことをしてバレない』を目指すしかないんです。——はっきり言って、竹下さんが僕を死体遺棄に巻き込んだ時と似たような状況です。あの時も『僕が竹下さんに協力せずに竹下さんが捕まっても、竹下さんが自首しても、僕の人生は終わる。だから協力するしかない』っていう状況でしたから」

「ああ、そうか……」

元はといえば竜司がマネ下を巻き込んだのだ。そのマネ下が、今こうして打開策を見つけてくれたことだけでもありがたいのだ。竜司は今さらながら実感した。

「まさか警察も、DNA採取のために家に行ったらモノマネ芸人が出てくるなんて、そんなドッキリ番組みたいなことをされるとは思ってないはずです。竹下さんがよほど怪しまれて警戒されてるならまだしも、現時点で竹下さんはまだ、炭岡結莉香のスマホの電波が途切れたエリアに住む、何十人、何百人の中の一人にすぎないはずですから」

「そうか……うん、そうだよな」

竜司はうなずいたが、正直なところ、スマホの電波がどうとかDNAがどうとか、少し話が難しくなると理解が追いつかない。実はDNAが何なのかすらよく分かっていない。だいたいDNAとかDHAとかPTAとか、英語三文字の略語が多すぎないか。メジャーリーグ時代もほぼ通訳任せで英語を覚えようともしなかった竜司には、そんな略語なんて分からない。日本語すら人並みに分かっている自信はない。

とにかく、竜司は何も分かっていないのだから、マネ下の一世一代の大作戦に身を任せるしかない——。竜司のそんな覚悟も固まってきた。

「では竹下さん、僕が行くまで、誰にも見られないように、家の中でじっと居留守を続けてください」マネ下は念を押してきた。「僕は、今の竹下さんに似せるための変身セットを持って、すぐそちらに行きます。で、誰にも見られないように家に入ります。たぶん裏口の方がいいですよね？」

「ああ、そうだな。裏口開けとくわ」

竹下邸の裏口は、人通りのほとんどない細道に面している。この辺をうろついている警察官にさえ気を付ければ、他の誰かに見られることもないはずだ。

「では、一時間ぐらいで伺います。そのままお待ちください」

——そう言って電話を切った約一時間後、道具一式が入ったバッグを持って家にやってきたマネ下が、白髪交じりのカツラをかぶり、肥満体に見せるために大量の綿を服の下に入れ、メイク道具で顔に薄く皺《しわ》なども描いて、現在の竜司のモノマネを完成させた。

洗面所の鏡の前でその作業をしていたマネ下の隣に、竜司は並んでみた。

「うん……まあ、似てるのは似てるけど、これで大丈夫かな」

竜司は不安になった。たしかに似せているのは分かるが、やはり並んでみたら明らかに別人だ。特に違うのは体格で、マネ下がどんなに太った扮装《ふんそう》をしても、本物の竜司の方が明らかに一回りも二回りも太っているのだ。

だが、マネ下は強気の口調で言った。

「大丈夫です。ちょっと違うよなって思うのは、僕たちだけのはずです。警察官も含めて世の中の人は、『最後にテレビで見た印象とだいぶ変わってるな』とは思うけど、まさか別人が似せてるとは思わないはずです。電話でも話しましたけど、仮にマネ下竜司の存在を知ってても、まさかそいつが本物の竹下竜司と仲がよくて、竹下家に来た警察を堂々と騙しにくるとは思わないでしょうから」

「だけど……自分で言うのも悲しいけど、俺の方が全然太ってるだろ」

「それも、気付くのは本人だからです。警察官を含めて日本のほぼ全員が、逆に竹下さんが今これだけ太ってることを知らないんです。だから大丈夫です！」

マネ下は、竜司の腹を両手で指し示して、勇気づけるように言った。よく考えたら竜司の悪口を言っているようなものだったが、それに怒っている場合ではなかった。

マネ下は、現在の竜司の扮装を完成させると、堂々とした足取りで、レースのカーテン越しに外を眺《なが》めた。前の道路に人通りはない。一見いつも通りの、閑静《かんせい》な高級住宅街だ。

「警察は、朝に一度来て、チャイムを押したんですよね？」

「うん、そうだ」

「僕もここに来るまでに、刑事っぽい人たちが歩いてるのは遠目に見ました」

マネ下は、竜司の扮装で外を見たまま、しっかりした口調で語った。

「とりあえず、一度チャイムを鳴らしたけど出てこなかった住人が、今は庭にいるように見せかけます。で、刑事に見られたのが分かったら、さりげなく家の中に戻ろうと思います。外で見られたら、なんかおかしいってバレる可能性が高まるでしょうからね。でも、玄関の明かりをつけないで薄暗いままだったら、騙しきれる気がします」

バレる可能性に言及されたので竜司はまた少し不安になったが、もう任せるしかない。

「もちろん竹下さんは、警察が来たら絶対に見られないように、声も聞かれないように、隠れててくださいね。本物がいるのを見られたら一巻の終わりなんで」

「うん、分かってる」竜司はうなずいた。

「では、外に出てきます。警察をうまく引きつけて戻ってきます」

マネ下はそう言い残して、玄関から出て行った。――あとはすべて、マネ下の計算通りだった。見事に警察官をおびき寄せて騙し抜く、大勝利を収めたのだ。

成功を喜び合った後、ふとマネ下が言った。

「問題は、炭岡結莉香の死体から僕のDNAが検出されてないか、ってことなんです。もし検出されてたら、普通にDNAが一致したってことで、竹下さんが捕まっちゃうんで」

「えっ……そうなの？」

またDNAの話なので、竜司はちゃんと理解できていなかったが、ここに来てまた逮捕される可能性をマネ下が言い出したので、怖くなってしまった。

しかし、マネ下はすぐに続けた。

「でも、たぶん大丈夫です。もし僕のDNAも出てたら、ニュースで『遺体から男二人のDNA検出』とか報じられてたはずなんです。だけど、ずっと報じられてるのは『男の体液が検出された』ってことだけですから。——あの日、僕は素手で死体に触らないように手袋をしてましたし、彼女の死体は三ヶ月以上も土に埋まってたわけですしね。もし死体の表面に僕の細胞片が、埋めた時点でちょっと付いてたとしても、三ヶ月以上経って掘り出した時点で、もうDNAが検出できる状態じゃなかったと思うんです」

「ああ、そうか……」

竜司はあいづちを打ったが、やっぱり話が難しすぎて全然分からなかった。何が分からないのかも分からない。学校の授業も小学校高学年からずっとそういう状態だった。

そんな竜司の様子には気付かない様子で、マネ下は話を続けた。

「だから、たぶん警察は、さっき採った僕のＤＮＡを、竹下さんのものとして鑑定にかけて、『遺体から出た精液とは一致しなかった』ってことで終わりになるはずです」

「それじゃ……これでもう、一件落着ってことだよな？」

竜司がおずおずと確認すると、マネ下はうなずいた。

「ええ、たぶんそうなると思います。むしろ、竹下さんは犯人じゃないことが警察で証明されてる状態になるわけですから、今まで以上に安全だとすら言えるでしょう」

「そっか――。ありがとうな、マネ下」

竜司は心から感謝した。マネ下は笑顔で首を振る。

「いえいえ、僕のためでもあったんで。竹下さんと僕は、もはや一蓮托生《いちれんたくしょう》ですから」

「うん……そうだな」

イチレンタクショウって何？ と聞くのはやめにした。聞いたところでどうせすぐ忘れる。俺はこういう難しい言葉を一回覚えてもすぐ忘れる、ということだけは竜司も忘れずに覚えている。

「あ、あと……」マネ下がふと思い出したように言った。「僕はしばらく、この家に来ない方がいいと思います」

「え、なんでだ？」

近々祝杯でも挙げたい気分だったので、竜司は少しショックだったが、これに関してもマネ下は冷静に説明した。

「マネ下竜司が、本物の竹下竜司と仲がよくて、家に出入りまでする仲だって、もし警察に知られたら、今日のことが見抜かれるかもしれません」

「ああ……そうかな？」

「心配しすぎかもしれません。でも、心配しすぎぐらいの方がいいと思います」マネ下は真剣な顔で語った。「この近辺の住人のDNA採取が終わるまで、警察はこの辺をずっとうろつくことになるでしょう。今日僕が騙した二人の警察官も、今後しばらくうろついてるかもしれない。もし後日、彼らに僕の姿を見られたら、しかもこの家に入るところまで見られたら、『あいつ、竹下竜司のモノマネ芸人だよな。本人と仲がいいのか。ってことは、まさか……』って、今日のことに勘付かれちゃう可能性もないとは言い切れません。警察ってのは疑うのが仕事なわけですから」

「う～ん……そうか」

マネ下をしばらく飲みに誘えなくなるのは残念だが、たしかにマネ下の言う通り、今日の件がばれてしまっては話にならない。納得せざるをえなかった。

「ていうか……これでもう警察は、精液と一致するDNAをこの先も採れないんだから、目的を達成できないことになるよな」

マネ下がふと、独り言のように言った。

「そうなると……あ、でも、この辺の住人の誰かしらは、採取を拒否するのかな。となると、その人が怪しまれることになるのかな。でも、いずれその人からも何らかの方法で採取して、やっぱり違うとなると、次に警察はどう動くか……」

マネ下はぶつぶつ呟《つぶや》きながら考えているようだった。竜司にはさっぱり分からない。マネ下の学歴は大学中退と聞いているが、大学に行く奴というのはこんなに頭がいいのか。竜司の元チームメイトにも大卒の選手はいたが、あいつらはきっとスポーツ推薦だったのだろう。竜司とそう変わらない頭脳の奴ばかりだった。いや、でも実はあいつらも、いざ死体を隠すとなったらマネ下ぐらい色々と考えられる頭脳を持っていたのか。単に俺が馬鹿すぎるだけなのか――。竜司はとりとめもなく、そんなことを考えた。

「……まあ、警察の動きを素人が予想するのも限界があるよな」

マネ下は、なおも眉間に皺を寄せ、一人でぶつぶつ言っていた。

14

「なんか最近、明るくなったんじゃない？」

飯山果凜は、向かい合って朝食をとる浩樹に声をかけた。

「え、そうかな？」浩樹は笑って首を傾《かし》げる。

「そうだよ。ちょっと前まで、なんか悩んでるっぽかったけど、ここ最近は全然そんなことないもん」

「え〜、そうか？」浩樹は明るい表情で言った。「別に悩んでるわけでもなかったけど」

「本当？　ならいいけど」

笑顔でうなずきながら、果凜は心の中で思った。

あまり詮索《せんさく》しても仕方ない。浩樹が本気で隠し事をしているなら、どんなに探りを入れたところで、どうせ本当のことは言ってくれないだろう。果凜だって、浩樹に対して何も隠し事がないわけじゃないし、たとえ半同棲状態の恋人同士であっても、お互いに少しは秘密があって当然だ。

とにかく、浩樹の心配事がなくなったのなら、それに越したことはない――。果凜はそう思うことにした。

「なんか最近、明るくなったんじゃない？」と、果凜に勘付かれるのも無理はない。

警察によるＤＮＡ採取の危機を乗り切った、災い転じて福となすことに大成功したあの日から、浩樹の気持ちは一気に軽くなったのだ。

それにしても、実に痛快な作戦だった。浩樹は思い返すたびに笑いがこみ上げてくる。

浩樹にとって唯一《ゆいいつ》の武器、竹下竜司のモノマネで、警察を完璧に欺《あざむ》いてやったのだ。これはもしかしたら、歴代のモノマネ芸人の中でも最大の偉業を成《な》し遂《と》げたのではないか。目の前の果凜を含め、他のモノマネ芸人仲間にも自慢したいぐらいだけど、まごうことなき犯罪なので絶対に誰にも言えないのが惜しいところだ。

　あの作戦が成功した以上、もうＤＮＡの線から竜司が捕まることはない。というか、ＤＮＡの線以外から竜司が犯人だと特定されることはないと思う。はっきり言って、もう絶対にバレることはないんじゃないかとすら思える。

　死体が発見され、身元が炭岡結莉香だと判明し……と、真綿で首を絞められるように、いつか捕まってしまうのではないかという不安が徐々に増していた日々は、今思えば精神的に本当につらかった。それを隠そうとはしていたが、果凜にはたびたび気付かれ、心配をかけてしまった。でも、もう大丈夫だ。安心していいだろう。

　心に余裕が生まれると、普段の仕事でも運気が上向いているように感じられた。名古屋の祭りの営業でユニコーンズ時代の竹下竜司のモノマネを披露《ひろう》して、羽振りのいい社長に「またユニコーンズ優勝させてよ」と十万円のチップをもらったり、パチンコ屋の営業で竹下竜司ど真ん中世代の男性客たちにモノマネがバカウケした上に、その後のイベントの一環でパチンコを打ったら五万円も勝ってしまったり……。ひょっとすると、警察を騙しきったことで芸人としてもレベルアップしたのではないかとすら思えた。

ところが――。そんな楽観的な日々は、突如《とつじょ》暗転したのだった。

それは、新宿のモノマネパブでの出番が終わって、帰路についた時のことだった。果凜も同じステージの出番があれば、そのまま一緒に帰る流れだったけど、その日は果凜の出番はなかったので、浩樹は一人で西武新宿駅に向かって歩いていた。

すると、駅の手前で、背後から声がかかった。

「マネ下、ちょっといいか」

振り向くと、さっきまで同じ楽屋にいたジョナサン後藤がついて来ていた。

「おお、どうしたの？」

浩樹は、普段ジョナサン後藤と喋る時と同じように、笑顔で応じた。だが、後藤の表情がやけに強張《こわば》っているのを見て、妙だと感じた。

後藤は、少し声を震わせながら言った。

「実は俺さあ、お前が何をしでかしたのか、だいたい分かってんだよ」

「……えっ？」

浩樹の背中に寒気が走った。後藤はさらに淡々《たんたん》と告げた。

「お前にこんなこと言いたくなかったけどさ、バラされたくなかったら、金払ってくれ」

「な……何言ってんだよ」

西武新宿駅の手前の、煉瓦《れんが》調のタイルが敷き詰められた一角で、浩樹と後藤は不穏《ふおん》な立ち話をすることになった。幸い、通行人が気をとめることはない。浩樹はユニフォームを着ていなければ「マネ下竜司さんですよね」などと声をかけられることはないし、ましてジョナサン後藤なんて、よほどのモノマネ通でなければ顔も名前も知らないだろう。

「俺が何したっていうんだよ」浩樹は、周囲をさっと見てから言った。「あんまりでかい声だとあれだけど、ちゃんと説明してくれよ」

「でかい声だとあれだけど、って、人に知られちゃまずいことをしてるって認めたようなもんだぞ」後藤が冷たい笑みを浮かべた。

「あっ……！」

「今の『あっ』っていうリアクションも、認めてるようなもんだからな」

さらに後藤が詰めてきた。まずい、我ながらなんという心理戦の弱さだ——。浩樹は情けないほどに焦ってしまう。

「マネ下がやったことに、俺がどうして気付いたか、知りたいか？」

「ん、あ……」

浩樹がどう答えるべきか迷っているうちに、後藤は勝手に説明を始めてしまった。

「まずお前、何ヶ月か前に楽屋で俺に『生ものを地面に埋めたら、においはどれぐらいでなくなるか』みたいなことを聞いてきたよな？　あの時点で、妙なことを聞くなあ、とは思ったんだよ。『そんな小説を読んで気になった』とか下手な言い訳をしてたけどな」

浩樹は全身に冷や汗が出てくるのが分かった。後藤はなおも冷徹に語る。

「マネ下に最近何かあったのかな、ってその時点で勘付いた。でも、それ以上具体的なことは、あの時はまだ分からなかった。――お前のさらなる不審点に気付いたのは、ぷく山の話を聞いた時だ」

ぷく山と聞いて、浩樹は思わずあっと声を出しそうになったが、どうにかこらえた。

「あいつが言ってたよ。『夜中にマネ下さんが急にうちの車を借りに来たことがあったんです。でも、その夜のカーナビの走行履歴が全部消されてたんです』ってな」

浩樹は息を呑《の》んだ。あの日、死体遺棄現場まで行ったのがバレたらまずいと思ってカーナビの履歴を消したが、履歴を消すということ自体が、車の持ち主にとっては十分怪しい行為だったのだ。

「ぷく山のことは、口止めしとくべきだったなあ。そう思うだろ？」

後藤はにやりと笑った。一応、車を借りた謝礼として五千円を渡したが、あれでは口止め料にはならなかったようだ。もちろん、ぷく山に悪気はなかったのだろうが、だったら五千円も払わなければよかった、と浩樹はつい思ってしまった。

「夜中にぷく山から車を借りて、ナビの履歴を消した。それと、生ものを地面に埋めて、そのにおいがいつ消えるか気になってる。――この二つのヒントで、俺は気付いちゃったんだよ。探偵にでもなれるかもな」

ジョナサン後藤は勝ち誇ったような顔で、浩樹の顔を指差した。

「マネ下、お前は……」

心臓が止まりそうな浩樹をあざ笑うかのように、後藤はしばらく間を空けた後で、とうとう言った。

「竹下竜司の嫁さんの、ＭＡＨＯと不倫してる。そうだろ？」

「……ええっ？」

浩樹は思わず、素《す》っ頓狂《とんきよう》な声を上げてしまった。

「車を借りたのは、ＭＡＨＯとの不倫ドライブのためだな。そして、地面に埋めたっていうのは、浮気の証拠だ。たぶん、竹下家でＭＡＨＯと浮気してたところに、旦那《だんな》が帰ってきて、とっさに庭に出て、使用済みコンドームとかを埋めたんじゃないかって睨んでるんだけど、違うか？」

後藤はまだ勝ち誇った顔のまま語り、浩樹に問いかけた。

「まあ、細かいところは外してるかもしれないけど、大枠では当たってる。そうだな？」

それを聞いて、浩樹は心底ホッとした。そして心の中で叫んだ。

よかった〜！　名推理をされなくてよかった〜！　迷推理でよかった〜！　後藤が馬鹿でよかった〜！

それにしても、なんて強引な推理だろう。「人妻と浮気中に夫が帰ってきたから、とっさに庭に出てコンドームを埋めた」なんて無理がありすぎる。後藤は国立大学の理学部卒だから賢《かしこ》いのかと思っていたが、とんだ見込み違いだったようだ。

ただ、浩樹はすぐに気付いた。――ここで「お前馬鹿だな。推理メチャクチャだぞ」と本音を言ってしまうのも、むしろ危険かもしれないのだ。

浩樹が何かを隠していることは、すでに後藤にバレてしまっている。その状況で、不倫疑惑が見当違いだと教えてしまうと、「じゃ違う何かを隠してるのか」と詮索されてしまうかもしれない。その末に、あの死体遺棄の件に気付かれてしまったら最悪だ。

浩樹は頭をフル回転させた。これが正しい選択なのか、自信はまったくなかったが、こう答える判断を下した。

「……まさか、そこまで見抜かれてたとはな」

後藤の迷推理が当たっていると勘違いさせておけば、その先の真実を探られることはないはずだ。

「やっぱりそうだったか」後藤はうなずいた。「こんなことはしたくねえけど、ちょっと俺も困っててな。金を払ってくれりゃ、人に喋ったりはしねえよ」

「いくらだ?」

「三百万」後藤は即答した。

正直、絶対に払えないかといえば、そこまでではない。浩樹の貯金額はもっとある。でも、当然ながら払いたくない。本当はやってもいないことの口止め料として、十万円程度なら払ってやってもよかったが、いくらなんでも三百万円は高すぎる。

「それは……さすがに無理だ」浩樹は答えた。

「いや、払え。お前なら払えるはずだ」後藤はあくまで強気だった。

「ていうか、払わなかったらどうするんだよ？」

浩樹が問うと、少し間があった後で後藤は答えた。

「バラしてやるよ。週刊誌とか、あと竹下竜司本人にもな」

それは無理筋だろう、と浩樹は思った。浩樹と真穂は本当に不倫などしていないのだから、週刊誌に売ったところで記事にできないだろう。証拠写真なども撮れるはずがない。二人で外を出歩いたことさえ一度もないのだ。

どちらかといえば、竜司に嘘を吹き込まれた方が面倒かな……と浩樹は考えつつ、後藤の迷推理が当たっているかのような芝居を続けた。

「そっか、なら好きにしろ。でも、後藤にそこまで言われた以上、俺と真穂さんは今後二人で出歩かないようにするから、週刊誌だって簡単に写真は撮れないはずだ。写真を撮られなければ、お前の吹き込んだ噂だけじゃ記事にならないんじゃないか？　記事にならなきゃ俺たちはノーダメージだ」そう言った後、疑問をぶつける。「となると後藤は、竜司さんに直接不倫をリークするつもりか？　でも連絡先知ってんのか？」

「それは……有名人の電話番号なんて、ちょっと調べりゃすぐ分かる」

明らかに口から出まかせだった。なんだ、この程度の計画性で脅迫《きょうはく》してきたのか、と浩樹は失望すら覚えた。

「ああそうかい。じゃ、せいぜい頑張りな」浩樹は吐き捨てた。「ただ、俺はすでに竜司さんの信頼を得てるからな。竜司さんが俺よりも後藤の言い分を信じるかどうか、そもそも知らない番号からの電話に出るかどうか……。正直、後藤の分《ぶ》が悪いと思うけどな」

「あっ、そうだ。竹下の住所を調べて、匿名《とくめい》で手紙を書くっていう手もあるぞ！」

後藤が今思いついた様子で言ったが、すぐに浩樹は言い返す。

「あの家は、いつもポストを見るのは真穂さんだ。そんな怪しい手紙が竜司さんの手に渡るかな？　だいたい、こういう手紙が来るかもしれないから、もし来たら捨ててくださいって、俺は前もって真穂さんに言えるわけだしな」

後藤は何も言えず、ただ視線をふわふわ漂わせただけだった。

まったく拍子抜けだった。脅《おど》されて数分間は後藤を恐れてしまった自分が恥ずかしかった。後藤は強引な迷推理で脅した後の展開も、ろくに考えていなかったのだ。やっぱり、国立大を出てモノマネ芸人になって、売れないまま三十歳を超えてしまったような奴は、学校の勉強はできたのだろうが、頭のネジが何本か外れているのだろう。

もう相手にするのも時間の無駄だ。浩樹は「じゃあな」と駅の中へ歩き出した。だが、後藤はなおも背後から言ってきた。

「おい、マジでいいのか？　マジでバラすぞ」

「勝手にしろよ」

振り向きもせず返事をして、浩樹はそのまま早足で歩いた。

一瞬だけ振り向いてみると、後藤は地面にうずくまり、うなだれていた。自らの下手な作戦に思わずうなだれてしまったのか、それとも早速スマホで竹下竜司の住所でも調べているのか――。後藤の姿勢は、しゃがんでスマホを操作しているようにも見えた。

改札を通ってから、浩樹の胸に、やるせない悲しみが今さらながら押し寄せてきた。ほぼ同期のモノマネ芸人仲間として、ジョナサン後藤とはそれなりに仲良くやってきたつもりだった。無二の親友だったとまでは言わないが、これからもずっと気のおけない仲間でいられると思っていた。それがまさか、こんな形で絶縁することになるのだろうか。少なくとも向こうはそのつもりなのだろう。

西武新宿線の車内でも、その後アパートに帰ってからも、浩樹はあれこれ考え続けた。そのうちに少し心配になってきた。もし浩樹から竜司に何も言わないうちに、浩樹と真穂が不倫しているという情報が、竜司に伝わってしまったら厄介だ。

番号を調べて竜司に電話するとか、住所を調べて手紙を書くとかいうのは、さすがにハッタリだろう。そんなことをしても後藤が一銭たりとも得することはない。奴は金目当てのようだったから、金にならない手段はとらないだろう。

だが、週刊誌に売るというのは、ない話ではない。浩樹と真穂の不倫を事実だと信じ切っている後藤が、金欲しさにどこかの週刊誌の記者に、真実味たっぷりにリークしてしまうかもしれない。まともな雑誌なら相手にしないだろうが、世の中にはまともでない雑誌も存在する。ろくに裏も取らずに『竹下竜司の妻&モノマネ芸人に不倫疑惑』などという記事が出て、それを竜司が目にしてしまったら一大事だ。

後藤の前では強がってみせたけど、もし奴が本気だったら厄介だぞ――。浩樹は徐々に実感した。竜司は、自分が浮気をするくせに、妻の真穂に対する独占欲は人一倍なのだ。時々「真穂も浮気してるんじゃないか」的な冗談を言う時も、どこか本気で心配しているようだし、前に一度、浩樹に対して「もしお前が真穂と不倫でもした時はぶっ殺す」的なことを言ってきた記憶もある。

やっぱり、万が一に備えて、筋を通しておいた方がいい――。浩樹は決断した。

『竹下さん、ご無沙汰《ぶさた》しております。

突然で申し訳ないのですが、大変お聞き苦しいご報告があります。

実は、僕はある芸人仲間に裏切られ、その男によって、事実無根の噂を流されてしまうかもしれません。それは、僕と真穂さんが不倫をしているという噂です。もちろんそれは、まったく根拠のない真っ赤な嘘です。

ただ、実はその芸人仲間というのは、僕と竜司さんにとって本当に知られたら困る、あの事件に勘付いてしまう可能性があったのです。あの事件の夜、僕が後輩芸人に車を借りたり、そのカーナビの履歴を消したりした不自然さには気付いていて、その原因が、僕と真穂さんの不倫であると勘違いしているのです。

あの事件を彼に知られてしまっては大変なので、僕は、真っ赤な嘘である不倫疑惑を、彼の前でわざと認めました。その結果、彼は「大金を払わなければお前の不倫疑惑を広めてやる」などと僕を脅したのです。たぶんハッタリだと思って、僕はその脅しには乗りませんでしたが、もしかすると彼は本当に、何らかの形で、僕と真穂さんの不倫疑惑を広めたり、竜司さんのお耳に直接入れようとするかもしれません。

不快な思いをさせてしまって申し訳ありませんが、どうか僕と真穂さんが不倫しているという真っ赤な嘘を信じないでください。お願いいたします』

アパートの部屋で文面を熟考した末、浩樹は竜司に長文のLINEを送信した。

果凜が今夜、浩樹の部屋に来ていなかったのは、不幸中の幸いだった。来ていたらまた「何かあったの？」と心配されてしまったかもしれない。もっとも、ジョナサン後藤との関係が修復不可能になってしまったことは、いずれ果凜に知られてしまうだろう。その時はどう言い訳しようか……などと考えていた時だった。

竜司から、LINE通話で電話がかかってきた。

「はい、もしもし」

浩樹が出ると、すぐさま大声が耳を襲った。

「マネ下てめえ、本当に真穂と不倫してんじゃねえのか！」

本気の怒声だった。ああ、これはまずい——。すぐに浩樹の口の中が苦くなった。

「いや、あの、竹下さん、信じてください。本当に嘘なんです」

「本当に嘘なんです、って結局どっちだ！」

「あ、すいません。今のはややこしかったですけど……」

いつもなら、こんな言い間違いですぐ笑いが生まれただろうけど、残念ながら今はそんな雰囲気ではない。竜司は酒に酔っている。それも最悪の酔い方だ。

「嘘だってことです。僕と真穂さんは不倫なんてしてないってことです！　だから、もし今後、そういう噂が竜司さんの耳に入っても、どうか信じないで……」

浩樹の必死の説明も、竜司はろくに聞いていないようだった。

「てめえ今から来い！　来てちゃんと説明しろ！　来ねえと、てめえのモノマネもう認めねえからな！　二度と仕事できねえようにしてやるからな！」

「いや、そんな……」

専業モノマネ芸人にとって、ご本人からの「モノマネをもう認めない」という言葉は、これ以上ないほど恐ろしい脅し文句だ。それを言われた以上は、どんなに理不尽でも謝りに行くしかない。

「すみません、すぐそちらに向かいますので……」

と、浩樹が言いかけた時、電話の向こうから真穂の声も聞こえてきた。

「ちょっと、どうしたの？」

「お前、マネ下とできてんじゃねえのか！」竜司の怒号。

「え？　何言ってんの？」真穂の戸惑う声。

「この馬鹿たれ！」

「ちょっと、やめてよ！」

どん、と何かがぶつかるような音がした。真穂が暴力を振るわれたのかもしれない。竜司の悪酔いのせいでもあるが、浩樹があんなＬＩＮＥをしてしまったせいでもある。

「すぐ行きますから、竜司さん、お願いです。待っててください！」

浩樹の懇願《こんがん》も空《むな》しく、電話は切れてしまった。

最悪だ。ジョナサン後藤が暴走するリスクに備えて、念のため先手を打ってＬＩＮＥをしたつもりが、よりによって竜司が悪酔いしているタイミングを直撃してしまったのだ。

こんなことならLINEなんてしない方がよかった。「ジョナサン後藤が浩樹と真穂の虚《きょ》偽《ぎ》の不倫スキャンダルを週刊誌にリークし、実際に報道されてしまう」というリスクは、今思えば無視してもよかった。少なくとも、ただでさえ読解力に乏しい竜司が、夜中のこの時間に酔っていて、「僕と真穂さんが不倫しているという情報を信じないでください」という文章を曲解して「マネ下が真穂と不倫している」と思い込んでしまう、というリスクよりは低かったはずだ。

せめて、その旨《むね》を電話で伝えればよかった。直接話せば、ここまで竜司を激高させてしまうことはなかっただろう。でも、あの死体遺棄以降、竜司が電話を嫌がっていた印象が残っていたから、浩樹はつい文章にしてしまったのだ。ジョナサン後藤に突然裏切られて動揺したせいか、こんな判断ミスを重ねてしまった自分が情けなかった。

とにかく、行きたくはないが竹下邸に行くしかない。竜司に何発か殴《なぐ》られるかもしれないが、じっと耐えるしかない。浩樹はすぐにアパートを出発した。

新宿からだと道が混んでいることも多いが、この沼袋からなら、たぶんタクシーの方が速い。出費はかさむが、今は一刻も早く着くことが最優先だ。浩樹は駅の近くでタクシーを拾い「広尾駅の方までお願いします」と告げた。

DNA採取を担当する警察官が周辺をうろついているかもしれないから、当分は竹下家に行かないでおく——という約束だったが、禁を破るしかない。もっとも、すでに時刻は夜の十一時を過ぎている。さすがにこの時間まで警察がうろついていることはないだろう。竹下家に着き次第、ジョナサン後藤の脅迫について説明した上で、浩樹が送ったLINEの正しい内容を、竜司にきちんと理解してもらわなければならない。その過程で酔った竜司にどれだけ罵《ののし》られ、何発殴られても、我慢しなければならない。

絶対に避けなければいけないのは、竜司との関係が修復不可能になってしまうことだ。「モノマネを認めない」という言葉は、芸人マネ下竜司にとって死刑宣告に等しいのだ。浩樹はタクシーの中で、竜司がどのように怒ってくるか、あらゆるパターンを想像し続けた。口の中がずっと苦くなったまま、タクシーは広尾駅に着いた。そこから麻布の高級住宅街に入ったところまで進んでもらって、浩樹はタクシーを降りた。

通り慣れた道を、今までで最も憂鬱《ゆううつ》な気持ちで走り、竹下邸に到着。一度深呼吸をしてから、意を決してチャイムを押した。

ところが、インターフォンから聞こえてきたのは、真穂の声だった。

「マネ下さん……どうぞ、上がってください」

疲れたような声だった。まさかひどい暴力を受けて、顔がボコボコになったりしていなければいいけど——そんなことを思いながら浩樹は門を抜け、玄関のドアを開ける。

「お邪魔します」

一声かけ、竜司が飛び出してきて殴られるかもしれないという覚悟を決めながら、廊下に上がる。棚の上の置き時計を見ると、もう十二時近くだった。こんな夜中にこんな目に遭うなんて、と心の中で嘆きながら、浩樹は奥のリビングに進んだ。

ところが——竜司はソファの上で毛布を掛《か》けられ、青白い顔色に苦しそうな表情で目をつぶり、横になっていた。

「え、竜司さん……」

驚いた浩樹に、キッチンの方からやって来た真穂が言った。

「血圧が上がりすぎて、気分が悪くなったみたい。あの電話の後ですぐ、胸を押さえてふらふら倒れちゃって……。本当に馬鹿だよね」

真穂は、体のラインが浮き出るスウェットの部屋着姿だった。思わず見とれてしまうほど見事なスタイルだが、今は見とれている場合ではない。浩樹は慌てて目をそらす。

だが、そんな真穂の右手首の、紫色の痣《あざ》は見えてしまった。

「あ……」

思わず声を上げてしまった浩樹に、真穂も気付いた。彼女は手首を見て悲しげな笑みを浮かべ、小声で言った。

「さっきちょっとね……。でも、たいしたことないから大丈夫」

真穂はソファに視線を移し、また小声で言った。

「薬も飲んだし、もう酔いも冷めてたらいいんだけど」

すると、ソファの上の竜司が、弱々しい声で反応した。

「冷めてるよ」

「あ、起きてた？」

真穂が声をかけると、竜司は苦しそうに薄目を開けて首を起こし、浩樹を見つけた。

「悪いなマネ下、俺、酔っ払っておかしなこと言ったよな？」

「え、ああ、いえ……」

はい言ってました、と認めるわけにもいかず、浩樹は曖昧《あいまい》なあいづちを打つ。

「全部取り消させてくれ」竜司は弱々しく言った。

「ああ、はい……すみません」浩樹は頭を下げる。

「これじゃ……長生きできねえよなあ……」

竜司は、まだ立ち上がれる体調ではないようで、起こした首をまたソファに横たえて、弱々しい声でぼやいた。

「酒飲んで、ろくでもないことばっかりして……駄目だよなあ」

浩樹は内心焦った。竜司がその「ろくでもないこと」の極みである殺人と死体遺棄の件を、真穂の前でポロリと言ってしまうのではないかと気が気でなかった。しかし竜司は、弱々しい声のまま浩樹に告げた。

「もう、帰っていいぞ……」

「あ、はい……」

ふと真穂と目が合うと、真穂も目配せしてうなずいた。これ以上ここにいても、真穂の迷惑になるだけだろう。

かつて竜司の周囲にいた多くの人たちが、一人また一人と縁を切っていき、今の竜司が誰とも付き合いがない理由が、改めてよく分かった。今夜のように理不尽に怒りをぶつけた結果、絶縁状態となった人が、おそらく何十人もいるのだろう。浩樹だって、マネ下竜司でさえなければ、こんな酒癖の悪い荒くれ者と付き合いたくはない。でも浩樹だけは、竹下竜司と縁を切ることなど許されないのだ。

ほどなく、ソファの上の竜司は、大音量のいびきをぐうぐうかき始めた。以前テレビの健康番組の、睡眠時無呼吸症候群の特集で、このような爆音に近いいびきをかく人の映像を見た記憶がある。まさに竜司も、無呼吸のリスクが高いであろう肥満体だ。

「ではすみません、失礼します……」

浩樹は、竜司を起こさないように小声で真穂に挨拶する。真穂はうなずいた。

竜司のいびきを聞きながら、浩樹は玄関へ行った。真穂も見送りに来てくれた。

そこでしばらく話をしてから、浩樹は竹下邸を後にして、アパートの部屋に帰った。

翌朝。あまりにも色々ありすぎた昨夜の動揺がまだ残っていたところに、ジョナサン後藤から電話がかかってきた。スマホに表示された名前を見て、無視しようかとも思ったが、これが最後かもしれないと思って電話に出た。

するとと第一声で、ジョナサン後藤は謝ってきた。

「マネ下、ごめんな。ゆうべのあれは全部嘘だ。忘れてくれ」

「はあ?」浩樹は呆《あき》れながら、ため息まじりに返した。「あのな、お前のせいで……」

昨夜、酔った竜司に呼び出された一部始終を、かいつまんで説明してやろうと思ったのだが、電話の向こうの後藤は浩樹の言葉など聞かず、泣き声を上げた。

「俺はもうダメだ。ああ、もうダメだ!」

「ちょっと、後藤……どうしたんだよ?」

「ああ〜、終わった〜」

直後、「待てっ」という男の怒鳴り声が聞こえたのち、ガサッ、ゴトッという、ただならぬ雑音が聞こえた。

「えっ、ちょっと……もしもし、後藤?」

浩樹の呼びかけもむなしく、電話が切れた。

後藤にいったい何があったのか――。浩樹は気になって、その後も何回か後藤に電話をかけてみた。しかし、結局一度もつながらないまま、夕方を迎えてしまった。

その日はモノマネパブの出番があった。そういえば果凜も一緒に出る予定だった。楽屋で合流することになるだろう。浩樹はいつも通り、衣装や小道具を持って家を出た。

――その楽屋で、同じステージに立つモノマネ芸人たちから、真相を聞いた。

「マネ下さん、聞きました？　ジョナサン後藤さん、逮捕されちゃったって」

ぷく山雅治が、楽屋に入った浩樹を見つけて、開口一番言った。

「えっ、逮捕⁉」

浩樹は思わず聞き返した。――が、正直なところ、最後に後藤からかかってきた電話の様子から、誰かに追われて捕らえられたようだということは察していた。闇金やヤクザなどではなく、警察に捕らえられただけましだったのかもしれない。

「なんか、カバンの置き引きで捕まっちゃったらしいです。私たちもびっくりしました」

すでに楽屋にいた果凛も、浩樹を見て言った。付き合っていることは芸人仲間にも内緒にしているので、楽屋では浩樹に対して敬語だ。

「ネットニュースにもなってるよ、ほら」

先輩芸人のクワガタ佳祐が、スマホを差し出してきた。

『モノマネ芸人ジョナサン後藤容疑者（34）　窃盗《せっとう》容疑で逮捕　新宿駅前でカバンを置き引きした疑い』

スマホの画面には、そんなニュースサイトの見出しが表示されていた。

「馬鹿だなあ、あいつ。パチンコがやめらんないとは聞いてたけど」

呆れて言ったのは、クワガタ佳祐と同年代のベテラン芸人で、氷室京介《ひむろきようすけ》の歌マネを主にする、製氷室京介《せいひようしつ》だ。

「借金あるっていうのも聞いたことあるぞ」

もう一人、アクション俳優が得意ジャンルのベテラン芸人、真田虫広之《さなだむしひろゆき》が言った。

「金に困ってたんだろうけど、人のもんに手え付けちゃおしまいだよ」とクワガタ佳祐。

「クワガタだって明日は我が身だろ」製氷室京介が茶化す。

「馬鹿、俺は犯罪はさすがにしねえよ。やるのはキセルだけだよ」

「それも犯罪じゃねえか！」真田虫広之が笑いながらツッコむ。

みんな、ジョナサン後藤の事件について笑いながら話している。浩樹にとっては、そのことの方が、後藤の逮捕自体よりもショックだった。

「そういえばこの前、後藤さんが消費者金融のＡＴＭから出てきたのを見たよね」

「あ、そうだ。この前で……出番が一緒だった時、偶然見たんだ」

果凜とぷく山雅治も、野次馬《やじうま》感覚で話している。

浩樹は、ジョナサン後藤とほぼ同期で、他の芸人よりは彼への思い入れが強かっただろう。また、つい昨日、後藤に脅迫された当事者になってしまったので、他人事とは思えないというのもある。しかし、それを差し引いても、このまま引退に追い込まれるであろうジョナサン後藤を、みんなが笑いものにしてしまっていることが、悲しく切なく、やりきれなかった。

とはいえ、今回のジョナサン後藤のように、驚くような犯罪をして逮捕されてしまった芸人というのは、過去にも何人かいた。その時も浩樹を含めた他の芸人たちは、一時的にショックは受けるものの、すぐ笑い話に変えてしまっていた。それが芸人の習性というものだし、犯罪に走った芸人というのは、そうやって笑い話にされたのち、すぐ忘れ去られてしまうのが宿命なのだ。

おそらく後藤は、パチンコなどで作ってしまった約三百万円の借金を、今日中に返さなければいけない状況だったのだろう。何が何でもその金を作るために、浩樹に対して見当外れの脅迫をして、三百万円を要求したのだ。そして、それが失敗したから破れかぶれになって、金の入っていそうな鞄《かばん》を置き引きするという愚行に走ったのだろう。

もし昨夜、浩樹が後藤に三百万円を払ってやっていたら、彼の芸人人生はこんな無残な結末を迎えなかったのではないか――。もちろん、あの状況で払ってやるという選択肢は考えられなかったけど、浩樹はやるせない気持ちになった。

そして、ジョナサン後藤の愚《おろ》かさを笑う、楽屋の芸人たちの空気に触れ、浩樹には一つ確信できたことがあった。

もし、浩樹が今後、あの事件で警察に捕まったら、きっと同じように笑いものにされてしまうのだ。

絶対に捕まりたくない。捕まるわけにはいかない——。改めて思った。

## 15

最初にそれを伝えてきたのは、家に来ていた果凜だった。

浩樹はちょうどその時、トイレに入っていた。水を流してトイレを出たところで、テレビの昼のニュースを見ていた果凜に、興奮気味に言われたのだ。

「ねえ、今ヒロ君にそっくりの人が出てたよ！」

「え、竹下さんじゃなくて？」

「違う違う。ボクシングの人」

「ボクシングか……」

浩樹はさほどボクシングに詳しくないが、スポーツニュースでもない昼のニュース番組にボクサーが出るのが珍しいことぐらいは、人生経験として知っている。

「なんか、プライベートで人殴ったとか、悪いことしちゃった人？」

浩樹は尋ねた。失礼な話だが、ボクサーが昼のニュースに出るとしたら、ボクシングで結果を残したのではなく、何か事件でも起こしたのではないかと思ってしまったのだ。

しかし、果凜は首を振った。

「ううん、なんか、たぶん世界チャンピオンになったんだと思う」

「へえ、それでニュースになったのか……」

浩樹も、ボクシングは体重ごとに細かく階級が区切られていて、軽量級の世界チャンピオンになる日本人はざらに出ていることぐらいは知っている。なのにニュースになったということは、何か特別な事情があったのだろうか――。浩樹は「ボクシング　世界チャンピオン」という検索ワードで、とりあえずスマホで調べてみた。

そこで初めて、プロボクシングのWBCライト級で新たに世界チャンピオンになった、渡辺晴也《わたなべせいや》を知ったのだった。

昼のニュース番組でも報道されたのは、渡辺晴也が大番狂わせを起こしたからだった。世界チャンピオンのグリファン・ロドリゲスを相手に、挑戦者の渡辺晴也が第八ラウンドでKO勝利を収め、見事に王座を奪取したのだ。

グリファン・ロドリゲスという名前は、ボクシングに詳しくない浩樹ですら聞き覚えがあった。四階級制覇、世界戦二十連勝と、近年のボクシング界において抜群の実力と知名度を誇っており、渡辺との試合前の予想でも、世界のボクシングファンのほぼ全員がロドリゲス勝利を確実視していたらしい。しかもロドリゲスは、プロになってから一度もKO負けを喫《きっ》したことがなかったという。

そんな相手にKO勝利を挙げた、渡辺晴也選手の顔写真が、果凜の言う通り、たしかに浩樹に似ているのだ。

「渡辺晴也　画像」と入力して、何種類もの写真を見てみたが、ちょっと似ているどころではない。浩樹自身も驚くほど似ていた。若い頃の竹下竜司と浩樹の、純粋な顔の似方だけを採点したら、たぶん百点満点で六、七十点といったところだろう。それに対し、渡辺晴也と浩樹の顔の似方は、たぶん九十点以上。そっくりさんと言っていいレベルだ。

「この人だよね、ボクサーの渡辺晴也。たしかにマジで似てるな」

浩樹が、何種類もの渡辺晴也の画像が並んだスマホの画面を、果凜にも見せた。

「やっぱり似てるよね。……うわ、これなんてマジそっくりじゃん」果凜が画面を指差してから言った。「ていうか、もうボクシングのファンの人は、渡辺さんとヒロ君が似てることにも気付いてるんじゃない？」

「ああ、たしかにそうかも」

浩樹はまたスマホで「渡辺晴也　マネ下竜司　似てる」と検索してみた。すると、ボクシングファンが集まるネット掲示板で、すでに話題になっていた。

『ロドリゲスに勝った渡辺晴也、元エレファンツのピッチャーの竹下竜司に似てない？』

『竹下竜司っていうか、そのモノマネ芸人のマネ下竜司に似てる』

『まじそれ！　竹下よりマネ下に似てるんだわ』

『たしかに顔だけ見たらマネ下そっくり』

『それに気付くと竹下竜司にはそこまで似てないか』

『ジャッキーチェン、ウッチャン、ヤワラちゃんの関係みたいな感じかな。若い頃のウッチャンはジャッキーチェンにもヤワラちゃんにも似てたけど、ジャッキーとヤワラちゃんは別に似てなかった』

『たしかにその関係と一緒だ！　ナイス分析ｗ』

『あと、ハリセンボン春菜《はるな》、角野卓造《かどのたくぞう》、ステラおばさんの関係とも同じじゃない？　春菜は角野卓造にもステラおばさんにも似てるけど、角野とステラは似てない』

『いや、ステラおばさんは絵だから、その例は微妙だろ。あと、あんまりステラおばさんをステラって呼び捨てにしないのよｗｗ』

その後も「ＡとＢ、ＡとＣは似てるけど、ＢとＣは似てない」という有名人の例がいくつか挙げられ、次第にそのいい例をみんなで出し合う競争になり、『別のスレでやれよ笑』というツッコミが入った掲示板のやりとりを見たのち、浩樹はＹｏｕＴｕｂｅも見てみた。すると、渡辺晴也がロドリゲスにＫＯ勝利したシーンの動画が、すでに百万回以上も再生され、急上昇ランキングの一位になっていた。それほどの注目度ということだ。

そしてきわめつきは、渡辺晴也の試合後のインタビューの動画だった。

「最高にうれしいです！　絶対僕が負けるって、世界中のみんなが思ってたと思うんですけど、僕らは本気で勝つつもりでトレーニングしてきたんで……」

興奮気味にそう語る渡辺晴也は、ずいぶん甲高《かんだか》い声だった。はっきり言って、誰でもモノマネできそうなほど特徴的な声だ。

「これは、やるしかないな……」浩樹は思わずつぶやいていた。

「それでは最後に、新ネタをやらせていただきます。少々お待ちください」

モノマネパブの客を、いつもの竹下竜司のネタで笑わせた後、浩樹はいったん舞台袖《そで》に引っ込んで、東京エレファンツのユニフォームを大急ぎで脱いだ。もし今日の客が重くて竹下竜司のモノマネがウケなかったら、やらないでそのまま終わりにするつもりだったけど、今日の客はいつも以上に笑ってくれたので試してみることにした。

ユニフォームのズボンの下には、ボクサーのトランクスをすでに穿《は》いてある。さらに、舞台袖に置いておいたボクシンググローブをはめ、渡辺晴也に似た茶髪のカツラをかぶる。ドン・キホーテで全部揃えるのに一万円でお釣りが来た。

「お待たせしました。ボクシングライト級で、グリファン・ロドリゲスを倒して世界チャンピオンになった、渡辺晴也選手の入場です！」

浩樹は、自分で舞台袖からアナウンスして、ボクサーの格好で舞台に再登場した。

若い頃の竹下竜司の体型を再現するため、日頃から節制してそれなりに鍛《きた》えているので、渡辺晴也ほどではないが、筋肉質な上半身にはなっている。渡辺晴也の格好で登場した時点で、客席からは「お〜」「似てる！」と歓声が上がった。

「それでは、渡辺晴也のKOシーンからの、勝利者インタビュー」

浩樹はタイトルコールをしてから、まずはロドリゲスを倒したシーンをシャドーボクシングで再現する。動画で何十回も見て研究した、左右のコンビネーションからの右ストレート。一度忠実に再現してから、角度を変えて何度もスローでやるという小ボケは、まずまずのウケだった。

その後、「カンカンカン」とゴングの音を自分の口で表現してから、渡辺晴也がしていた通りのガッツポーズをモノマネして、最後に客席に向けて、甲高い声で喋った。

「最高にうれしいです！　絶対僕が負けるって、世界中のみんなが思ってたと思うんですけど、僕らは本気で勝つつもりでトレーニングしてきたんで……」

客席からどっと笑いが起こった。ウケるかどうか不安だったが、思っていた以上にみんな、渡辺晴也のインタビューの映像まで見ていたようだ。そして、あの独特の甲高い声が印象に残っていたようだ。

「以上です。どうもありがとうございました〜」

甲高い声で言って、浩樹はネタを終えた。普段以上に大きな拍手が起きた。

手応えは上々だった。これだけウケた新ネタは、間違いなく今後も使える。

渡辺晴也の甲高い声は、誰がマネしてもそれなりに似る。たぶん素人でも似るだろう。

だが、なんといっても浩樹には、抜群に似ている顔があるのだから、現時点で渡辺晴也のモノマネが日本一上手いのは浩樹だ。そしてこの優位は、おそらく今後も揺るがない。

楽屋に戻ると、モニターで舞台の様子を見ていた芸人仲間が出迎えてくれた。

「おい、マネ下の竹下以外の新ネタ、初めて見たぞ」

クワガタ佳祐が言うと、浩樹の前の出番だった先輩女性モノマネ芸人の似ISIA《ニーシャ》も、頭に巻いたカラフルな布をほどきながらうなずいた。

「最近よく見るボクサーのモノマネだよね。すごい似てたよ！」

「ありがとうございます」

ボクシングにさほど詳しくないであろう女性にまで伝わっているのなら安心だ。浩樹はますます自信を深めた。

「不思議だよなあ。竹下と渡辺晴也は、そこまで顔が似てるわけでもないのに、マネ下と渡辺は本当に似てるんだよな」クワガタ佳祐が言った。

「いいな〜。私なんか、ご本人とどんどん顔がかけ離れていってるから羨ましいわ」

こちらもベテラン先輩女性芸人の疲労末涼子《ひろうすえりょうこ》が、疲れた顔で自嘲気味に言う。

「お前は元々広末《ひろすえ》になんか似てねえだろ。いい加減に芸名変えろ。ブス田ブス子にしろ」

「あんたこそ、ご本人と違ってハゲてきてるでしょうが。ハゲ山ハゲ男にしなさい」

クワガタ佳祐が、疲労末涼子と笑いながら毒づき合った後、浩樹に向き直った。

「マネ下、お前はマジで、モノマネ芸人として最高の運を持ってるよ。竹下竜司に似てるだけでも十分ラッキーだったのに、新たに渡辺晴也っていう、顔がそっくりの奴が向こうから出てきてくれたんだもんな。このラッキーは生かすしかねえよ」

「はい、ありがとうございます」

浩樹ははにかんで頭を下げた。竹下竜司のモノマネ一つで生きてきた浩樹は、今日ついに、渡辺晴也のモノマネという二つ目の武器を手に入れたのだ。

それを実感したところで、浩樹は心の片隅でふと思った。

今後、渡辺晴也のモノマネが安定してウケるようになれば、もう竹下竜司に頼る必要はないのではないか。場合によっては、捨ててしまうこともできるのではないか——。

## 16

プロボクサーの渡辺晴也は、世界チャンピオンに輝いてから、テレビの露出を順調に増やしていった。甲高い声と気さくな人柄はバラエティ番組でも好評で、トーク番組や密着ドキュメンタリー番組にも出演し、生い立ち《おた》も知られることになった。貧しい母子家庭で育ち、中学時代にはグレて喧嘩に明け暮れたこともあったが、中三の時の担任に「そんなに人を殴りたいなら世界チャンピオンでも目指せ」と言われてボクシングジムを紹介され、それから十年後、本当に世界チャンピオンになった。――そのサクセスストーリーは、いくつもの番組で紹介された。

渡辺晴也の知名度が上がることは、浩樹にとっても大チャンスだった。これはかき入れ時が来るぞ、と予感していたタイミングで、浩樹が何度か出演したことのある、モノマネ特番のオーディションが入った。竹下竜司しか持ちネタがなかった浩樹は、今までは野球モノマネ軍団の一人という扱いで、せいぜい数十秒出演するだけだったが、今回のオーディションでは思い切って、新ネタとして渡辺晴也のモノマネを披露してみた。

すると、オーディション担当の顔なじみのスタッフが「おお、似てるねえ！」と絶賛してくれて、晴れて浩樹一人の枠での出演が決まった。持ち時間はたった数分でも、一人で出た方がギャラがいいことは知っている。習得したばかりの渡辺晴也のモノマネが、さっそく大きな仕事を呼び込んでくれた。

そして迎えた収録当日。古田耕治《ふるたこうじ》と西野幸司《にしのこうじ》の、それぞれピン芸人でありながらツインコージとも呼ばれる、大先輩のベテラン二人が司会を務めるモノマネ特番。今までは、「続いては野球モノマネ軍団です」と十把一絡《じっぱひとから》げで呼び込まれるだけだった浩樹が、初めて古田に個人名を読み上げてもらえた。

「竹下竜司のモノマネ一本でやってきた男が、今宵《こよい》ついに人生二本目のモノマネを披露！マネ下竜司による、ボクシングライト級世界チャンピオン、渡辺晴也のモノマネです！」

いつものモノマネパブとは違う、テレビカメラが向けられた大きなステージ。そこにゴングの音と「ワー、ワー」という観客の歓声の効果音が流れる。浩樹は、テレビ局が用意してくれた、本物を忠実に再現したボクシンググローブとトランクスで登場し、まずはグリファン・ロドリゲスを倒したKOシーンを再現する。その時点で、渡辺晴也とそっくりな顔を見て、スタジオの観覧客から「お〜」「似てる〜」と歓声が上がる。

そして、「それでは新チャンピオンの渡辺晴也選手のインタビューです」という、録音されたアナウンサーの声が流れたところで、浩樹は甲高い声のモノマネを披露した。

「最高にうれしいです！　絶対僕が負けるって、世界中のみんなが思ってたと思うんですけど、僕らは本気で勝つつもりでトレーニングしてきたんで……」

スタジオにどっと笑いが起こった。前にモノマネパブで披露したのと同じ内容だったが、あの時よりもさらに盛り上がった。

――と、そこで、妙なことが起きた。

ネタも終わりかけたところで、急に観覧客が「おお〜っ」と盛り上がったのだ。何事かと思っていると、ふいに背後に気配を感じた。

振り向くと、そこにはパーカーにジーンズという服装の、渡辺晴也選手ご本人がいた。

「おおおっ」

浩樹は情けない声を出し、思わず後ずさりしてしまった。モノマネ番組のご本人登場って、本当にサプライズだったのか――。一度も経験がなかった浩樹は、てっきり打ち合わせで伝えられるものだと思っていたので、本気で驚いてしまった。しかし、それが傍から見たら面白かったようで、観覧客からさらに笑いが起きた。

歌マネだったら、登場したご本人とモノマネタレントが一緒に歌うところだが、当然ながらそうはならない。というか浩樹は、あとは「ありがとうございました～」と挨拶して舞台袖にはける段取りだったので、この後何をすればいいのかまったく分からない。あたふたしていると、司会の西野が渡辺晴也に話を振った。

「さあ、ということで、渡辺晴也選手ご本人に登場していただきました！ どうですか、渡辺選手。モノマネされてみて」

「いや～、僕、こんな喋り方ですか？」

渡辺晴也が甲高い声で言った。浩樹はすかさず、彼に似せた甲高い声で答えた。

「ええ、こんな喋り方ですよ」

スタジオに大きな笑いが起きた。今度は司会の古田が浩樹に話を振る。

「でもマネ下君もね、ずっとやってきた竹下竜司さんのモノマネだけじゃなくて、新たなモノマネを習得したということで」

「はい。今後は、この二枚看板で頑張りたいと思います」また浩樹が甲高い声で答える。

するとと司会の西野が、渡辺晴也に話を振った。

「渡辺選手、どうですか？　そろそろ一発しばきたくなったでしょ？」

「ええ、そうですね」渡辺晴也が笑って答える。

「あ、ちょっと待ってください。ちょうどこんなところに、サンドバッグがありますね」

司会の古田がスタッフから、抱えて持つタイプのサンドバッグを受け取る。

「じゃ、マネ下、これ持って」

「え〜、マジっすか〜」

そう言いつつも、この後の展開を察した浩樹は、サンドバッグを古田から受け取った。

同時に渡辺晴也も、スタッフから渡されたボクシンググローブを右手にはめている。

「では渡辺選手、これを一発、思いっ切り殴ってもらって、手打ちということで」

司会の西野が言うと、渡辺晴也は「分かりました」と笑顔でうなずいた。

「いや〜、ちょっと待ってくださいよ〜！」

浩樹は芸人として表情を作ってリアクションしたが、正直、本気でちょっと怖かった。というのも、渡辺は中学時代に非行に走り、喧嘩に明け暮れた時期もあったと聞いていたからだ。また同時に、かつて自分のモノマネをされたことに激怒して収録中に帰ったという竹下竜司のエピソードも頭をよぎった。まさか渡辺も今、ニコニコしながらも本心では腹わたが煮えくりかえっていて、かつての凶暴な本性を発揮してしまい、テレビの収録などお構いなしに浩樹をボコボコにするような暴挙に出たりしないだろうか——。

「サンドバッグを、うっかり外さなきゃいいですけどね～」

司会の古田が、今の浩樹にとっては恐ろしすぎるボケをした後、渡辺に声をかけた。

「では、渡辺選手、お願いします！」

すると渡辺が、浩樹の抱えるサンドバッグに、右ストレートを打ち込んだ。

浩樹は「わあっ」と叫んで後ろに吹っ飛んだ。観覧客から悲鳴が上がった。――が、正直なところ、渡辺のパンチはそこまで強くはなかった。動作は速かったが、当たる直前で手加減をしてくれたことは察せられた。

「さあ、どうですかマネ下君？」

司会の西野にコメントを求められて、浩樹はつい、素の声で答えてしまった。

「いや～、パンチもめちゃくちゃ強かったですし、人生初のご本人登場だったんで、本当にビックリしました」

「いや、そこモノマネせえへんのかい！」すかさず古田にツッコまれた。

「あ、すいません……いや～、ビックリしました」慌てて甲高い声に変える。

「渡辺さん、裏でホンマにしばいたってください」

西野が笑いながら、「以上、マネ下竜司の、渡辺晴也選手のモノマネでした。ありがとうございました～」と締めコメントを言った。浩樹は「ありがとうございました」と一礼してステージからはける。

出番が終わってほっとする間もなく、セット裏にはけた渡辺晴也に、浩樹はすぐ深々と頭を下げて挨拶した。

「どうもありがとうございました。すみません、モノマネさせていただいて」

「いえいえ、こちらこそすいません。大丈夫でしたか？　結構飛んじゃってましたけど」

渡辺は、パンチで吹っ飛んだ浩樹を気遣ってくれた。まったく怒っている様子はなく、さわやかに微笑んでいた。浩樹は安堵した。

「ええ、全然大丈夫です。あれはあの、いわゆる、芸人のリアクションというやつだったんで」浩樹は白状した。

「ですよね。そんな強くなかったですよね」渡辺が安心したように笑った。

「正直、当たる直前に力抜いてくれましたよね？」

「はい。さすがに本気でやったら危ないんで」

渡辺は笑顔で言った。身長こそ浩樹の方が少し高いが、渡辺の肩や腕の筋肉の付き方が尋常《じんじょう》じゃないということは、服の上からでも近くで見れば一目瞭然だった。本気で殴られたら無事では済まない。絶対に怒らせてはいけない相手だと改めて思った。

しかし、そんな威圧感のある体格とは裏腹に、渡辺はニコッと笑って言ってくれた。

「あ、僕のモノマネ、これからもどうぞ続けてくださいね」

「本当ですか！　ありがとうございます」

浩樹は深々と頭を下げて礼を言った。――よかった。彼はかつての竹下竜司のような人間ではない。本当に優しい好青年のようだ。

「実は僕の母が、現役時代の竹下竜司さんのファンだったんですよ」渡辺は笑顔で語った。「だからマネ下さんのことも前から好きですし、僕も子供の頃は母から『晴也は竹下に似て男前だね』なんて言われて育ちました。別に男前でもないですけどね。……ああ、そう言ったらマネ下さんにも失礼になっちゃうか」

「いやいや、大丈夫です」浩樹は笑顔で首を振る。

「あ、そうだ。一緒に写真撮ってもらっていいですか？」

「はい、もちろんです」

渡辺晴也がポケットからスマホを出し、浩樹と並んでツーショット写真を自撮りした。モノマネ芸人が上半身裸でグローブをはめてファイティングポーズをとり、本物のボクサーがパーカーとジーンズ姿でピースサインをするという、よく考えたらあべこべな写真が撮れたが、渡辺は喜んでくれた。

「ありがとうございます。母も絶対喜びます」

「そう言っていただけると嬉しいです」浩樹は笑顔で頭を下げる。

「マジでこうして見ると、自分でも似てるな～って思いますもんね」

渡辺はテレビ局の廊下を歩きながら、さっき撮った写真をスマホで見てうなずいた。

「いや〜、恐縮です」浩樹がはにかむ。

「いやいや、先にこの顔で生まれたのはマネ下さんですから、僕の方が恐縮ですよ」

渡辺はそう笑った後、ふと思い出した様子で言った。

「あ、そういえば、うちのジムのトレーナーが昔、竹下竜司さんのトレーニングも担当したことがあるって言ってたんですよ。そういうご縁もあるんです」

「あ、そうなんですか」

「細見《ほそみ》さんっていう人です。めちゃくちゃムキムキなのに細見さん……あ、この人です」

渡辺がスマホを操作すると、ダンベルを持った筋肉隆々の壮年男性の写真が出てきた。

浩樹は驚いて尋ねる。

「え、この人が、ボディビルダーとかではなくて、トレーナーさんなんですか？」

「そうなんです」

「すごいですね。これで細見さんって、全然名が体《たい》を表してないですね」

「マジでそうなんですよ」渡辺が笑った。「今はうちのジムにいるんですけど、昔はいろんなスポーツのトレーナーをやってて、竹下さんも担当してたらしいです」

そんな話をしながら廊下を歩くうちに、浩樹の大部屋の楽屋に着いた。楽屋の中のテレビで、ニュースが流れている。

その画面を見て浩樹は、思わず息を呑んだ。

よりによって、あの殺人死体遺棄事件の続報が放送されていたのだ。

『茨城県で、都内に住んでいた二十三歳の女性の遺体が見つかった事件。発見から一ヶ月以上が経ちましたが、いまだ犯人は捕まっていません――』

あの事件に関するニュースで、当初報道されていた「炭岡結莉香」という氏名は、もう報じられなくなっている。彼女が売春で生計を立てていたことが分かった頃から、匿名での報道に切り替わったのだ。

「いや〜、本当にありがとうございました。それじゃ……」

ここが楽屋なんでこれで失礼します、的なことを言おうとして、浩樹が渡辺を見ると、彼は楽屋のテレビを凝視《ぎょうし》していた。その視線は、世界戦でグリファン・ロドリゲスを倒した時のように鋭くなっていて、さっきまでの笑顔は消えていた。

「あの事件、ひどいですよね」

渡辺晴也が、テレビを睨みつけたまま言った。

「ああ、はい……」

まさか、あの死体を埋めたのが自分だなんて言えるはずもなく、浩樹はただあいづちを打つしかなかった。

「あの事件、殺された女の子が、体を売ってたことが分かってから、ネットでひどいこと言う奴らが出てきて、俺そいつらが本当に許せなくて……」

　渡辺晴也は、大部屋の楽屋にいる他のモノマネ芸人たちには聞こえないぐらいに、声を落としながら語った。――実際、炭岡結莉香という名前が報じられなくなった頃から、「売春婦なら殺されても自業自得だ」的な、ネット上の悪意ある書き込みが散見されるようになったことは浩樹も知っていた。もっとも、浩樹がネットニュースで注目していたのは、もっぱら捜査の進捗《しんちょく》状況ばかりだったので、そのような悪意ある書き込みには注目していなかったのだが、世間の関心はむしろそちらに集まっていたのかもしれない。

「実は僕……子供の頃から貧乏な地域で育って、近所に住む友達のお母さんが、体を売ってたんです」渡辺が言った。

「あ、そうだったんですか……」

「その苦労を近くで見て知ってたから……本当に、そんな女性を殺した犯人も、女性がそんな境遇だったからって自業自得だとか言う奴らも、全員許せないんです」

　渡辺晴也は、事件の概要を改めてなぞるニュースを見ながら、拳《こぶし》を握りしめていた。

「あの事件の犯人、マジで捕まってほしいです」

「ええ、僕もそう思います」

　浩樹ははっきりと嘘をついた。もちろん本当は絶対に捕まりたくない。

　もし、竹下竜司と浩樹があの事件の犯人だと知ったら、渡辺晴也はどう思うのだろう。それこそ手加減もグローブも無しで、中学時代の凶暴性むき出しでぶん殴られてしまうかもしれない——。そう思うとぞくっと寒気がした。

しかし、当然ながらそんなことは知るよしもない渡辺は、『警察は引き続き捜査を進めています』と、要するに新情報はほぼ何もないということを伝えたニュースが終わったところで、すぐ笑顔に戻った。

「すみません、湿っぽい話になっちゃいましたね……。あ、ここもうマネ下さんの楽屋ですよね。ごめんなさい、長話しちゃって」

「いえいえ、とんでもないです。本当に今日はありがとうございました」

「こちらこそありがとうございました。お会いできて嬉しかったです。これからも僕のモノマネをしてくれるの、楽しみにしてます」

「ありがとうございます！」

「それじゃ、また機会があったらよろしくお願いします」

「こちらこそ、その時はまたよろしくお願いします」

丁重に頭を下げ合って、渡辺晴也と別れた。モノマネの公認も得られたし、今日は実に喜ばしい日だった。よりによってあの事件のニュースを二人で見てしまった時は鳥肌が立ったが、それ以外は本当に最高だった。

渡辺晴也を見送ったのち、浩樹は改めて思った。

彼がもっと大活躍して、竹下竜司の知名度を超えるほどになったら、いよいよ竹下竜司なんて必要なくなるのではないか——。

そのモノマネ特番が放送されると、反響は上々だった。モノマネパブや営業でも、渡辺晴也のモノマネはほぼ確実にウケるようになったし、観客のアンケートにも「テレビで見た渡辺晴也のモノマネを生で見れて最高だった」などと書いてもらえるようになった。

その時期から、浩樹の中でどんどん気持ちは固まっていった。

竹下竜司との関係を、もう改めるべきだ——。

その思いで心が満たされるにつれ、今までの恨《うら》みがどんどん膨れ上がっていった。

何年もずっと、あの傍若無人で醜《みにく》く太った、過去の栄光にすがることしかできない中年男に、ペコペコと頭を下げ続け、酒の席に呼ばれるたびに太鼓持ちとして振る舞い続けてきた。それだけでも十分情けないことだったが、挙げ句の果てに死体遺棄の片棒を担がされ、警察にバレたら終わりの大罪を背負ってしまったのだ。その罪からはもう一生逃れられないと、浩樹は思い込んできた。

でも、よく考えたら、そうでもないのではないか。

今の浩樹なら、竜司を出し抜くこともできるのではないか。そして、立場を逆転させることも——。

竹下竜司は頭が悪い。それだけでなく、今や体も悪い。もはや浩樹が正面から戦っても負けることはないだろう。

そして、竜司を屈服させた先にあるもの——。それを想像し、浩樹はにやりと笑った。

## 17

「この前のモノマネ番組見たぞ。あのボクサーの渡辺って奴、ご本人登場で出てたけど、本当にマネ下に似てるなあ」

「そうなんですよ」

久々に竹下邸に呼ばれた浩樹は、竜司と酒を飲みながら渡辺晴也の話で盛り上がった。

「あ、あと、渡辺に密着取材した番組も見たけど、あいつのジムのトレーナーに、俺が昔世話になった細見って奴がいたよ」

「細見……ああ、ムキムキなのに細見さんっていう方ですか」

「そうそう。今ボクシングジムにいるんだな」竜司がうなずいた。「俺が現役の時から有名なトレーナーだったよ。自分も馬鹿みたいに鍛えて、その時から『この体なのに細見です』なんて自己紹介してたな」

竜司は上機嫌で、いつものようにストレートのウイスキーを飲む。浩樹もハイボールを飲みながら語る。

「モノマネのご本人登場で来てくれた時、渡辺さんとちょっと喋ったんですけど、すごい好青年だったんですよ」

「へえ、そうだったんだ」台所からやってきた真穂が話に入ってきた。「好青年だなんて、竜司さんとは大違いだね」

「いやいや、そういうわけでは……」

「てめえ、そう言いたかったのか」竜司が大袈裟に睨みつけてくる。

「そうじゃないっすよ～」

笑ってごまかしながら、実は浩樹はずっと、タイミングをうかがっていた。

今日、反撃の第一歩を踏み出す――。竜司に呼ばれた時点で、そう決めていた。

「まあ、渡辺さんがこれから、世界チャンピオンを防衛しまくって活躍してくれれば、僕としてもすごく助かるんですけどね」

「そりゃそうだよな。顔だけ見りゃ俺より似てるもんな」

そんな話をしているうちに、真穂は廊下に出た。そして階段を上る足音が聞こえた。

そのタイミングを見計らって、浩樹はいよいよ切り出した。

「渡辺さんのモノマネが浸透して、そっちの仕事がいっぱい入れば、もう竹下さんのモノマネに頼る必要はなくなるかもしれません」

「おいおい、寂しいこと言うなよ」

竜司が笑いながらウイスキーを一口飲んだ。しかし浩樹は、真顔のまま続けた。

「いやいや、本当に。竹下さんのマネをしなくてもよくなれば、もうペコペコする理由もないですからね」

「ペコペコって……何だよその言い方」

竜司が、さすがに少し怒った表情になった。

ここで「いや、なんでもないです」なんてビビってはいけない。もう後には引けない。いつかは言わなければいけなかったのだ。今日をもって主従関係をひっくり返すのだ。浩樹は覚悟を決め、竜司を正面から見据《みす》えて告げた。

「正直ね、もう過去の人になってる竹下さんより、今人気急上昇中の渡辺のモノマネをやった方がウケがいいんですよ。となると、もうあなたに従う理由はないんですよ」

「お前……酔っ払って言ってんじゃねえよな」

竜司がドスの利いた声で睨みつけてきた。しかし怯《ひる》んではいけない。浩樹は言い返す。

「勘違いしないでください。竹下さん、あなたの運命は僕が握ってるんですよ」

「ああ?」

「あなたが殺人犯だってことを、僕が警察に告発することもできるんだ」

浩樹がはっきりと言うと、竜司は廊下の方に目をやり、さすがに慌てた様子を見せた。

「おい、ちょっと、今その話は……」

「大丈夫です。真穂さんは二階に行ったみたいです。僕もそれを分かった上で、今から大事な話をしようとしてます」

浩樹は、階段を下りてくる足音が聞こえないのを確認した上で、竜司に告げた。

「僕はいつでも警察に通報して、あなたを売ることができる」

竜司は浩樹を睨みつけたが、何も言い返せはしなかった。浩樹は緊張を抑《おさ》えて語る。

「警察に通報してこう言えば、あなたを逮捕させることができるんですよ。『炭岡結莉香さん殺害事件の犯人が、どうやら竹下竜司のようです。竹下は酔っ払った際に、僕に犯行をほのめかしていました。また僕は以前、竹下家に呼ばれて、歯ブラシのような器具で口の中をこすらされたことがありました。彼は警察のDNA採取に対して、僕のDNAを採ったあれをすり替えて渡したんだと思います。とにかく竹下家をもう一度訪問して、竹下竜司のDNAを採取してみてください。それが炭岡結莉香さんの体内から出たものと一致すれば、彼が間違いなく犯人です』――もちろん、僕がそんな通報をすれば、あなたは僕が死体遺棄の共犯者だったことも、DNA採取を欺いたのに関しては僕が主導したことも警察に言うでしょう。でも、そんな証拠はもう残ってないんですよ」

竜司は浩樹を睨みつけたまま、わなわなと小刻みに震えている。さて、ここからが正念場だ。思い切りハッタリをかますことになるが、竜司は見破るだろうか。たぶん見破れないと思うのだが。

「防犯カメラの映像はもう消えてるでしょうし、LINEの文面を残したら警察に見られるんじゃないか、なんて僕は当初ビビってましたけど、アカウントを消しちゃえば警察も見られなくなりますからね。別にそうするだけでよかったんだ」

実際は、LINEを警察に調べられれば浩樹も一巻の終わりだ。「アカウントを消せば警察も見られなくなる」なんて真っ赤な嘘だ。しかし、たぶん竜司は、防犯カメラのこともDNAのこともLINEのことも、そこまで分かっていない。無知の極みである竜司は、浩樹が少し難しいことを自信満々に言ってのけたら全部信じてしまうだろう。実際、竜司は何も言い返さなかった。それを見計らって浩樹は話を続ける。

「もちろん僕も多少は怪しまれるでしょうけど、逮捕までには至らないでしょう。逮捕されるのはあんただけだ。そして僕は、あんたが捕まっても、もう渡辺晴也のモノマネで生きていけるんだよ」

浩樹が、最後に敬語すらやめて言い放ってやると、さすがに竜司は激高した。

「てめえ……裏切るのかこの野郎！」

竜司がつかみかかってきた。しかし、浩樹はすぐにその手を払いのけ、素速くソファから立ち上がって、逆に竜司の両腕をしっかりつかんで動きを制した。

「くそっ……くそおっ」

竜司は、動けなくなって情けなく呻《うめ》いた。やはり予想通りだった。昔の竜司は一流アスリートとして、おそらく喧嘩も人並み以上に強かっただろうが、今やすっかり太った上に病気も患《わずら》い、取っ組み合いになっても浩樹が負けることはなさそうだった。こんな弱い奴を恐れて俺はずっと従っていたのか――浩樹は今までの自分自身が情けなくなった。

「ちっくしょう、この野郎……」

竜司もまた、浩樹に勝てないことを自覚したようで、悔しそうに力を抜いて、ソファに座ってうなだれた。こいつは今、反抗期の息子と取っ組み合いになって勝てないことを悟った、暴力的な父親のような気持ちかもしれないな――と浩樹はふと思った。

「今日から俺たちの関係は変わります。それを理解してください」浩樹は勝ち誇った気分で告げた。「正直、あんたを警察に売ろうと思えばできるってことは、前から気付いてました。でもあんたが捕まったら、唯一の持ちネタができなくなって芸人生命が終わるから、その手は使えずにいた。――そこに渡辺晴也が現れてくれて、状況が一変しました。あんたが捕まっても俺は罪を逃れられるし、モノマネ芸人として生きていける。あんたはもう、俺に対して優位に立てる理由が何一つないんですよ」

竜司は、脂肪たっぷりの頬をわなわなと震わせるばかりで、何も言葉を返せなかった。

「今までさんざん俺を子分みたいに扱ってきた関係は改めましょう。今後はもっと対等に付き合いましょうよ」

そこで浩樹は、ふと思いついた風を装って言った。

「そうだ。次の金曜日の二十四日が、僕の誕生日なんです。この家で祝ってください。何かプレゼントもくださいよ」

「お前、よくもそんなことを……」

竜司が浩樹を睨みつけながら言ったところで、階段を下りる足音、そして廊下を歩いてくる足音が聞こえた。

「あ、じゃ、そろそろ帰りますね。もう帰るタイミングも自分で決めさせてもらいます」

浩樹がにやりと笑う。ほどなく真穂が部屋に戻ってきた。

「ん、どうしたの？」

真穂は、竜司と浩樹の間の、普段とは違う雰囲気に気付いた様子だった。

「いえ、何でもありません。では、今日はこれで失礼します」

浩樹は平静を装って言うと、真穂に頭を下げて、廊下へと出て行った。

「ああ……どうも、気を付けてね〜」

真穂は、心なしか戸惑った様子にも見えたが、笑顔で浩樹を送り出した。秋物の部屋着になっても隠しきれない、その見事なボディラインを、浩樹は一瞬で目に焼き付けた。

すでに浩樹の中で、竜司への究極の仕打ちの計画は固まっていた。

# 18

マネ下の野郎――。竜司は怒りと悔しさと切なさで、感情がぐちゃぐちゃだった。飼い犬に手を噛《か》まれる、ということわざが、まさにこのような状況を指すのだということぐらいは、竜司もさすがに知っていた。

マネ下は、竜司のことをいつでも警察に突き出せるし、突き出してもマネ下は逮捕されずに乗り切れるらしい。ＤＮＡとか防犯カメラとかＬＩＮＥがどうたらこうたらという話の内容は、竜司にはほとんど理解できなかったが、マネ下があれだけ自信満々に言うからには、本当にその通りなのだろう。

そして、マネ下はもう竜司のモノマネをしなくても生きていけるとも言っていた。これに関しては竜司でも理解できた。最近有名になった渡辺晴也というボクサーは、マネ下にかなり顔が似ているのだ。竜司の若い頃にも少し似ているが、それ以上に今のマネ下に似ている。今まで竜司のモノマネしかなかったマネ下も、今後は渡辺のモノマネの仕事が入れば、竜司にペコペコして従わなくてもいい、なんてことも言っていた。

やはりマネ下は、唯一の持ちネタの「ご本人」である竜司の機嫌を損ねてはいけないから、竜司にずっと付き従っていたのだ。まあ、竜司もそのことは分かっていたし、だからこそ死体遺棄を無理に手伝わせたのだが、マネ下に面と向かってそれを言われてしまうのは思っていた以上にショックだった。都合がいいと言われればそれまでだが、何年も飲み友達をやってきて、タクシー代も毎回多めに渡してきたのだから、元々はモノマネ芸人とご本人という関係でも、真の友情というか、男の絆《きずな》のようなものも芽生えているのではないかと思っていたのだ。それを全否定するようなマネ下の言いぐさに対しては、怒りよりも悲しみが湧いてきてしまった。

また、頭にきてマネ下につかみかかろうとしたら、その動きを制されてしまったのもショックだった。ただ、これもよく考えたら仕方ないことだ。竜司はマネ下より身長が数センチ高いだけで、今やぶくぶく太って筋肉もすっかり落ち、不摂生の果てに心臓まで悪くした、ぼろぼろの肉体なのだ。まだ三十代で体も鍛えているマネ下には、もう喧嘩で勝つこともできない。選手として現役バリバリの時には、腕《うで》っ節《ぷし》でも負けなかった自信があるが、そんな自信は持っていても空しくなるだけだ。マネ下がどう思ったかは知らないが、反抗期の息子と家でつかみ合いの喧嘩になって、勝てなかった時の父親というのはこんな気持ちなんじゃないか、なんてふと思ってしまった。

しかし、それにしてもマネ下の言動は解《げ》せない。もう竜司に従いたくないのなら絶交でもすればいいのに、そういうわけではないらしい。「次の金曜日が誕生日だからこの家で祝ってほしい」──なんて言ってきたのだ。いったいどういう神経をしているのだろう。何年か前の竜司だったら「馬鹿言ってんじゃねえ！」と怒鳴りつけて絶縁していただろう。

でも、今の竜司は違う。

マネ下がいなくなったら、竜司の友達は、いよいよ一人もいなくなってしまうだろう。だから情けないことに、マネ下に絶縁されたわけではなかったという事実に、安堵している自分がいるのだ。

我ながら本当に哀《あわ》れだと竜司は思っている。ピッチャーとしての才能と実績を笠に着てずっと傍若無人に振る舞い、さらに酒癖の悪さも手伝って、気付けば周りに仲間が誰もいなくなってしまった。マネ下は、そんな竜司にとって最後の、気を許せる友達だったのだ。いきなり失礼な言動をされて腹は立ったが、最後の一人の友達は失いたくない。

もしマネ下とも疎遠《そえん》になってしまったら、親しい人間は妻の真穂だけになってしまう。竜司は両親も兄も早世《そうせい》していて、子供もいない。妻以外に話し相手が一人もいない中年男なんて恥ずかしい。

その真穂も、やはり妻だけあって、竜司のことを分かっているようだった。マネ下が帰った後で、竜司にこう言ってきたのだ。

「なんか、マネ下さんと喧嘩でもしたの？」

二階にいた真穂にも、竜司が声を荒らげていたのが多少聞こえていたらしい。

「いや、喧嘩ってわけじゃないけど……」

竜司は言葉を濁した。すると真穂は「そうなんだ」とうなずいてから、竜司の顔色を窺《うかが》うように、おずおずと言った。

「竜司さん怒るかもしれないけど……マネ下さんとは、喧嘩別れしない方がいいと思う」

「……ああ」

「マネ下さんと喧嘩したら、本当に誰もいなくなっちゃうと思うから」

真穂はそこまで言ってから、すぐに怯《おび》えたような顔で付け加えた。

「ごめん、怒らないでね」

酔った勢いで真穂に手を上げてしまったことが、過去に何度かあったし、最近も一度あった。だから怯えさせてしまったのだろう。

「いや……怒んないよ」竜司は真穂を安心させるように言った。

情けないことに、妻の真穂にも見抜かれていたのだ。竜司の周りにはもう人がいないことを。一緒に酒を飲む仲間も、仕事をする仲間もいないことを。

竜司はおそらく、これから先も無職で、誰にも必要とされず、時々庭の畑を手入れするだけの、巨額の貯金を食いつぶすだけの生活を送ることになるだろう。選手時代に築いた何十億円もの資産がある以上、金に困ることは一生ないが、今後の人生で何かを成し遂げて、充実感を覚えるようなこともたぶん一生ない。

そんな中で、唯一の仲間となってしまったマネ下を失うよりは、失わない方がいいに決まっている。時々マネ下と酒を酌《く》み交《か》わす機会さえなくなったら、いよいよ人生で楽しみなんて何もなくなってしまうだろう。あの事件以来、買春もしていない。またあんなことになったらと思うと、性欲よりも恐怖が勝《まさ》るようになってしまった。

「もし仲直りできるんだったら、した方がいいと思います」

真穂は、怯えたような上目遣いで、それだけ言い残してから、また家事を始めた。

「仲直り」という表現は、実態とは違う。マネ下が一方的に、関係を変えろと要求してきたのだ。今後どうなるかは、竜司ではなくマネ下の意向にかかっている。

でも、そのことを真穂に正確に説明することなどできない。なぜマネ下がそんなことを言い出したのか、理由を説明するには、必然的にあの殺人死体遺棄事件のことに触れなければいけなくなる。それは絶対に無理だ。竜司が浮気を一度ぐらいしたことがあるというのは、真穂も薄々勘付いているかもしれないが、まさか浮気相手を殺したなんて、知られていいはずがない。優しく穏やかな性格の真穂は、そんなことを知ったらショックで自殺でもしてしまいかねない。

これからどうなるのか。マネ下は今後どうするつもりなのか——。と気を揉んでいたら、翌朝、マネ下から思いがけない内容のLINEが来た。

『竹下さん、昨夜はすみませんでした。僕、たぶん酔った勢いで、失礼な言動をしてしまったと思うんですけど、大変申し訳ないことに、その内容もあまり覚えていません。とにかく、心からお詫《わ》び申し上げます』

それを読んで、竜司は心から安堵した。なんだ、やっぱりマネ下は、ただ酔っ払っていただけだったのか――。

思えば竜司は、マネ下が酔っ払ったところを一度も見たことがなかった。竜司に対して悪態をついてきた時、特に顔色も変わっていなかったが、顔色を変えないまま悪い酔い方をしていたようだ。それに関しては竜司も人のことは言えない。竜司もまた、悪酔いしても顔色が変わらないタイプで、その状態で何人もの人に愛想を尽かされてきたのだ。

竜司はすぐに返信してやった。

『だいぶしつれいだったぞ。まあおれも人のこといえないけど』

最後に顔文字まで入れてやった。竜司にしては大サービスだ。

すると、しばらくしてマネ下から返信が来た。

『本当に申し訳ございませんでした。ところで、来週24日金曜日の僕の誕生日に、竹下さんのお宅におうかがいするという約束をしたようで、スマホのカレンダーに登録されていたのですが、その約束はありでよろしいでしょうか？　ありだとしたら、何時頃にうかがったらよろしいでしょうか？』

まあ、きちんと謝ってきたのだから、誕生日ぐらい祝ってやってもいい。少し図々《ずうずう》しいLINEだとも思ったが、おそらくマネ下は酔って何を言ったか本当に覚えていないのだろうから、この約束をしたのが悪酔いする前だったか後だったかも、分からなくなっているのだろう。そういう失態は竜司も幾度となく経験している。

『おまえのしごとがはいってなければ、よる7じぐらいにこい』

竜司は返信した。竜司に予定が入ることなどないので、日頃の夕食の時間に合わせた。

すると、すぐまたマネ下から返信が来た。

『すみません、ありがとうございます！　では7時頃にうかがいます！　本当にこのたびは申し訳ありませんでした。僕が失礼なことを申し上げたにもかかわらず、誕生日を祝ってくださる器の大きさに、心より感謝いたします』

最後に涙を流す顔文字が入っていた。

やれやれ、よかった——。竜司の心に立ちこめていた暗雲は、ほとんど晴れた。

ただ一方で、きれいな快晴になったかというと、そうでもなかった。というのも、マネ下は昨夜、ずいぶん論理的に竜司に反抗してきた記憶があるのだ。竜司も酔っていたし、そもそも何を言われているのかほぼ理解できなかったけど、酔っ払った状態であんなに論理的に喋れるだろうか。少なくとも竜司には無理だ。ただ、竜司は素面《しらふ》でも、野球以外のことについて論理的に喋るのは無理なので、あまり参考にはならないが。

あるいは、マネ下が昨夜言っていた、DNAがなんたらかんたらだから竜司を警察に突き出せる、的な理屈は、内容をちゃんと理解できる人が聞いたら、酔っ払いの言い分だけあって全然筋が通っていなかったのかもしれない。その判定も竜司にはできない。

正直、一抹《いちまつ》の不安はあった。それでも、マネ下の誕生日をちゃんと祝ってやろうと、最終的に竜司は思ったのだった。


作戦は、たぶんうまくいっている。

浩樹が一度大胆に刃向かってから、酔ったせいであんなことを言ってしまったのだと詫びを入れたら、やはり竜司は、それをすんなり信じて浩樹を許した。きっと今頃、浩樹の言動が酒のせいだったことに安堵すらしているだろう。気性の荒さと酒癖の悪さのせいで周囲から人が去り、今や浩樹しか友人がいなくなった竜司は、孤独が怖くて浩樹を切り捨てられないのだ。まったく哀れな男だ――。ＬＩＮＥの文面を改めて読んで、竜司の無様《ぶざま》さについ笑みがこぼれてしまった。

もし竜司が、浩樹と縁を切るなどと言った場合は、浩樹が改めて脅した上で、多少強引にでもまた家に上がり込む、という計画だったのだが、この分だと穏当《おんとう》に再訪問できそうだ。その方が浩樹にとっても楽になるので助かる。

とはいえ竜司も、安堵している一方、まだ少し気にはなっているだろう。酔っていたのだとしても、浩樹が言っていた「今後竜司に従わなくてもいい理由」は、一応筋は通っていたんじゃないかと――。

竜司がそんな心理状態になっていることも計算のうちだ。この状況で浩樹は、来週また竹下家を訪問する。

そこで、いよいよ本当の作戦を実行するのだ。

誕生日というのもいい口実だった。別に理由は何でもよかったのだが、たまたま浩樹の誕生日が近かったから利用した。

来週の誕生日に、浩樹と竜司の関係は完全に終わる。浩樹はついに竜司を制圧することになる。

そして、ついに秘めたる欲望が果たされるのだ――。

「ふっふっふ……くっくっく……きっきっきっきっき」

スマホを見ながら、気付けば笑い声を発していた。普段は出ない「きっきっき」なんて邪悪な笑い声まで漏れてしまった。

19

やっぱりマネ下はあの夜、酔っ払っていただけだったのだ。竜司は改めて安堵した。

「この前はすみませんでした。なのに今日、誕生会を開いてくださり、どれだけ感謝しても足りません。本当にありがとうございます」

今夜訪問してきたマネ下は、真っ先にそう言って深く頭を下げてきたし、その後も以前と同様、低姿勢に振る舞っていた。

「今日はお酒はやめておきます。どうぞ、ご夫婦で召し上がってください」

真穂との三人の食卓でも、マネ下は申し訳なさそうな顔で言った。

食卓には、真穂が高級スーパーで買ってきたローストチキンやラザニアなどの総菜が並び、その脇に真穂の手料理の、野菜不足を補うためのサラダや温野菜も少々。真穂は料理があまり得意ではないので、こういう時に豪華な手料理を振る舞うことはできないのだが、それでもマネ下が普段食べている物よりはよっぽど金がかかっているはずだ。

「それじゃマネ下さん、お誕生日おめでとう～」

「ありがとうございます」

「じゃ、いただきま～す」

真穂が笑顔で声をかけ、マネ下の誕生日を祝う晩餐が始まった。

「モノマネはどうだ。相変わらず渡辺のマネもやってんのか？」

竜司が話を振ると、マネ下はローストチキンを頬張りながら答えた。

「ええ、でもまだ、竜司さんのモノマネが大部分です。ボクシングは試合がしょっちゅうあるわけじゃないんで、新しいモノマネを量産するのは難しいんです。スポーツとしての人気も、やっぱりボクシングより野球の方がずっと高いですから」

渡辺のモノマネだけでも生きていけるから、もう竜司が捕まっても構わない。――そんな言葉も、やはり酒のせいで出た妄言《もうげん》だったようだ。

「そうかそうか」

竜司はあいづちを打ちながら、ああよかった、と心の中で安堵していた。

その後、真穂とマネ下が、地方のホテルの話で盛り上がっていた。真穂は旅番組の地方ロケ、マネ下はモノマネの地方営業を多く経験しているので、「ホテルの枕ってすごい硬い時ありますよね」「あとシャワーの温度調節が全然うまくいかない時もあるよね」「分かります～」などと笑い合っていた。竜司も現役時代は頻繁《ひんぱん》に遠征があったが、BSの旅番組やモノマネ芸人の地方営業で使うホテルよりは高級だったためか、そんなことで困った経験はなく、話題に入れなかった。

と、しばらく晩餐を楽しんだところで、真穂がふいに言った。

「ごめん、ちょっと頭が痛いっていうか、なんかぼおっとする。薬飲んでくるね」

真穂は席を外して廊下に出た。すぐに階段を上る足音が聞こえた。少し心配だったが、普段からたまに偏頭痛《へんずつう》を訴えることはあるので、それが出てしまったのだろう。激痛を訴えているわけでもなかったので、心配してついて行くのはさすがに大袈裟だと思えた。

――だが、その辺りから、マネ下の様子がおかしくなった。

妙にそわそわした様子で椅子から腰を浮かしたり、しきりにまばたきをしたり唇を舐《な》めたり、それまでと明らかに違う、落ち着かないそぶりを見せ始めた。

「真穂、まだ戻ってこないか……」竜司は天井を見上げてつぶやいた。

結果的にそれが、悪夢の号砲になってしまった——。

「もう戻ってこないと思いますよ」

マネ下が、微笑を浮かべながら言った。

「……えっ？」

その時にはもう、竜司は嫌な予感がしていた。

「そうそう、竜司さんに読んでもらいたいものがあるんですよ。これなんですけど」

マネ下はそう言いながら、ポケットからスマホを取り出した。その画面に映っていたのは、長文のメールの文面だった。

《警視庁の皆様へ
茨城県で、炭岡結莉香さんという女性の遺体が見つかった事件について、情報を提供させていただきます。
あの事件の犯人は、元東京エレファンツの投手の、竹下竜司のようです。
このメールを書いている僕は、関野浩樹と申します。マネ下竜司という芸名で、竹下竜司のモノマネ芸人として活動しています。そんな僕は、実は以前から竹下竜司に飲みに誘われるほどの仲なのですが、ある時、酔っ払った彼から驚くべき告白を聞いたのです。まず、ニュースで報じられている炭岡結莉香さん殺害の犯人が、自分だということ。家で彼女を殺してしまった後、茨城まで死体を埋めに行ったということ。埋めた死体が発見された後、DNAの採取のために家を訪れた警察官を欺いたこと。僕はその話を聞いた際に「警察にはお前のを渡しといたよ」とも言われました。

それらの告白は、僕が酔っ払った竹下竜司から一度聞いただけで、録音などもしていなかったのですが、そういえば僕には、知らないうちに死体遺棄に加担してしまった覚えがあったのです。

何ヶ月か前のある夜、竹下に「知り合いから車を借りてきてくれ」と頼まれたことがありました。用途は分からなかったものの、僕はとりあえず芸人仲間から借りた車を竹下家の車庫に停めました。翌日「返してきてくれ」と言われたので、芸人仲間に返しましたが、車を何に使ったのか尋ねても竹下は言葉を濁すばかりでした。

また、DNAの偽装についても心当たりがありました。僕はある夜、竹下に家に呼ばれた際に「面白いゲームがあるんだ」と言われ、口の中を歯ブラシのような器具でこすらされたのです。おそらくそれを、家に来た警察官に渡されたDNA採取用の器具とすり替えたのだと思います。竹下がどうやってそんな器具を入手したのかは分かりませんが、あれが警察を欺くための彼の切り札だったとしか思えません。

竹下竜司が酔った勢いで喋ったあの話が本当なのだとしたら、もう一度彼のDNAを採取すれば分かるはずです。再度採った竹下のDNAと、炭岡結莉香さんの体内から出たと報道されている体液の型が一致したら、間違いなく竹下が真犯人だということです。

僕は、竹下竜司のモノマネ一本で生きてきました。彼が捕まれば、僕の仕事もなくなってしまいます。黙っておこうかと葛藤《かっとう》したことも、正直ありました。

しかし、やはり殺人と死体遺棄という重罪を犯した大悪人を、野放しにしておくわけにはいかないと思い、このような告発を決意しました。

どうかもう一度、竹下竜司のDNA採取をしてください。お願いします》

「全部読めましたか？　まあ、読めてなくてもいいです」

茫然とする竜司の目の前で、マネ下は画面を最後までスクロールさせ、冷酷《れいこく》な笑みを浮かべた。竜司は一応、最後まで目を通したが、内容は半分も頭に入っていなかった。漢字が多かったし内容が難しかったというのもあるが、それ以上に、やっぱりマネ下に裏切られていたのだというショックで頭が働かなくなってしまったのだ。

「これ、警視庁への通報メールなんです。あとはこの送信ボタンを押せば、あんたは終わりだ」マネ下が邪悪な笑顔で言った。

ああ、やっぱりあの夜のマネ下の言動も、酔ったせいではなかったんだ。こいつは本気で俺を潰《つぶ》しにかかってるんだ。——竜司は実感させられた。もっとも、本当は竜司も、この可能性を心のどこかで認識していたはずなのだ。でも、そうでないことを願う気持ちで、その最悪のシナリオには目をつぶり、あの夜のマネ下は酔っていただけだと自分に言い聞かせていたのだ。

「お、おい……また何だよ、やめてくれよ」

竜司は、もうすっかり弱気に言い返すことしかできなかった。この時点では怒りの感情すら湧いてこなかった。マネ下がこうまでして自分を陥《おとし》れようとしていることが、悲しくて寂しくてたまらなかった。

「やめてほしかったら、俺に誕生日プレゼントをください」

マネ下が、冷酷な笑みを浮かべたまま言った。

「いや、一応、用意してたんだけどな……」

竜司が涙声で返す。涙声になってしまった自分がますます情けなくなる。

「そんな金で買えるもんじゃないんだよ、俺が欲しいのは」

マネ下は、動揺を隠しきれない竜司を見透かすようにニヤリと笑い、そして告げた。

「俺が欲しいのは、真穂さんの体だ」

「……はあ?」

予期せぬ言葉に頭が真っ白になった竜司に、マネ下は告げた。

「頭が痛い、ぼおっとするって言って、真穂さんは二階に行きましたけど……実は俺、酒にこっそり睡眠薬を盛ったんですよ。あんたらが二人とも見てない隙にね」

「何だと！」

さすがに、竜司の怒りが一気に沸騰《ふっとう》した。まさかそんな悪巧《わるだく》みをしていたなんて、少しも気付けなかった自分も腹立たしかった。

「てめえ、いい加減にしろ……」

竜司はたまらず立ち上がりかけたが、マネ下はひらりと身軽に距離を取ると、にやついたままスマホを掲《かか》げて言った。

「さっきの話聞いてなかったか？　俺がこの送信ボタンを押せば、お前は終わりなんだぞ。刑務所に行きたくなかったら、真穂とヤらせろよ」

マネ下が歪んだ笑顔で、画面を押すそぶりを見せる。竜司は思わず立ちすくんでしまった。これから妻が犯されることと、自分が逮捕されること。どちらがより嫌か、心の中で計算してしまっていることが、また情けなかった。本当なら迷わず真穂を助けるべきなのだ。でもそうした場合、竜司は何十年も、下手したら死ぬまで刑務所に入ることになる。それを考えると、マネ下に立ち向かう一歩が出なかった。

「なあ、馬鹿な真似はやめろよ。だいたいマネ下、お前たしか彼女いただろ？　なのに、そんなのおかしいじゃねえかよ」

竜司は結局、無様に説得するしかなかった。だがマネ下に鼻で笑われてしまった。

「浮気するなって言いたいのか？　どの口が言ってんだよ」

たしかにその通りだ。絶対に竜司に言えたことではない。ぐうの音《ね》も出なかった。

「俺の彼女、胸が小さくてさあ」マネ下は酷薄《こくはく》な笑みを浮かべて語った。「無理矢理でもいいから、一回胸のでかい女とヤってみたかったんだよ。それも、グラビアアイドル出身の真穂の爆乳を揉みながらヤれたら最高だろうなって、俺はこの家に来て真穂の体を見るたびにずっと思ってたんだ。普通はこんな願望は叶いっこないけど、今の俺には叶えられる。それに気付いたら、叶えたくなるのが男ってもんだろ？」

「お前……」

今まで見たことのなかったマネ下の残酷な一面を見せつけられ、竜司は怒りよりも恐怖を覚えた。何年もの間、竜司の前では低姿勢な常識人を装っていたマネ下だが、ひとたびモラルを捨てると決めたら、ここまで強欲《ごうよく》で残忍になれる男だったのだ。

「じゃ、今から二階の真穂の部屋で、たっぷり楽しんでくるよ。内側から鍵をかけてな」

マネ下が歪んだ笑顔で告げた。たしかに真穂の部屋のドアには鍵が付いている。いつの間にかそんなことまでチェックしていたのだ。

「もしお前が止めに入ろうとしたら、その瞬間にこの送信ボタンを押す。だからお前は、ここでおとなしく待ってろ」

「てめえ、この……」

竜司が追おうとしたが、マネ下は素速く廊下へ出て、階段を駆け上がって行った。

「くそ、待てっ……」

マネ下が二階の廊下を駆け、バタンとドアが閉まる音がした。竜司は急いで追ったが、胸に痛みが走った。血圧が急上昇しているのだろう。

一方、二階からは、最も聞きたくない声が聞こえてきてしまった。

「ちょっと……えっ、どうしたの⁉」

「真穂さん、おとなしくしろ」

「きゃああっ、やめてええっ！」

「いいだろ、減るもんじゃないし」

「いやあっ、助けてえっ！」

真穂の悲鳴、そして「ああっ、痛いっ、やだっ！」という泣き声が聞こえてきた。

竜司は痛む胸を押さえながらも、必死に階段に向かった。自らの鼓動がどくどくと感じられる。それはどんどん速くなっていく。

もうどうなってもいい。俺が捕まってもいい。マネ下をぶっ殺してやる──。竜司は決意を固めた。ドアの鍵はそこまで頑丈ではないはずだ。百キロ超の巨体で突進すれば、ドアはきっと開く。そしてそのまま、捨て身でマネ下のこともぶん殴って殺してやるのだ。

モノマネを公認して、高い酒もたらふく飲ませて、タクシー代名目で合計何百万円も渡してやったのに、裏切って真穂を犯すなんて許せない。絶対に許さないぞ畜生《ちくしょう》！

「いやっ、あああっ、いやあああっ！」

真穂の悲鳴と、ずしずしと微かな振動音が聞こえる二階に向かって、竜司は階段を一気に駆け上がるべく、一段目に足を置いた。

だが、その時――。さっき以上の猛烈な痛みが、胸を襲った。

とても立っていられる痛みではなかった。竜司はたまらず後ずさりし、そのまま重力に負け、胸を押さえながら廊下に仰向《あおむ》けに倒れてしまった。尻のポケットに入れたスマホがバキッと音を立てた。たぶん壊れてしまっただろう。だが、スマホよりも大変なのは自分の体だ。胸がひどく痛く、息を吸おうとしても全然吸えず、どんどん苦しくなっていく。立ち上がることすら、もうできそうになかった。

そのまま、すうっと意識が遠のいていく。視覚も聴覚も、まるで水中に潜った時のように、ぼやけて薄れていった。息が吸えないのも、まさに水中で溺《おぼ》れているようだ。

そんな中で、自分の体が冷たくなっていくのだけは、はっきりと感じられた。

ああ、最悪だ、俺は死ぬんだ――。竜司は深い絶望とともに自覚した。まさかこんなところで、こんな状況で死ぬなんて。しかも、ちょうど今寝転がっている場所が、あの夜の炭岡結莉香の死に場所と同じ位置だと気付いた。なんと皮肉な偶然だ。

妻が犯されるのを止めに行く途中で、自宅の階段すら上れず死んでいく。これが平成の名投手の最期《さいご》だなんて、無様にもほどがある。しかし、元はといえば竜司が炭岡結莉香を殺したのが原因なのだ。あれさえなければ、こんなことも起きなかった。

ああ、真穂、お前は何も悪くないのに、助けてやれなかった。すまない。お前を裏切って他の女を抱いたことからすべては始まってしまった。真穂、いくら謝っても謝りきれない。真穂、真穂――。

心の中で詫びる竜司に、ほどなく永遠の暗闇と静寂《せいじゃく》が訪れた。

20

竹下真穂は、倒れた竜司のまぶたを開いてスマホのライトを当て、にっこり笑った。

「よし、死んでる死んでる。いや～、こんなにうまくいくとはねえ」

元看護師の癒やし系グラビアアイドルとしてデビューした頃は、その経歴が、のちの夫の死亡確認の際に生かされるとは、本人も予想していなかっただろう。

「さてと……。まだ気を抜いてもらっちゃ困るからね。ヘマしないでよ」

真穂が浩樹を振り向いた。浩樹は廊下の隅でうなだれながら、小さくうなずく。

「はい……」

「何？　泣いてんの？」真穂が鼻で笑いながら尋ねてきた。

「うう……うぐっ……」

浩樹は、どうしようもなく溢《あふ》れてくる涙で言葉を詰まらせながら、おそらく心筋梗塞が死因だったであろう竜司の亡骸《なきがら》に、涙ながらに手を合わせた。

「竜司さん、今までお世話になりました。ありがとうございました。僕が生きてこられたのはあなたのおかげです。最後にこんなことをして、本当にすみませんでした……」

「ごちゃごちゃうるせえなあ」

真穂が顔を歪めて笑った。ほんわか天然キャラのＭＡＨＯの本性が、こんな恐ろしい女だったなんて、浩樹は少し前まで知らなかった。竜司も知らないまま死んだのだろう。

「こいつに謝るなら、あの女に何十倍も謝らなきゃ駄目でしょ。炭岡だっけ？　お前らが殺して埋めた女に。……まあ、あの女はあの女で、私に土下座して謝んなきゃいけないどね。夫を寝取ったんだから」

――この通り、真穂はすべてを知っていたのだった。

そのことを浩樹が知らされたのは、酔った竜司に「真穂と浮気してるんじゃないか」と疑われて家に呼び出され、駆けつけたら竜司がソファで寝込んでいた――ということがあった、あの夜だった。浩樹は竹下家を訪れてすぐ、酔いが冷めた竜司から「もう帰っていいぞ」と言われたのだが、その後、寝込んだ竜司が大きないびきをかいて寝ている間に、玄関前の廊下で、真穂に告げられたのだった。

「私、あなたたちがやったこと、全部知ってるから」

「えっ……何のことですか？」

浩樹はいったんはとぼけたが、竜司のいびきの音をバックに、真穂から衝撃的な事実を一気に聞かされた。

「ニュースにもなってたけど、六本木で売春してた女の子を竜司が殺して、二人で茨城まで埋めに行ったんだよね？　一回、竜司とあんたが『お花見バーに行った』とか変なこと言って、ビニールシートとかを片付けてた時があったし、あの時期から竜司の様子がおかしかったから、私、浮気でもしてるのかと思って、家を留守にする時、こっそり隠し撮りしてたの。置き時計型の隠しカメラっていうのをネットで見つけてね。今はもうカメラは切ってるけど」

真穂は、玄関前の棚の上の、デジタル式の置き時計を指して、にやりと笑った。それを見て浩樹は戦慄した。まさかこれが隠しカメラだったなんて。たしか真穂は「断捨離をしたお隣さんにもらった」とか言っていたが、あれが嘘だったなんて——。天然ボケの真穂に対して完全に油断していた自分を恥じた。

「浮気の決定的瞬間を撮るなら、竜司のベッドの近くに仕掛けた方がいいけど、それだと怪しまれるリスクもあるからね。それよりは、玄関に置き時計が増える程度の方が怪しまれないし、女を連れ込むにも玄関は必ず通るから、ちょうどいいかと思ったんだけど……お察しの通り、予想外のものが撮れちゃったの。あんたが竜司のふりして警察を騙すところがね。しかもマイクの性能もよくて、その前後のあんたらの会話も録音できてたから、あんたらがあの事件の犯人だってことも全部分かっちゃった。泊まりのロケから帰った後、それを確認した時は血の気が引いたわ」

真穂が、それまで見たことのない、やさぐれた口調で話すのを聞いて、浩樹もどんどん血の気が引いていった。

「まあ、あんたも薄々分かってたとは思うけど、私だって竜司には、前から愛想が尽きかけてた」真穂が、大いびきが聞こえる背後をちらりと振り返ってから語る。「それでも別れなかったのは、はっきり言ってお金だよね。私はあいつの引退後に結婚した後妻だから、離婚したら大して財産もらえないの。あいつが稼いでたのは結婚前だからさ。でも、あいつが殺人犯だって知っちゃった以上、さすがにもう一緒にはいられないでしょ」

真穂は美しい顔を歪め、ため息をついた。

「もちろん警察に通報することも考えたよ。でも、そしたら私も、殺人犯の妻ってことで色眼鏡《いろめがね》で見られて仕事も減るだろうし、被害者の遺族には相当な金額を払わなきゃいけないだろうし……。あの殺された女だって、私にとっては夫を寝取った泥棒猫なんだからさ。一円でも払うのは癪《しやく》なわけ。それで考えたんだけどね――」

真穂はそこで、さらに浩樹に接近して声を落とした。大きな胸が触れるぐらいの距離に迫ってきたことに、興奮している場合ではない内容だった。

「竜司を死なせようと思うの。で、あんたに協力してもらうことにしたから」

「えっ……!?」浩樹は泣き顔で首を振った。「いや、さすがにそれは……もうそんなのに巻き込まれるのは……」

「安心して。また殺して埋めに行くわけじゃないから。狙うのはあくまでも病死」

真穂は、いびきの聞こえる背後を改めて振り向いてから、声を落として説明した。

「ただでさえ医者から命が危ないって言われてるあいつなら、極限まで血圧を上げさせればきっと死ぬはずなの。で、今夜確信したんだけど、やっぱりあいつの血圧を引き上げるのに一番いいのは、私が寝取られることだよね。それも、何年もずっと子分扱いしてきたあんたに。――だから、それをやってやろうと思うの」

「えっ、そんな……」

「ああ、といっても、本当にあんたとセックスするわけじゃないから、誤解しないでね。まあしてないかもしれないけど」

「あ、はあ……」

一瞬だけそんな誤解、期待寄りの誤解が頭をよぎってしまったが、浩樹はすぐにそれを脳内から消し去った。

「じゃ、詳しい計画ができたら伝えるわ。とりあえず、LINEだけ教えて」

「あ、はい……」

言われるまま、浩樹がスマホを取り出してLINE交換をしたところで、真穂が竜司のいびきをバックに、声を抑えて早口で言った。

「それじゃ、今日はもう帰って。で、近いうちに必ず協力してもらうから。さもないと、あんたも竜司も刑務所行きだからね。こっちはあんたがモノマネで警察を騙した時の動画も持ってるんだから。あれを警察に渡したらあんたは終わりだからね」

「は、はい……」

なすすべなく、浩樹はその日は帰るしかなかった。

その翌日、ジョナサン後藤が置き引きで逮捕されるなど、それはそれでまた大変な事件に見舞われたのだが、さらに時を経て、いよいよ真穂からLINEが来て、詳細な計画を伝えられたのだった。

『この前テレビで、ボクサーの渡辺晴也のモノマネしてたよね？　せっかくだからあれを利用しようと思うの。あと、あんたの誕生日も近いよね？　その日にフィニッシュできるようにしようって思いついたんだ――』

その後、真穂から伝えられた計画は、ほぼ完璧に実現されることとなった。

まず浩樹が「渡辺晴也のモノマネを習得したからもうお前に従う必要はない」「お前だ

け警察に突き出して俺は無罪になる方法がある」と竜司に宣告し、立場を逆転させる。その後、誕生日にまた図々しく家に上がり込んだ末、誕生日プレゼントとして真穂の体を要求し、睡眠薬を飲ませたと偽って真穂を襲うふりをする。その際に竜司が追ってこないように「お前を警察に告発するメールを打った。あとは送信ボタンを押すだけだ」とでも言って脅す。メールの文面に多少無理があっても、無知な竜司に見抜くことなどできない。そして、真穂の部屋に浩樹が入った後で鍵をかけ、中から真穂が「やめてえっ」とか「痛いっ」とか悲鳴を上げて、犯されているような物音も多少立ててやれば、竜司の血圧は急上昇するはず。そこで確実に死ぬように、真穂は竜司が毎日飲んでいる血圧の薬を、何日も前から偽薬《ぎやく》にすり替えておく。仮にこの日に死ななかったとしても、竜司には心身ともに重大なダメージが残るだろうし、真穂は本当に犯されたふりをして、後日また竜司に似たようなシチュエーションで心労を与える、というのを繰り返せばいずれ死ぬはず――。真穂はそんな計画を立てたのだった。癒やし系天然キャラとは裏腹の冷酷な本性を見せつけられ、浩樹は身も凍る思いだった。

とはいえ、真穂にすべての秘密を握られている以上、浩樹は従うしかなかった。恩人である竜司を死に追いやるのはつらかったが、そうしなければ自分も警察に突き出されてしまうのだ。浩樹は、真穂と何度も連絡を取り合いながら、任務を遂行《すいこう》した。真穂が黒幕だということは隠し通したまま、真穂に与えられた役柄を演じきって竜司を欺いた末、死に至らしめなければならなかった。

その大芝居を成功させるために、浩樹は自らに「役作り」を施した。

「芝居ってのは感情移入が何よりも大事なんだ。役作りの時は、稽古や本番以外もずっと、演じる役柄に本気で没頭するんだ」――これは、かつて浩樹が青春を捧げた劇団の座長で、ロバート・デ・ニーロのモノマネ芸人のような芸名だった路鳩伝郎が、常々語っていた言葉だ。のちに彼は自らの劇団の金を持ち逃げし、劇団はあっさり解散してしまったのだが、そんなどうしようもない座長に教わった役作りのセオリーしか、浩樹には頼れるものがなかった。

そして、「渡辺晴也のモノマネを習得したのを機に、長年不満だった竜司との立場を逆転させ、念願だった真穂の体を奪う」――そんな卑劣《ひれつ》な計画を自分で立てたという役柄に、浩樹は本気で没頭し、演じるイメージを自らに刷り込んでいった。

そして、その役柄を竜司の前で演じて騙し抜き、一連の計画を実行し、竜司の血圧を急上昇させた結果、真穂の理想通り、竜司を一発で死なせることに成功したのだった。

「それじゃ、あとは分かってるね。誰にも見つからないようにさっさと帰って」

真穂が冷たく言い放った。

「はい……」

浩樹は涙ながらにうなずいた後、廊下に転がった竜司の亡骸に、改めて手を合わせる。

「本当にごめんなさい。最後にこんな仕打ちを、してしまって……うう、うぐっ……」

「ねえ、いつまでぶつぶつ言ってんの？　もう行けよ、どうせ死んでんだからさ」

真穂が心底呆れたような顔で言った。

「あんまり長居されると不自然になっちゃうでしょ。あと、その涙と鼻水もちゃんと拭いてよ。外を歩いてる時に目立っちゃうのもよくないから」

「ああ、はい……」

浩樹は、びしゃびしゃになった顔を袖口で拭き、最後にもう一度竜司に手を合わせてから、玄関に靴を取りに行った。そして靴を持ったまま、真穂に一礼した。

「すみません、失礼します」

そのまま浩樹は、竹下邸の裏口から外の道路に出た。警察のＤＮＡ採取を欺いた際に出入りして以来の、竹下邸の裏口。おそらく二度と出入りすることはないだろう。いや、近日中にどこかのセレモニーホールで行われるであろう葬儀に出席してからは、浩樹は裏口どころか表玄関からも、もう二度と竹下邸に入ることはないのかもしれない。

浩樹は、マスクを着け顔を伏せながら、夜の高級住宅街を歩き、そのまま帰路につく。

――ここからの計画も、しっかり決まっている。

自宅で倒れ、帰らぬ人となった竹下竜司。もちろん事件性が疑われることはない。医者から「いつ死んでもおかしくない」と、ある意味お墨付きをもらっていた、不摂生きわまる中年男が、心配されていた通り持病の心筋梗塞で死んだだけ。遺体に不審な点など一切ないのだ。無事に竜司が病死として片付けられれば、家の周辺の防犯カメラを警察に調べられたりもしない。だから浩樹が竹下邸に来ていたことも知られることはない。

竜司の死は今夜か明朝《みょうちょう》にはニュースになり、何日か後に葬儀がしめやかに営まれることになる。その会場で真穂は、夫との思い出を報道陣の前で語った後、こう付け加える。

「実は、夫の晩年の親友は、夫のモノマネをする、マネ下竜司さんだったんです。だから彼には、ずっと夫のモノマネを続けてほしいです」

一方で浩樹も、もし報道陣の前に出るチャンスがあれば「奥様がこれからもモノマネを続けてほしいと言ってくださって……」と涙ながらに語る。こうすれば浩樹の今後の仕事もなくならないし、芸名もマネ下竜司のままでやっていけるはずだ。むしろ、これで芸名を変える方が、世間からは不義理だと思われてしまうだろう。

とはいえ、さすがに竜司の死の直後はモノマネの仕事も減るだろう。ほとぼりが冷めた頃から仕事を再開できればいい。それからも従来通り、竹下竜司のモノマネが中心で、たまに渡辺晴也のモノマネをすることになるだろうが、渡辺のモノマネをどの程度織り交ぜていくかは、今後の渡辺の活躍次第だ。世界チャンピオンとして防衛を重ね、知名度をどんどん上げてもらえると非常に助かる。間違っても不祥事を起こしたりしないことを願うばかりだ。どうか、竜司のように人として誤った方向に行くことなく、人格的にも一流のアスリートとして歩んでいってほしい。

竹下竜司の最期は哀れだった。元はといえば自らの買春と殺人が原因なわけで、自業自得、因果応報《いんがおうほう》と言わざるをえないのだが、浩樹にとっては、ずっと寄生してきた宿主だ。こんな形で別れるのは残念でならなかった。

ただ、今後はもう竜司からも真穂からも、何も無理を強いられることはないのだ。浩樹は正直、そのことに安堵してもいた。もう大丈夫。心配いらないはずだ——。自分に言い聞かせながら、浩樹は視線を落として広尾駅まで黙々と歩いた。

21

マネ下竜司こと関野浩樹が裏口から出ていったのを見届けると、真穂は鼻歌を歌いながら夫の亡骸の脇を通り抜け、広間に入ってテーブルの上の料理を片付けた。残り物にラップをして冷蔵庫に入れていく。後で食べる機会があるか、それとも捨ててしまうかは分からないが、いつも通り後片付けをしておく。

誕生日会なのにあまり豪華な料理を用意しなかったのは、後で救急や警察の人間が家に上がって、もし今晩の料理を見られたとしても、来客がいたことに気付かれないようにするためだ。竜司はそんなことにも気付いていないようだった。まったく鈍感《どんかん》で愚鈍《ぐどん》な夫だった。それでも浮気をした挙げ句に殺人なんてしなければ、金目当てとはいえ一生添い遂げてやるつもりだったのに、つくづく馬鹿な色狂いだった。まあ、妻がいない間に家に連れ込んだ女を殺し、その死体を埋めたなんて、到底《とうてい》許されない極悪人なのだから、そんな男にお似合いの最期ではあっただろう。もっとも、その事件は今後も未解決のまま、迷宮入りしてしまうのだが。

被害者の炭岡結莉香も、馬鹿としか言いようがない。男を週刊誌に売るというのは、もっと慎重を期してやるものだ。かつて上司の医師との不倫がばれて看護師を辞めたのち、原宿《はらじゅく》でスカウトされてグラビアアイドルを始めた真穂も、下積み時代に小遣い目当てで二枚目俳優と寝たことがあった。あの時は、彼がちゃんと寝たのを見計らってから、ほぼ全裸の彼の寝姿を写真に収めて週刊誌に売って、たんまり稼いだものだ。途中で相手に気付かれてしまうなんて話にならない。

ましてや相手の男が妻帯者では、策略に気付いてパニックになった相手に殺されても文句は言えない。まあ、いわば真穂が仇《かたき》を討ってやったようなものなのだから、炭岡結莉香はあの世で真穂に対して「旦那さんを寝取ってしまって申し訳ありません。あと仇を討ってくれてありがとうございます」と、しっかり感謝していてほしいものだ。

「ふっふっふ……くっくっく……きっきっきっき」

料理を冷蔵庫にしまってテーブルを拭きながら、真穂はつい笑い声を漏らした。そういえば、先週もこんな「きっきっき」という邪悪な笑い声を漏らしたことがあったと、ふと思い出した。作戦の進捗《しんちょく》状況を確認するために関野浩樹に送らせた、竜司とのＬＩＮＥの画面のスクリーンショット。非礼を酔ったせいにして詫びた浩樹を、竜司があっさり許したやりとりを、竜司の入浴中に読んだ真穂は、作戦が順調に進んでいて、夫を殺したいという秘めたる欲望がいよいよ果たせそうだと確信し、思わず笑ってしまったのだ。

あの時は、入浴中の竜司に聞こえないように笑い声を落としたけど、今や竜司は無様な死骸《しがい》になり果てている。その愉快さに、気付けば真穂は「あははは」と、さらに大きな声で笑っていた。この声も隣人に聞かれたらまずいけど、その心配はない。浩樹が真穂を犯しているのだと竜司に思わせるため、真穂の部屋から発した声や音が外に漏れてしまわないよう、あらかじめ窓は全部閉めてある。それに、そもそもこんな敷地の広い豪邸は、家の中の声がそう簡単に近所に聞こえることはないのだ。

真穂は心おきなく笑いながら、今後のシナリオを頭の中でおさらいする。

夫婦でいつも通り夕食をとったのち、真穂が片付けをしている間に、竜司が廊下で声も立てずに倒れてしまった。真穂はてっきり、竜司が二階の自室に行ったのだとばかり思っていたので、発見までに時間がかかってしまった。真穂は慌てて救急車を呼んだが、残念ながら手遅れだった。――そのストーリーを、真穂は今後何回も説明することになるだろう。竜司の訃報《ふほう》はおそらく今夜遅くか明日の朝のニュースで流れ、何日か後に葬儀がしめやかに営まれることになる。

その会場で真穂は、報道陣の前で、竜司との思い出を虚実《きょじつ》織り交ぜていくつか語った後、ふと思い出したようにこんな話をする。

「竜司さんにとって、モノマネ芸人のマネ下竜司さんが、人生の終盤の親友でした。さっきマネ下さんとも話しましたが、彼には今後もずっと、夫のモノマネをしてほしいです」

これを報道陣の前で言ってやることが、関野浩樹への協力の謝礼、というより彼に協力させるために必要な条件だった。これによって浩樹の今後の仕事も安泰《あんたい》になる。あとは、真穂も浩樹も、今日の秘密は墓場まで持って行くことになる。

テーブルを拭いて布巾《ふきん》を干し、歯磨きも済ませた。さて、そろそろいいだろう。あまり遅くなっても不自然だと思われかねない。

真穂は廊下に出て、竜司の死体を見下ろしながら、スマホを手に言うべきことを確認する。深呼吸をしてから、いよいよ一一九番通報。ここからはミスがあってはいけない。

「はい、こちら一一九番。火事ですか、救急ですか」

「ああ、救急車お願いしますっ！」

真穂は泣き声を出し、一世一代の芝居をする。グラビアアイドルとして注目されていた頃に女優にも挑戦したことがあるが、評判は芳《かんば》しくなく、オファーは続かなかった。でも今回ばかりは、隙のない演技でしっかり騙し切らなければいけない。

「夫が、廊下で倒れてて……心臓が、元々よくなかったんですけど……」

真穂がわざとたどたどしく事情を説明すると、「ではすぐに救急車が向かいますので、到着まで心臓マッサージをしてください」と、電話の向こうの通信指令員から心臓マッサージのやり方を指示された。予習した通りだ。真穂は「一、二、三、四……」と、指示通りに心臓マッサージをしているかのような声だけ出すが、実際は何もしない。万が一にも蘇生《そせい》されてしまっては困る。まあ、まずないだろうが。

五分ほどで救急車のサイレンが聞こえてきた。「あ、救急車が来ました」と真穂が涙声で言うと「では、あとは救急隊の指示に従ってください」と言われて電話が切れた。もちろん実際は涙なんて一滴も出ていないので、玄関に出る前に洗面所で目の下を濡らしてから、救急隊員たちを出迎える。

「あの、二人でいつも通り夕飯を食べて、その時は普通だったんですけど、しばらくして見たら主人が廊下で倒れてて……お願いです、どうか主人を助けてください！」

真穂は迫真の演技で、嘘の状況説明をする。家に上がった救急隊員たちは、廊下に倒れた竜司を迅速《じんそく》に救急車に運び込んだ。真穂はいったんリビングに戻り、財布など最低限の荷物を持ってから、外に出て救急車に乗る。その際、救急隊員の一人が路上で男と話しているのがちらっと見えた。たぶん近所から野次馬が出てきたのだろう。まあどうでもいい。ほどなく救急車が出発した。

救急車の中でも、救命処置をする隊員たちに怪しまれないように「竜司さん、お願い、帰ってきて！」などと泣きの芝居をしながら、もはや豚の死骸にしか見えない竜司に大声で語りかけた。そのうちに本当に涙まで出すことができた。救急隊員たちも、まさか真穂が芝居をしているとは見抜けなかったはずだ。

搬送されたのは、家から近い麻布総合病院。そこの医師によって、竜司の死亡が正式に確認された。まずないだろうとは思っていたが、救急隊員たちの懸命の処置によって蘇生してしまわなくてよかった。もちろんそんな安堵感はひた隠しにして、真穂は医師や看護師の前で「竜司さ〜ん！」なんて泣き崩れてやった。

さて、この後は葬式までにああしてこうして……などと頭の中で段取りを組んでいたところに、警察官がやって来た。

「このたびはご愁傷様《しゅうしょうさま》でした。ところで、旦那さんが亡くなった経緯《けいい》を、一応警察としてうかがわなければいけなくてですね……」

彼らは低姿勢で言ってきた。もちろんこれも予習した通りだ。病院で死亡が確認されても、死んだ場所が病院以外だった場合は「異状死」と定義され、警察の調べを受けなくてはいけないのだ。

「ああ……はい」

真穂はつらい表情を作ってうなずいた。そして、これまた家の最寄りの六本木警察署へパトカーで連れて行かれた。実際、家族が急死した際に警察の聴取を受けた遺族の中には、ただでさえショックな上に警察に疑われているような質問をされ、心が傷付いてしまう人もいるらしい。真穂も多少傷付いたような芝居をしておいた方がいいだろう。

警察署に着くと、ドラマで見る取調室のような小部屋に通された。そこで、真穂は刑事たちに向かって、涙声で説明する。

「いつも通り二人で晩ご飯を食べた後、夫が部屋を出て行って、てっきりそのまま二階の部屋に行ったのかな、と思ってたんですけど、片付けとか歯磨きとかして、三十分ぐらいしてから私が廊下に出たら、夫が倒れていて……」

死因自体は本当に偽装しておらず、正真正銘の病死なのだから、解剖《かいぼう》されても絶対にバレることはないのだ。大丈夫。絶対に大丈夫――。ショックに打ちひしがれているふりをしながら、心の中ではほくそ笑み、真穂は刑事たちの質問に答えていった。

ひと通り話したところで、刑事のうち一人が、より年配の男と交代した。そして、代わった刑事に改めて質問された。

「すみません。旦那さんを見つけた時の状況を、もう一度説明していただけますか?」

「あ、はい……。本当に、普段通りだったんですけど、二人で夕食をとった後で、私が後片付けをして、歯磨きもして、廊下に出たら主人が倒れてて――」

夫は心筋梗塞で二度入院したことがあること。倒れた夫を見つけてすぐ一一九番通報したこと。しかし、夫が食後に廊下に出てから三十分ぐらい経っていたから、もしその時に倒れていたのなら発見が遅れて悔やまれること。——真穂はわざとたどたどしく、憔悴《しょうすい》したような芝居をしながら説明してやった。

「今夜は普段通り、旦那さんと二人でお食事をなさっていたんですよね？」

刑事がまた尋ねてきた。何度も同じことを質問してくるというのは刑事ドラマなどで見知っていたが、本当だったようだ。

「はい、そうです」

真穂は、夜中のしつこい取り調べに、本当に少しうんざりしながらうなずいた。

すると、目の前の中年刑事の顔が、意地悪そうに歪んだ。

「おかしいですねえ。今日は、旦那さんのお友達の、モノマネ芸人のマネ下竜司さんのお誕生日会を、彼を招いて開いていたと聞いてるんですが」

「……えっ？」真穂は絶句した。

どういうことだ。なぜそれを知られた？　まさか浩樹が何かヘマでもしたのか？　ひょっとしてあいつ、自首でもしたのか——。こんな短時間で警察にここまでバレるなんて、真穂にはそんな可能性しか思いつかなかった。

くそっ、あの大馬鹿モノマネ芸人め、何をしでかしたんだ！　どうしよう。どうやって切り抜けよう——。真穂は、全身に鳥肌が立つのを感じながら必死に考えた。

浩樹の三十三回目の誕生日は、人生で最もつらい日になってしまった。長年の恩人を死に至らしめたのだ。

## 22

本来なら、自宅で恋人の果凜と二人、誕生日を祝う幸せな日になっていたはずだった。しかし、この最悪の予定が入っていたので、果凜には仕事があると伝えてあった。後日ちょっとしたお祝いをしよう、と果凜とは話していた。

ところが、沼袋駅で電車を降り、浩樹が帰宅すると、アパートの部屋の明かりがついていた。まさかと思って玄関を開けると、やはり果凜が笑顔で迎えてくれた。

「おかえり〜。やっぱり暇だったから来ちゃった」

「おお、ただいま……」

予期せぬ事態だ。恋人がサプライズで家に来てくれているのだから、本来なら喜ばなければいけない。しかし、人生最大の恩人である竹下竜司を裏切って死なせてきたばかりの浩樹には、どうしても笑顔を作ることができなかった。

「思ったより早かったね。ケーキ買ってきた」果凜が笑顔のまま言った。

「ああ、ありがとう……」

「ご飯も、何か作ろうか？」

「あ、いや……いらないや。楽屋で食べてきた」

楽屋で、というのは嘘だが、食べてきたのは事実だ。もっとも、何も食べていなかったとしても、食欲は湧かなかっただろうが。

「あれ、ヒロ君……なんか顔色悪いけど、大丈夫？」

果凜が、浩樹の異変に気付いた。やはり隠し通せるはずがなかった。

浩樹はしばし考えたが、やっぱり今日は誕生日を祝うことも、ケーキを食べることもできないと思った。

「ごめん、ちょっと体調悪くて……もしかすると、コロナとかかもしれない」

「えっ、本当？」果凜が目を丸くした。

「一応、もしそうだった場合、仕事に障《さわ》るといけないから……本当に申し訳ないんだけど、今日はたぶん、一緒にいない方がいいと思う」

浩樹は、竹下邸を出た時からずっと着けてきたマスクを外さないまま言った。

「ああ、そっか……。残念だけど、しょうがないね」果凜は悲しげにうなずいた。

「ごめん、せっかく来てくれたのに」浩樹は謝った。

「ううん、しょうがないよ。ていうか、私が勝手に来ちゃったんだし」

果凜は慌ただしく自分の荷物をまとめ始めた。そこで、テーブルの上を見て言った。

「あ、ケーキ、どうしよう……」

テーブルの上に鎮座《ちんざ》する、箱入りのホールケーキ。残念だが、明日も食べられないだろう。明日には竹下竜司の訃報が流れているはずだ。

「ああ……持って帰ってもらった方がいいかな」浩樹は言った。

「うん、分かった」

果凜は悲しい顔で、トートバッグから出した大きなビニール袋にケーキの箱を入れた。

「本当にごめんね」

浩樹はまた謝る。申し訳ないのは本心だった。

「しょうがないよ」果凜は精一杯の笑みを見せた。「誕生日に体調悪くなっちゃうなんて、運が悪かったね」

果凜が自分の荷物を持って玄関まで来る。浩樹が玄関のドアを開けてやる。

「じゃ、またね」

「うん、わざわざ来てもらったのに、本当にごめん」

玄関で手を振り合いながらも、できるだけ距離をとってすれ違い、果凜は出て行った。

明日、竹下竜司の訃報が流れたら、「竹下さんが亡くなったから、虫の知らせみたいな感じで俺の体調が悪くなったのかも」なんて言い訳を、果凜に対してしようと思った。間違っても、竜司の死に浩樹が関わっていたことを、果凜に悟られるわけにはいかないし、果凜以外の誰にも絶対に知られるわけにはいかない。

一人になった浩樹は、シャワーを浴び、歯磨きをして、そのままテレビもつけず、ただ部屋の灯りを消して、ぼおっと座り込んだ。

その後、布団を敷いて横になって目をつぶってみたが、そのたびにまぶたの裏に現れるのは、苦しそうに眉間に皺を寄せたまま目を閉じた、竜司の死に顔だった。

傍若無人で酒癖が悪く、しかも浮気性で、挙げ句の果てに浮気相手を殺してしまった、どうしようもない屑人間。でも浩樹にとっては、紛れもなく人生最大の恩人。そんな竜司を、浩樹は死なせてしまったのだ。いや、死なせてしまったという言い方は現実から逃げている。殺してしまったのだ。それも、妻を強姦《ごうかん》していると思わせ、絶望のどん底に叩き落とすことで心臓に負担をかけて急死させるという、残酷な方法で。――いつしか浩樹の目には、また涙がいっぱいに溜《た》まっていた。

ごめんなさい。竜司さん本当にごめんなさい……。どんなに心の中で謝ったところで、現実は何も変わらない。竹下竜司は死んだ。浩樹が殺したのだ。真穂の命令だったとはいえ、最期の竜司の絶望と怒りを思うと、心が張り裂けそうだった。

一睡もできないまま、徐々に窓の外が明るくなってきてしまった。

浩樹は重い体を起こし、スマホでニュースをチェックしながらテレビもつけた。各チャンネルの早朝のニュースをザッピングしたが、竹下竜司の訃報はまだ流れていないようだった。思っていたより遅いな、と思った。その後、食欲もなく、何をする気力も起きず、テレビの前で寝転んだり座ったり、時々まどろんだりを繰り返していた時――。

ピンポーン、と部屋のチャイムが鳴った。

玄関のドアスコープを覗くと、見知らぬ男二人が立っていた。おそるおそるドアを開けた浩樹に、二人のうちの年かさの男がポケットから何かを出して見せた。

それは、警察手帳だった。

「警察の者です。関野浩樹さんですね。ちょっとお話をうかがいたいんですけど、署までご同行願えますか？」

「え……なんでですか？」

聞き返すと、刑事は浩樹を睨みつけて言った。

「あなたがゆうべ、竹下竜司さんの家に行っていたのは分かってるんですよ」

浩樹は絶句した。そんな馬鹿な。一晩で警察にここまで知られてしまうなんて――。まさか真穂が裏切ったのか？　いや、そんなことをしたら彼女も無事では済まないはずだ。いったい何があったんだ――。浩樹には見当もつかなかった。

「すぐに来てください」

刑事が言った。浩樹は混乱しながらも、もう連れて行かれるしかなく、財布とスマホだけ持って部屋を出た。二人の刑事に挟まれ、アパートの階段を下りる。その下にはさらに何人もの警官と、二台のパトカーが待ち構えていた。

と、その時。

なじみのある、大好きな、しかしこの状況で最も聞きたくなかった声が聞こえた。

「ヒロ君」

アパートの前の道の向こう側に、果凜がいた。その左肩にはトートバッグが提《さ》がっている。いつも買い物の時に使っているそれが膨れている。

「心配して、色々買ってきたんだけど……どうしたの？」

果凜は、周囲の警官やパトカーに戸惑いを隠せず、震える声で尋ねてきた。浩樹を思って、こんな早朝から来てくれたというのに――。

「果凜……」

浩樹の目の奥が、一気に熱くなった。ここで泣いてしまうと、警察に不自然に思われてしまうかもしれない。まだ捕まるつもりはなかった。取り調べでは精一杯抵抗するつもりだった。竜司は紛れもない病死であり、解剖されても殺人の証拠は出ないはずだ。でも、浩樹が竹下家に行ったことまで、すでに知られているということは――。

「すまない……」

敗北の予感におののきながら、なんとか涙をこらえ、果凜に向けて一言だけ絞り出した。これが最後になるかもしれないのに、大した言葉を残せなかった。

「行くぞ」

脇の刑事に告げられ、浩樹はパトカーに乗せられた。すぐにパトカーは発車した。

窓越しに、買い物袋を片手に立ち尽くす果凜の泣き顔が見えた。通行人が好奇の目で見ているのも分かった。最後に果凜の姿をしっかり目に焼き付けたかったけど、パトカーはすぐ角を曲がってしまい、慌てて振り向いた時にはもう見えなくなっていた。

「果凜……ごめん……」

浩樹は、刑事に聞かれないように小さく呟いた。目の前の景色がぐにゃりと歪んだ。

23

いったい何が起きたのか。どういうことだったのか。

渡辺晴也は、今でもよく分かっていない。

発端《ほったん》は、ある日のトレーニングの後。ジムのフィジカルトレーナーの細見から、名前と正反対のムキムキの太い腕で肩を叩かれ、突然言われたことだった。

「晴也。元プロ野球選手の、竹下竜司って分かる？」

「ああ、はい」晴也はうなずいた。「うちの母親が昔ファンでした。あと細見さんも昔、現役時代の竹下さんを担当してたんですよね？」

「あ、それも話してたっけか」細見トレーナーはうなずいた後、事情を説明した。「実は、その竹下さんから、すごい久しぶりにLINEがあってさ。なんか晴也と連絡をとりたいって言ってるんだけど、どうする？」

「マジっすか？　竹下さんのモノマネのマネ下さんじゃなくて、竹下さん本人ですか？」

「うん、本物の方。ていうか、モノマネの方は、俺は全然知らないから」

「ああ、そっか」

晴也は逆に、マネ下の方とは、モノマネ番組で「ご本人登場」をしたので面識があったのだが、本物の竹下竜司が晴也と話したがっているとは、驚きであり光栄だった。

「ええ、教えてもらって大丈夫です。なんか嬉しいです」

晴也は快諾《かいだく》した。断る理由はなかった。

「そっか、じゃ、じきに連絡があると思う。LINE教えちゃっていいかな」

「ああ、はい」

「電話番号だと、もし何かあった時に厄介だからな」

細見トレーナーはそう言った後、少し声を落とした。

「竹下さん、今何してるか分からないからさ。もし変な儲け話とかに誘われたら、断ってね。引退してから怪しいビジネス始めちゃうスポーツ選手って、たまにいるから」

「あ、はい……。もし変な用件だったら報告します」

その日の帰宅後、晴也がLINEを開いて「りゅうじ」を友だちに追加すると、すぐにLINE通話で電話がかかってきた。出てみると「もしもし、竹下竜司です」と、低い男の声が聞こえた。

「ああどうも、はじめまして。渡辺晴也です」

「どうもどうも、はじめまして」

子供の頃テレビで見ていた名投手は、挨拶もそこそこに本題に入った。

「渡辺君、いきなりで悪いんだけど、次の金曜の二十四日の夜、空いてないかな?」

「二十四日……はい、大丈夫ですけど」

晴也は、カレンダーを確認して答えた。まだ防衛戦の日程も決まっていないし、ジャイアントキリングで世界チャンピオンになった直後は取材やメディア出演で忙しかったが、今はそれも落ち着いたから、日々のトレーニング以外は割と時間がある。

「その日、俺んちに来れないかな?」竹下竜司は事情を説明した。「実はその日が、俺のモノマネをしてるマネ下竜司って奴の誕生日で、サプライズで来てほしいんだよ」

「あ、マネ下さんの誕生日なんですか? 行きます行きます」

晴也は即答した。マネ下竜司は面識があるし、いい人だったし、断る理由はない。細見トレーナーに忠告された「変な儲け話」などではないと分かったので、とりあえずほっとした。それにしても、モノマネ芸人の誕生日を、モノマネされるご本人が祝ってあげるなんて、ずいぶん仲がいいのだと感心した。

「あいつ、ずっと俺のモノマネやってたけど、最近渡辺君のモノマネもやってるからな。新旧のモノマネご本人二人で、うちで誕生日を祝ってやろうと思って」

「ああ、それはいいですね」

さらに竹下竜司は、恥ずかしそうにこんなことも言った。

「俺、ずっとマネ下と仲よかったんだけど、実はちょっとこの前、マネ下と喧嘩……っていうか、ちょっと色々あってな。なんていうか、渡辺君がいてくれると、仲直りもしやすそうなんだよ」

「ああ、そうなんですか……」

たぶん、モノマネ芸人とご本人に交流があるだけでも珍しいと思うが、喧嘩までするとは、よほど深い仲なのだろう。細かい事情は知らないが、とにかく晴也が行くことが二人にとっていいことなのであれば、ぜひ行きたいと思った。

「俺、あいつに今まで、色々上から言っちまう癖があったからな。まあ、あいつも酔っ払ってたみたいで、後で謝ってはきたけど。……とにかく、手ぶらでいいから、誕生日会に来てくれると嬉しいんだ。ごめんな、会ったこともないのに、急にこんなこと頼んで」

「いえいえ、とんでもないです」

「それじゃ、うちの住所、後でＬＩＮＥで送るね。よろしくお願いします」

「はい、こちらこそよろしくお願いします、失礼します〜」

竹下竜司は、選手時代は気性が荒いことで有名だったと記憶しているが、そのイメージとはだいぶ違ったし、「マネ下と喧嘩した」と話していた時も、なんだか気落ちしたような口調だった。

電話を切ってから、ふと晴也は想像した。もしかすると竹下竜司は、その気性が災いして、周りから人が去ってしまったのではないかと——。

というのも、晴也の中学時代の、一学年上の先輩の不良グループのリーダーだった木島《きじま》という男が、まさにそうだったのだ。

元々傍若無人に振る舞っていた木島が、一匹狼の晴也に喧嘩を売ってきて、タイマンを張って晴也がボコボコにして返り討ちにしたところ、木島の子分たちが次々と彼の元を去ってしまった。以前と比べてすっかり取り巻きの減った木島が、手のひらを返したように子分たちにベタベタと優しくなり、哀れに引き留める姿は、学校の廊下などで遠目に見たことがあった。その後、木島は高校には進学せず、暴走族に入った末に振り込め詐欺グループの下っ端となって逮捕されたと聞いた。

もちろん、元プロ野球の大スターと、ただの地元の不良を同列に考えるべきではない。まして電話で話しただけの相手がそんな状況なのではないか、なんてことは晴也の想像でしかない。でも、かつては大スターだったのに、今や細見トレーナーにも「今何してるか分からない」と言われ、自分のモノマネ芸人と喧嘩したことを気に病んでいる様子の竹下竜司は、晴也の頭の中で木島のイメージと重なってしまった。竹下竜司には哀れに落ちぶれてほしくないと思ったし、晴也が協力することでマネ下との関係が改善するなら、ぜひ協力したいと思った。

すぐに竹下竜司から、港区麻布の住所と『きんようびの夜よろしくね！』という平仮名多めのＬＩＮＥが送られてきた。晴也は『はい、よろしくお願いします！』と返信した。

そして迎えた、約束のマネ下の誕生日。ジムでのトレーニングを終えてスマホを見ると、竹下竜司からＬＩＮＥ通話の不在着信の後、メッセージが来ていた。

『今日８じごろにまってます。ほんとにありがとう。よろしくおねがいします。ところで、うちにきたら、ピンポンおさないで、おれにラインしてくれるかな。ピンポンおすと、インターほんの画面がたぶんまねしたにもみえて、サプライずがばれちゃうから』

平仮名が多い上に誤変換もあり、解読に少々手間取ったが、意味は分かった。竹下家に着いてチャイムを押してしまうと、インターフォンのカメラに映った晴也の顔が、室内のマネ下からも見えてサプライズが失敗してしまうから、竹下家に着き次第、チャイムを押さずに竜司にＬＩＮＥしてほしい。――ということだろう。

『了解しました。8時に着いたらＬＩＮＥします！』

晴也が返信すると、すぐに『ありがとう。よろしくね！』と返ってきた。

まさか、それが竹下竜司との最後のやりとりになってしまうとは、その時の晴也は夢にも思っていなかった。

その後、乗り換え検索で調べた電車に乗り、広尾駅で降り、そこから住所を教えてもらった竹下家に、スマホの地図を頼りに向かった。世界チャンピオンになる直前までアルバイトをしていた晴也は、まだタクシーを使うのには抵抗がある。

竹下家の近辺が豪邸ばかりだということは、夜の街灯の明かりでも分かった。俺もこれから試合に勝ち続けて、こんな家を建てるんだ——なんて野望を抱きつつ、晴也が「Ｔａｋｅｓｈｉｔａ」と表札の出た、周囲の豪邸と比べても十分に立派な竹下家の前に着いたのが、約束の五分前の夜七時五十五分。少し早いが、晴也は『おうちの前に着きました！』と竹下竜司にＬＩＮＥを送った。

ところが、いつまで経っても既読が付かなかった。もちろん返事もない。

『着きました！』『着いてます！』『おうちの前にいます！』

何度送っても、やはり既読が付かない。ＬＩＮＥ通話で電話もかけてみたが、延々と呼び出し音が鳴った末に切れてしまった。

戸惑っているうちに、八時十分になってしまった。たとえば竹下竜司のスマホが故障したとか、LINEを見られない何らかの事情が生じたのだとしたら、向こうから出てきてくれるはずだ。しかし玄関には変化がない。

もしかして、こっちは正面玄関じゃなかったりするのか。こんな豪邸だから、実は反対側にもっと大きな門があって、そっちが正面で、そこですでに竹下竜司が待っている、なんて可能性もあるか――。晴也がそんなことをふと考えて、反対側に回り込んでみたところ、道路を歩く男の人影が見えた。

視線を落とし、足早に歩く男。――彼は、マネ下竜司だった。

夜道とはいえ、街灯に照らされて顔もちゃんと見えた。彼はマスクを着けてはいたが、一度モノマネ番組で会っているし、何より、目鼻立ちだけでも自分にかなり似ているという、この上ない特徴を持った相手を見間違えることはない。

マネ下竜司は、晴也に気付くことなく、視線を落としたまま広尾駅の方向へ早足で去ってしまった。声をかけようかとも思ったが、晴也は今日、マネ下の誕生日会のサプライズゲストとして来たのだから、存在を知られるわけにはいかないのだ。まあ、誕生日会の主役であるはずのマネ下がなぜ外へ出て行ったのかは謎《なぞ》だが、主役だけどちょうど手が空いていたから何かを買いに出かけたとか、そんな理由かもしれない。

ちなみに、竹下家の反対側は、明らかに裏口だった。塀に小さな扉が設けられているだけで、そっちにもっと大きな玄関がある、なんてことはなかった。やっぱり正面玄関は、最初に行った側だった。晴也は改めてそっち側に戻り、竜司に再度LINE電話をかけてみたけど、相変わらずつながらない。

『すみません、もう竹下さんのお宅の前に着いてます』『チャイムを押したらまずいですか?』『これを読んだら連絡ください』

引き続き何通もLINEを送ってみたが、何の応答もない。そのうちに、気付けば八時半を過ぎてしまっていた。

ただ、そこで晴也は、はっと気付いた。

そうだ。マネ下が外出しているのだから、今はチャイムを押してもいいのだ。

チャイムを押すと、インターフォンのカメラの映像が見えてしまって、マネ下に気付かれてしまうから、LINEしてくれ——と竹下竜司に指示されていたが、さっきマネ下が外出したのだから、その心配はないのだ。むしろチャイムを押すなら今のうちだ。ああ、もっと早く気付けばよかった！　そういえば晴也は最近、納豆のパックのネバネバはスポンジでこすらなくても水に浸《つ》けるだけできれいに取れることを知ったのだが、あれを知った時ぐらい、もっと早く気付けばよかった！　と痛切に思った。

晴也がチャイムを押そうとした時、サイレンを鳴らした救急車が、角を曲がってこちらに走ってきた。邪魔になってはいけないし、もしはねられたら追加の救急車が必要になってしまうので、晴也は道の端に寄り、竹下家の門に体を寄せた。

ところが、なんとその救急車は、通過せずに竹下家の前で停まった。

その運転席の窓から、救急隊員が晴也に声をかけてきた。

「あ、こちらのご家族の方ですか？」

「いえ……違います」晴也は首を振った。

「そうですか……」

隊員は怪訝な顔で晴也を見た後、すぐに他の二人の隊員たちとともに救急車を降りた。

「ちょっと、今から搬送するんで、下がっててください」

「あ、はい……」

救急隊員たちが晴也を追いやり、すぐ竹下家の門から中へ入っていった。

晴也は驚きつつも、離れたところで見ていると、竹下家から太った男性が運び出されてきた。まさか竹下竜司だろうか。そういえば竹下竜司は、引退間際は結構太っていた記憶があるし、LINE通話で話した時も、たぶん太ってるだろうなと思えるような、こもった声だった。しかし、今日まで直接会ったことは一度もないし、救急隊員たちに囲まれて慌ただしく救急車に乗せられてしまったので、ちゃんと確認できなかった。

その太った男性は、救急車の中で心臓マッサージなどをされているようだった。こんな時に申し訳ないかとも思ったけど、救急車から隊員が一人出てきたので、晴也はそっと近付いておずおずと声をかけた。

「あなた、ご家族じゃないんですよね？　離れてください！」

「あの、すいません……」

　怒られてしまった。晴也は「すいません」と謝った後、低姿勢に尋ねた。

「あ、あの……今運ばれたの、竹下竜司さんですかね？　僕は今日、竹下さんに呼ばれて来たんですけど」

「呼ばれて来た？」

「あの、竹下さんのモノマネ芸人の、マネ下竜司さんのお誕生日会を、今日こちらでやってたと思うんですけど、僕はそのサプライズゲストで来まして……」

「ええっ？」

　その救急隊員は、何かを考えている表情になった。

「どうしよう、確かめるか。いやでもそんな余裕ねえな……」

　彼はつぶやいた後、すぐに決断したようで、メモを用意して晴也に早口で言った。

「すいません。あなたの連絡先だけ教えてください」

「ああ……電話番号でよければ」晴也は答えた。

「お願いします」

「はい。080……」

　その隊員は、晴也が言った番号を素速くメモした後、とにかく急いでいる様子で、晴也に早口で告げた。

「後で警察から連絡があるかもしれません。その時は協力してください」

「ああ、はい……」

そんなやりとりをしているうちにも、晴也の背後の救急車の方で、慌ただしく人が動いているのは気配で分かった。振り向くと、救急車に乗り込む女性の後ろ姿が一瞬見えた。竹下竜司の妻か、あるいは娘かもしれない。そういえば家族構成も知らなかった。

晴也の相手をしてくれた隊員も素速く救急車に乗り込み、そのまま救急車はサイレンを鳴らして走り去って行った。路上にぽつんと残された晴也がふと周りを見ると、周囲の邸宅の窓や玄関から、何人かがこちらを見ていた。なんだか妙な注目を浴びてしまっていると気付き、晴也は気まずくなって竹下家の前から離れた。

運び出されたのが竹下竜司なのか、あるいは別の人なのか、結局ちゃんと聞けなかった。ただ、どうか助かってほしいと思った。また、竹下家から救急車で人が運ばれたのは確かなので、もう誕生日会が続いているはずがない。晴也は帰るしかなかった。

気になったのは、救急車が来る少し前に、誕生日会の主役だったはずのマネ下竜司が、竹下家から歩き去っていたことだ。まさか、マネ下が何かをしたのだろうか――。

そんなことを思いながら、最近ファイトマネーが入って引っ越したばかりの、一人暮らしのマンションに帰った。すると、すぐ晴也のスマホが鳴った。知らない番号だった。

「はいもしもし」

「もしもし、六本木警察署の者ですが」

相手の男性は警察官だった。救急隊員に「後で警察から連絡があるかもしれません」と言われていた通りだった。

「ちょっと、お聞きしたいことがありまして。あなたが今日、竹下竜司さんの家に招かれていたという話を聞いたのですが。具体的に教えてもらっていいですか？」

「ああ、はい……」

晴也は電話で警察官に聞かれるまま、今日のことを詳細に話した。名前と職業も聞かれたので「プロボクサーの渡辺晴也です」と正直に答えると、「あ、あの渡辺選手ですか！」と驚かれたが、それよりも警察官は晴也の証言の方に興味があるようだった。

晴也がひと通り話し終えたところで、「おうちに伺ってお話を聞いてもよろしいでしょうか？」と警官に言われ、断るのもはばかられたので応じた。しばらくして家に来た若い男性警官を招き入れた後、晴也はずっと気になっていたことを尋ねた。

「あの、竹下竜司さんは、大丈夫だったんですか？」

すると若い警官は、顔を曇《くも》らせて答えた。

「残念ながら、病院で死亡が確認されました」

「ああ、そうですか……」

ショックだったが、警官はそんなことよりとにかく晴也の話を聞きたい様子だった。

晴也は改めて説明した。竹下竜司と知り合ったのは所属ジムの細見トレーナーの仲介《ちゅうかい》だったこと。竹下から、マネ下竜司のバースデーサプライズのために、今夜家に来るよう頼まれていたこと――。隠すことでもないので、竹下とのＬＩＮＥのやりとりもスマホで見せた。警官はメモをとりながら晴也の話を聞き終えると、「ご協力ありがとうございました。またお伺いするかもしれません」と言い残して去って行った。

竹下竜司が亡くなったのは残念だったが、なぜ警察が晴也に話を聞きに来たんだろう。いったい何があったんだろう――。分からないまま、晴也は翌日のトレーニングのために遅い夕食をとって寝たが、それから事態は次々に動いた。

まず翌日、竹下竜司の訃報が流れた。さらにその日の夜、竹下竜司の妻の真穂容疑者と、マネ下竜司こと関野浩樹容疑者が逮捕されたというニュースが流れた。なんと二人は竹下竜司を死なせるために共謀《きようぼう》していたとのことだった。

晴也ももちろん驚いたが、日本中がその事件に驚いたようで、ニュースやワイドショーは連日その事件をトップで扱った。もっとも、晴也があの日竹下家に呼ばれていたということは、警察が秘密にしてくれたようで、報道されなかった。

それだけでも十分衝撃的だったのに、後日さらに驚くべきニュースが報じられた。

数ヶ月前、茨城県内の林の中で、炭岡結莉香という若い女性の遺体が発見された事件。

あの犯人が竹下竜司で、マネ下竜司が死体遺棄を手伝っていたというのだ。

もう本当にわけが分からない。最近知り合った人が凶悪犯だったことが次々に判明するという、まるで寝苦しい夜に見る悪い夢のような展開が、現実に起こっているのだ。続報が気になって、晴也はこのところ、人生で一番ニュースを見てしまっている。

## 24

その夜、勤務先の南麻布交番に程近い麻布総合病院から、異状死の発生の届出を受け、最初に駆けつけたのは吉松航也だった。

まず、その異状死体が、あの竹下竜司だったことが第一の驚きだった。DNAの採取のために、吉松が捜査一課の鴨田とともに竹下家を訪れたのは、ほんの数ヶ月前のことだ。あの時は元気そうだったし、捜査に協力的で好印象も抱いていたのに、まさか急に死んでしまうとは思わなかった。

警察としてはここから、死亡確認した医師や、搬送した救急隊員、それに遺族から話を聞かなければならないのだが、吉松は救急隊員から、気になる話を聞いた。

「亡くなった方、元エレファンツの竹下竜司さんですよね？　僕らが現着した時、家の前に、今日この家で開かれてた誕生日会のサプライズゲストで呼ばれた、とか言ってる若い男性がいたんです。その人もどこかで見たような顔だったんで、ひょっとしたら有名人かもしれないんですけど――。ただ、竹下さんの奥さんは、今日はいつも通り二人で夕飯を食べたって言ってたんです。言い分が食い違ってて妙だとは思ったんですけど、いかんせん心肺停止だったんで、二人を会わせて真相を確かめる余裕なんてないと思いまして。それで一応、自称サプライズゲストさんに電話番号だけ聞いといたんですけど……」

それをきっかけに、捜査は一気に動いた。

吉松がその番号に電話をかけると、なんとその男性というのは、ボクシングの世界チャンピオンの渡辺晴也だった。彼はやはり「今日は、竹下家で開かれるマネ下竜司の誕生日会のサプライズゲストとして呼ばれていた」と証言し、さらに「竹下家の方向から歩き去るマネ下竜司の姿も見た」とまで言った。

マネ下竜司というのは、竹下竜司のモノマネをする芸人だ。吉松も、そういえばそんな芸人がいたと思い出した。

しかし、竹下竜司の妻で、タレントのＭＡＨＯとしても活動している竹下真穂は、救急隊員に対しても、警察の聴取に対しても、「今日は夫婦二人でいつも通りの夕食をとった」と一貫して話しているということだった。

これはおかしい。どちらかが嘘をついていることになる。

ただ、客観的に考えて、無関係のはずの渡辺晴也が嘘をつく理由がない。

吉松はすぐに渡辺晴也の家まで話を聞きに行き、竹下竜司とのＬＩＮＥのやりとりもスマホで見せてもらった。まさか渡辺が、ＬＩＮＥ画面を偽造してまでこんな嘘をつくとは思えない。となると竹下真穂が嘘をついていることになる。となると竹下竜司の死には、妻の真穂が嘘をつかなければいけない真相が隠されていることになる。

吉松の報告によって、竹下真穂に加え、マネ下竜司こと関野浩樹も警察署に呼ばれた。当初は二人ともしらを切っていたが、関野浩樹が竹下邸に出入りする様子が映った近隣の防犯カメラの映像を、警察が確認するまでに時間はかからなかった。

その映像をもとに関野浩樹を問い詰めると、彼はほどなく自供した。関野浩樹は竹下真穂に命令され、夫の竜司を死なせる計画に協力させられていたのだ。真穂をレイプするように見せかけることにより、心臓の持病がある竜司の血圧を急上昇させる。そこで確実に死ぬように、竜司が飲んでいた血圧の薬を、元看護師の真穂が何日も前から偽薬に変えておく。――そんな手口も十分驚きだったが、事件はそれだけでは終わらなかった。

なんと関野浩樹は、未解決だった炭岡結莉香さんの死体遺棄事件の犯人でもあったのだ。殺害は竹下竜司が単独で行い、関野浩樹は死体遺棄を手伝ったとのことだった。その事実を知った竹下真穂に脅され、夫殺しに加担させられたのだという。

元はといえば吉松がとった証言から、未解決の殺人事件まで一気に解決したのだ。これは手柄を立てたぞ。ひょっとすると出世もあるかもしれないぞ。――なんて思えたのは、ほんの束の間のことだった。

そこから吉松は、思わぬ窮地に立たされた。

吉松は、その前にＤＮＡ採取のために竹下家を訪れた際、関野浩樹によって一杯食わされていたのだ。吉松と、同行した捜査一課の鴨田が、竹下竜司だと思ってＤＮＡ採取をしたのは、なんとマネ下竜司こと関野浩樹だったのだ。

それを知らされた吉松は青ざめた。そして上司から「これはとんでもないヘマだぞ」と大目玉を食らった。大手柄かと思いきや大目玉で差し引きゼロ、いやそれどころか、あの時ＤＮＡを採った相手がマネ下だと気付いていれば、殺人犯の竹下竜司を、ちゃんと生きたまま逮捕できたのだ。殺人犯を逮捕する前に死なせてしまったというのは、警察としては紛れもない失態だ。

後日、捜査一課の鴨田にも、吉松にも、異動の辞令が出てしまった——。

25

女子刑務所の雑居房にて、竹下真穂は深くため息をついた。

仮釈放があったとしても、間違いなくあと十年以上ある刑期を思うと、毎日ため息ばかり出てしまう。

あの方法なら大丈夫だと思っていた自分が浅はかだった。竜司の持病を誘発するだけだから、まず警察にバレるはずがないし、万が一バレても殺人罪にはあたらないと思っていた。ところが、いざ計画を実行してみると、一日も経たずにバレてしまった。しかも共犯者の関野浩樹が何もかも正直に白状してしまい、真穂が浩樹に指示したLINEも残っていたため、殺意は認定され、しっかり殺人犯になってしまった。こんなことなら、竜司の殺人を知った時点で警察に突き出していた方がよっぽどましだった。

竜司の巨額の財産を誰にも取られず相続するには、ああやって竜司に死んでもらうのがベストだと、思いついてしまったのが運の尽きだった。「死因が本当に病死なら警察にも絶対バレないじゃん！」なんて、ナイスアイディアだと思っていたあの時の自分のもとへ、タイムマシンで戻って頰をひっぱたいてやりたい。

真穂は長年、腹黒い素顔を隠し、美貌と肉体を武器に男を惹きつけ、息をするようにぶりっ子することで、力を持った男に気に入られて成功をつかみ取ってきた。本当に無知な部分も多少あったにせよ、ほんわか天然ボケキャラを、ずっと計算して演じてきたつもりだった。しかし、欲に駆られ、いらぬ犯罪に走って、今こうして刑務所に入れられている真穂は、一般人から見て滑稽《こっけい》なほどの選択ミスをする人間——すなわち本物の天然ボケだったのかもしれないと、今つくづく自覚している。

財産を守って竜司とおさらばしようとした結果、逆に財産どころか自由も奪われて、こんな貧乏くさい犯罪者の溜まり場で、あと十年以上も過ごさなきゃいけないなんて……。

真穂は雑居房の中を見回して、またため息をついてしまう。

すると、意地の悪い同房の受刑者、天野《あまの》につっかかられた。

「あんたさあ。私はここにいる人間じゃないんだ、みたいな態度で、お高くとまってんじゃねえよ」

年下なのに真穂より老けた顔の天野は、ただでさえ醜い顔をさらに醜く歪めて言った。

「はあ～って、あんたのため息を聞くたびに嫌な気持ちになんの、こっちは」

「おまけに作業もとろいしねえ」

岸《きし》も同調した。二人とも真穂より年下だが、覚醒剤で服役を繰り返す先輩受刑者だ。

「すみません……」

真穂は一応謝ったが、心の中では二人とも軽蔑《けいべつ》していた。だいたい、刑務所で先輩風を吹かせている意味が分からない。先に刑務所に入ったことは全然威張《いば》れる理由にならないはずだ……なんて理屈はこの屑どもには通じないか、と真穂は心の中で二人をあざ笑う。

自分も同類、いやそれどころか二人よりずっと重罪だということは考えないでおく。

「あと、風呂の時やけに見せつけてない？」

川瀬《かわせ》という五十過ぎの受刑者がにやついて言った。彼女はたしか連続放火犯だ。

「あ、それ私も思った～。絶対見せつけてるよね？　私スタイルいいでしょ～、胸でかいでしょ～って」天野が笑う。

「そんなつもりはないですけど……」

真穂は小声で言ったが、彼女たちは聞く耳を持たない。

「胸でかいってだけで、チヤホヤされてテレビ出てたんだもんねえ」岸が言った。

「せっかく野球選手捕まえたのに、殺しちゃうなんてもったいない」と川瀬。

「まあ、旦那も旦那で、売りやってた女を殺したんだから自業自得か」と岸。

「結局、旦那が山ほど稼いだ金、旦那が殺した女の子の遺族にごっそり持って行かれるんだってね」天野が嫌味な笑みを浮かべ、また顔を近付けてきた。

「あ、雑誌に載ってたよね。『女性エイト』だったっけ」岸が言った。

懲役作業《ちょうえき》の工場の休憩室では、新聞や雑誌が読める。真穂もその記事は読んだ。あることないこと書かれていたが、遺族への賠償《ばいしょう》で財産をごっそり取られたのは事実だ。

「まあ、よかったじゃん。殺された子の貧乏な家に、あんたみたいな大金持ちがお金恵んであげるんだもんね。私も何回も捕まっちゃって貧乏だからさあ、ここで殺してくんない？　それでうちの実家にもお金恵んでくれれば……」

天野の言葉を、バチンッ、という音が止めた。

次いで、手の甲が痛んだ。真穂が自分の手を見ると、赤くなっていた。

一方、天野は鼻を押さえて「ああああっ」と叫び、畳にひっくり返っていた。

真穂が、裏拳で天野の顔面を殴ったのだと、数秒経ってようやく自覚できた。

「ああ、殴っちゃった」

真穂は人ごとのように言って、ふっと笑みを浮かべた。

「てめえ……何すんだこの野郎！」

天野が顔を押さえて立ち上がろうとした。その鼻血の出た、卑《いや》しい汚い憎たらしい顔を見て、真穂の心のたがが外れた。

「うるせえこらあっ！　望み通りぶっ殺してやるよこの野郎！」

真穂は、天野よりさらに素速く立ち上がって、天野の顔面を足の裏で蹴った。天野は「げうっ」と呻いて、鼻血を噴き出しながら後ろに吹っ飛んだ。

「こらあっ」

「何すんだっ」

川瀬と岸が飛びかかってきた。真穂は川瀬の右腕に嚙みつき、岸の脛《すね》を蹴る。だが川瀬は左手で真穂の顔を引っ掻き、岸も「痛《いて》えっ」と倒れ込みながら足蹴りを返してくる。

「痛ええっ、あああああっ！」

「やめろこらああっ」

「んぐあああああっ」

言葉にならない咆哮《ほうこう》を上げ、四人で殴り合い蹴り合い引っ掻き合い嚙みつき合う。そんな乱闘を、雑居房の残り三人の受刑者たちは、テレビの近くで遠巻きに眺めている。

「あ～あ、元アイドルちゃん、いじめすぎたらキレちゃった」

「やめときな～、全員懲罰《ちょうばつ》になっちゃうよ」

「懲罰房でも何でもこいよ！　もう怖いもんなしだよ！」

真穂が腕と足を振り回して叫んだところに、女性看守が続々と駆けつける。

「こら、何やってるんだ！」

「おとなしくしろ！」

乱闘していた四人は、看守たちにあっという間に取り押さえられる。

「あ～あ、来ちゃった」

「うちら関係ありませ～ん。テレビ見てま～す」

そのテレビでは、ボクシングの世界戦が生中継されている。茶髪の日本人の若者が、リングの上でガッツポーズをして喜んでいる。

「あ、渡辺の試合、今日だったんだ」

「ああ、勝ってんじゃん」

真穂たちがぎゃあぎゃあと言葉にならない叫び声を上げながら看守に連れて行かれる中、テレビの中では勝利者インタビューが始まろうとしている。

「それでは、本日のWBA世界ライト級タイトルマッチ、見事七ラウンドでKO勝利し、WBA、WBCの二団体統一王者となった、渡辺晴也選手です！」

満員の観客の歓声に包まれ、晴也はアナウンサーが差し出したマイクの前に立つ。

「渡辺選手、鮮やかな勝利でした！」

「ありがとうございます！」

万雷の拍手の中、晴也はリップサービスをする。

「これで、この前母に買った家の、ローンが全部払えます」

会場からどっと笑いが起こり、すぐに大きな拍手が送られる。

リングの上から招待席を見ると、母がいるのが分かった。いつものように「晴也」とプリントされたうちわを持って涙を拭《ぬぐ》っている。美容院でセットしたてのよそ行きのパーマも、赤い派手なスーツもいつも通り。客席で晴也の戦いを見ている間に何度も涙を拭って、アイシャドーがパンダ状態になっているのもいつも通りだ。

晴也の脳裏に、幼い頃の自宅の風景がよぎる——。

平屋建ての、畳がボロボロで障子《しょうじ》が穴だらけで、ネズミとゴキブリがよく出る借家。そこに両親と晴也の三人で暮らしていた。だが父親の記憶はおぼろげだ。顔もろくに思い出せないが、大声を上げる怖い男が同じ部屋にいるイメージだけは残っている。父は定職に就かず、酒を飲んでは母を殴る男で、母は五歳の晴也を連れて逃げ、それからさらなる貧乏生活が始まった。殴られることから逃げて育てられた晴也が今、人を殴って大金を稼いでいるというのは、なんとも皮肉な話だ。

でも、それによって晴也は母を幸せにできている。母を不幸にした父親とは正反対だ。

そして——あの頃のことを思い出すと、晴也はすぐ涙ぐんでしまう。

晴也は以前、モノマネ番組で共演したマネ下竜司と、楽屋のテレビでニュースを見たことがあった。それがたまたま、売春をしていた女性の遺体が茨城県で見つかったという、実はマネ下が関わっていた事件のニュースだった。今にして思えば、マネ下はあの時さぞ肝が冷えていただろうし、彼は「犯人に早く捕まってほしい」などと、自分が犯人なのに平然と嘘をついていた。

しかし、実はあの時、晴也も嘘をついていたのだ。

晴也は、あの事件の被害女性が売春していたことが分かってから、「殺されたのは自業自得だ」などという誹謗中傷《ひぼうちゅうしょう》がネット上に飛び交っていたことが我慢ならなかった。その理由について、晴也はあの時マネ下に対して「子供の頃の友達の母親が体を売っていたから」と話した。

でも本当は、体を売っていたのは、友達の母親ではない。

晴也自身の母親だった。

母は隠していた。でも晴也は気付いていた。

「お前の母ちゃん、男とラブホテルから出てきたぞ」とか「おっさんに金もらってホテル行ってるんだろ」などと、ニヤニヤしながら晴也に言ってきたのは、中学一年生の時の同級生たちだった。晴也の母がホテルから出てきて相手の男から金を受け取ったところを、塾帰りに見たのだという。何度もしつこく言ってきて、よほど晴也を怒らせたかったよう なので、リーダー格の奴を思いっ切り殴ったら、後日そいつの兄だという不良の先輩に呼び出され、「殴られたくなかったら土下座しろ」と理不尽なことを言われた。ずいぶん自信があるようだったのでその先輩も殴ったら、拍子抜けするほどあっさり倒せてしまい、それからは毎日のように、自称喧嘩自慢の先輩が喧嘩を売ってくるようになった。晴也は渋々それを片付けていただけだったのに、いつしか学校一の不良という扱いをされるようになってしまった。

そのせいで母が何度学校に呼び出されたか分からない。見かねた三年生の時の担任教師が「そんなに人を殴りたいなら世界チャンピオンでも目指せ」と晴也にボクシングジムを紹介し、月謝の肩代わりまでしてくれた。そこで晴也は初めて、自分より殴り合いが強い他人を知り、ボクシングの魅力に取《と》り憑《っ》かれ、もうリングの外では人を殴らなくなった。

運命とは皮肉なものだ。母が売春せざるをえなくなったから、晴也は人を殴るようになり、それがきっかけでボクシングの道が開けたのだ。もっとも、母はたぶん、そんなことは知らない。この先も、晴也がそれを伝えることはない。

これからは、母には何も苦労せず生きてほしい。あの頃とてつもない苦労をしたのだから。中学時代は晴也のせいで泣かせたこともあったけど、これからはずっと笑顔の人生を送ってほしい――。

「渡辺選手、涙を浮かべておられますが」

アナウンサーが言った。数秒のうちにどっと押し寄せた記憶で、気付けば目に涙が溜まっていた。晴也はそれをごまかすように、また笑顔を作ってマイクに向かって言った。

「これからも、苦労をかけた母のために、そして、こうやって来てくれるファンの皆様のために、一回でも多く勝てるように頑張ります!」

「お、そっくりさんが出てるぞ」

同房のベテラン受刑者の米田《よねだ》が、テレビを指差しながら関野浩樹に声をかけた。

「ああ、本当だ」

テレビから離れて本を読んでいた浩樹は、テレビを見てうなずいた。どうやら渡辺晴也が世界戦に勝ったらしく、勝利者インタビューを受けている。

「マジで関野さん、渡辺と似てますよね~」

連続車上荒らしの石倉《いしくら》が、浩樹とテレビの中の渡辺晴也を見比べる。

「一応、テレビで彼のモノマネをやったこともあるんですよ」浩樹が言った。

「その時って、もう死体埋めてたの？」米田が尋ねてくる。

「ああ、埋めてました」浩樹が苦笑して答える。

「死体埋めてたのにテレビ出てたんだ。いい根性してたな」

「そうっすね、今考えたら」

「しかし、渡辺は俺らと違って親孝行だな～」

パワハラ上司を刺し殺した里村《さとむら》が能天気な口調で言った。いつしかみんなでテレビを見ていた。画面の中では、渡辺が目に涙を浮かべながら、勝利の喜びを語っている。

渡辺晴也の証言がきっかけで完全犯罪の計画が破綻したということは、浩樹も裁判を通じて知ることになった。とはいえ、渡辺を恨む気はない。彼は警察の聴取に対して正直に答えただけだろう。

竜司が、誕生日のサプライズゲストとして渡辺晴也を呼んでいたとは想定外だった。そういえば竜司は「プレゼントを用意している」的なことを言っていた記憶がある。まさかそれが、後で見つけても処分できる物ではなく、人だったとは予想できなかった。

あの傍若無人な竜司が、渡辺晴也をわざわざ呼ぶために、つてを頼って人に頼み込んだりしたのだろう。そこまでしてサプライズゲストを呼んだということは、浩樹が思っていた以上に、竜司は浩樹のことを気にかけてくれていたのだ。

結果的に、それを見抜けなかったから、浩樹は捕まってしまった――。

炭岡結莉香を殺した竜司が、妻の真穂と浩樹に殺されたのが因果応報なら、そんな真穂と浩樹が、ろくでなしの竜司のささやかな善意を読み切れなかったことで捕まってしまったのも、因果応報と言えるだろう。

とはいえ、浩樹の刑期は懲役六年で済んだ。死体遺棄と殺人という罪状はいかにも重くなりそうだったが、どちらも従属的な立場で、脅されて協力するしかなかったことが裁判でも認められ、この罪状にしてはかなり軽い刑となった。

しかし、刑期が短いことを喜べはしない。刑務所から出たところで芸人を続けられるわけがないのだ。あの一連の事件は連日トップニュースになり、マネ下竜司の知名度は事件前よりはるかに上がってしまった。裁判の傍聴も希望者が殺到して抽選になったし、浩樹は殺人にまで手を染めた愚かなモノマネ芸人として、日本中から嘲笑されたのだ。

でも浩樹は、そんな世間に対して思う。

じゃ、あの状況で罪を犯さずにいられた人間が、どれだけいるというのだ。

たぶん世の中のほぼ全員が、同じ状況に追い込まれたら、浩樹と同様に罪を犯していたはずだ。どちらも、やらなければ自分が破滅する状況だったのだから。

当事者になったからこそ、浩樹は身に染みて感じる。世の犯罪者の中には、本当にやむにやまれぬ事情で罪を犯してしまった人がたくさんいるのだ。過酷な介護に追い詰められた末に介護殺人に至ってしまった人とか、車道で寝ていた酔っ払いをひいてしまったけど気付けなかったドライバーとか、会社をクビになったら家族を養えないから上司の指示で不正に手を染めてしまった人とか、「誰でもこの状況になったら犯罪しちゃうでしょ」というケースは、きっと世の中にたくさんあるのだ。

せめてそういう事件を報じる時は、ニュースやワイドショーで偉そうに座っているコメンテーターたちも「私もこの犯人の立場だったら同じことをしてしまうと思います」ぐらいのことは言ってほしい。自分だって同じ状況になったら罪を犯すくせに、安全な立場から見下しているなんて卑怯《ひきょう》だ。それは、自分は当事者じゃないからと、差別やいじめを傍観《ぼうかん》し嘲笑しているのと何が違うんだ──なんて思ってみたところで、このメッセージを外に発信する手段も、今の浩樹にはない。

これからの人生がどうなるのか、浩樹にはまったく分からない。

ただ、刑務所に意外になじめてしまっているのも事実だ。

結局、浩樹は長いものに巻かれ続けてきた人生だったのだ。座長として劇団を率《ひき》いた末に、活動資金を持ち逃げした路鳩伝郎。そして、酒と女で身を滅ぼした末に大罪を犯し、その隠蔽《いんぺい》を押しつけてきた竹下竜司。そんな暴君たちに長らく従ってきた浩樹にとっては、刑務所の看守の方がよっぽど分別があって従いやすい。

同房の受刑者たちとも打ち解けてしまったし、きっと浩樹はこの刑期を、それなりに生き生きと過ごせてしまうのだろう。刑期満了後はどうなるのか、別の仕事を探すしかないけど何ができるのか……なんて考えても不安になるばかりだから、いっそ無期懲役にでもなって、一生刑務所にいられた方がよっぽど楽だった気さえする。

ただ、そんな自分のことよりも気がかりなのは、恋人の果凜だ。

拘置所《こうちしょ》の面会に来てくれた時、果凜は泣いてばかりだった。「俺のことは忘れて幸せになってくれ」という言葉をかけたけど、果凜はもしかしたら浩樹を待ち続けるつもりなのかもしれない。仮釈放があれば、おそらく刑期はあと数年だ。その数年間、待っていてくれたらもちろん嬉しいけど、どうか俺のことは忘れてほしい。そりゃ待っていてくれたら嬉しいけど——。浩樹は刑務所の中で切に思う。


「へえ、ボクシングの渡辺、また勝ったんだ」

テレビのスポーツニュースを見て、宮尾啓太《みやおけいた》が言った。

「ああ、渡辺さん……」

飯山果凜は言葉に詰まった。その様子を見て、啓太はわざとらしく明るく言った。

「マネ下さん、渡辺のモノマネしてたから、もし捕まってなかったら喜んだだろうな」

「……うん、そうだよね〜」

果凜もあえて明るく応えてみた。啓太は苦笑しながらつぶやく。

「今どうしてるかな、マネ下さん」

「毎日反省してるんじゃない？」そう言ってから、果凜は少し考えて首を振る。「いや、あの人のことだから、そんなにしてないかもな。刑務所になじんで、それなりに楽しくやれちゃってるかも」

「そんな人だったっけ？」

「だって、竹下さんに急に呼び出されたり、色々無理なこと言われても従っちゃってた、根っからの子分体質だからね。劇団時代もそんな感じだったらしいし」

「まあ、モノマネ芸人って、大なり小なりみんなそんな感じかもな。俺も車貸しちゃったもんな。マネ下さんが捕まった後、うちに警察来ちゃって大変だったもん。さすがにあの車は買い替えるしかなかったし、とんだ災難だったよ」

宮尾啓太――芸名ぷく山雅治は、回想して苦笑した。

「あと、そういえば一回、楽屋でマネ下さんに、俺たちのことが危うくバレそうになったことあったよね」

「え、そんなことあった？」

「ほら、デート中に、ジョナサン後藤さんが消費者金融のＡＴＭから出てきたのを、二人で目撃しちゃったことあったじゃん」

「ああ、あったね。たしか最初のデートだよね」

「で、そのあと後藤さんが置き引きで捕まっちゃって、マネ下さんもいる楽屋でその話を

して た時、果凜が『この前、後藤さんが消費者金融のATMから出てきたのを見たよね』って俺に言ったんだよ。で、俺がうっかり『この前デートしてた時に見たよね』って言いそうになって、マネ下さんがいるのにデートって言っちゃダメじゃんって気付いて、慌てて『この前デ……出番が一緒だった時』とか言って、なんとかごまかしたんだよ」

「え〜、覚えてないわ」

「そっか。焦ってたのは俺だけか」啓太は笑った。「まあ、あんな冷や冷やするんだから、二股なんてするもんじゃないよな」

果凜は、浩樹と付き合っている間に、啓太から愛の告白をされていた。それに対して果凜は、「実は私、マネ下さんと付き合ってるんだけど、もうすぐ別れるかもしれないから、ちょっと会うぐらいだったらいいよ」と言って、第二彼氏の啓太も公認で二股をかけていたのだった。

その時すでに、果凜は浩樹の悪事に、薄々勘付いていた。浩樹の部屋に行った時、彼がスマホで「りゅうじ」とLINEのやりとりをしている画面が、後ろから見えてしまったことがあったのだが、『このLINEを警察に調べられたら僕らはアウトだと思うので、そうならないように最善を尽くしましょう』などという内容の、明らかに怪しい文面を送っていたのだ。

その前から果凜は、浩樹が竹下竜司のせいで何か悩みを抱えているのではないかという心配はしていたが、どうやら彼らは法を犯しているようだと分かってしまった。これはもしかしたら、浩樹は竹下竜司とともに近々スキャンダルを起こすかもしれない。浩樹とは結婚も考えていたけど、やめておいた方がいいかもしれない。——果凜はそう心変わりしたのだった。ちょうどそんなタイミングで啓太が告白してきたので、浩樹に何かあったら乗り換えようと思ってキープしていたのだ。なんだか悪い女のようだけど、浩樹がもっと悪かったのだから、正真正銘の犯罪者だったのだから仕方ない。

浩樹が捕まった後、拘置所での面会で、果凜は涙を流した。もちろん本当に悲しくもあったけど、正直、多少お芝居も入っていた。実は前から二股をかけていて、相手が後輩芸人のぷく山雅治だなんて、浩樹が知ったら弱り目に祟《たた》り目。さすがに気の毒すぎる。それを見抜かれないように、とりあえず面会中はずっと泣いておいて、今後の深い話がしづらいようにしようと思ったのだ。その作戦が功を奏したのかは分からないが、浩樹は「俺のことは忘れて幸せになってくれ」と言った。あっちからそう言ってくれたのだから、じゃお言葉に甘えて浩樹との関係は自然消滅で、啓太と付き合ってもOKだろう——。こうして果凜は、ちゃっかり啓太に乗り換えたのだった。

「マネ下さんも、竹下竜司に死体埋めるのを手伝わされて断れなかったっていうのは、かわいそうだったよな」

啓太が、ボクシング中継が終わったテレビを消してから、同情するように言った。

「モノマネのネタが竹下だけじゃ、そりゃ逆らえないもんな。竹下が捕まっちゃ自分も仕事がなくなるんだから……。まあ結果論で言えば、手伝わなければマネ下さんは捕まらずに済んだんだけど」

「でもさあ、あの人には悪いけど、正直私に言わせれば……」

果凜は、啓太の肩に頭を乗せながら、冗談めかして言った。

「モノマネのレパートリーも、恋人も、何人かいた方が安心だってことだよね～」

「おいおい、悪い女だな～」

そう言いながら啓太が、果凜の脇腹をくすぐる。「やだもう～」と果凜も笑いながらじゃれ合って、二人で体をまさぐり合い、そのまま愛撫に突入してしまう。

啓太が、果凜に口づけをしながら、にやけて言った。

「まさか、今も俺以外の男がいたりして」

「今はいません～」

果凜が笑った後、唇を強く吸い返す。しばらく舌を絡ませ合ってから、果凜が安アパートの年季の入った蛍光灯《けいこうとう》の紐を引っ張って、部屋の灯りを消す。

すると、暗くなった部屋に、窓の外から赤い光の点滅が見えた。

「え、パトカー?」果凜が動きを止めた。「何か事件かな?」

「サイレン鳴らしてないから、ただのパトロールだろ」啓太が言う。

「ああ、そっか……。まだちょっと、パトカーがトラウマだから」

「だよね。目の前でマネ下さん捕まっちゃったんだもんね」

果凜は、つらい記憶を頭を振って追い出した後、また冗談めかして言った。

「啓太は、死体埋めたりしないでね」

「絶対しないよ。俺はずっとそばにいる」

啓太は笑って答えると、また果凜に口づけしながら、服を脱がせてきた。

啓太に抱かれながら、果凜は思う。――この先に幸せはあるのだろうか。現状でマネ下竜司よりも全然売れていない、実家暮らしで家賃がゼロだからバイトしていないだけの、月収十万円未満のぷく山雅治と、ほぼ同レベルの稼ぎの飯山カリンというモノマネ芸人同士の恋に、明るい未来はあるのだろうか。――なんて、考えれば考えるほどつらくなるだけだから、今はただ男女の快楽に没入した方が楽だ。

パトカーらしき赤い光がまだちらつく、安アパートの天井を見上げながら、果凜は啓太の愛撫に、多少芝居の入ったあえぎ声を上げる。

「へえ、あのマネ下っていうモノマネ芸人に一杯食わされたの、吉松だったのか。そりゃ災難だったなあ」

「いや～、情けない話なんですけど」

夜の住宅街を巡回するパトカーで、運転席の吉松航也が、助手席のベテラン警官の柴田《しばた》と話している。

「まさかモノマネ芸人が騙してくるなんて思わねえもん。俺だって、もし同じ立場だったら騙されたと思うよ。本物の竹下の顔なんて、引退してからは長いこと見てなかったし」

ベテランの柴田が同情するように言った。

「それで吉松は、変な時期に異動してきたのか」

「まあ一応、通常の人事異動とは言われたんですけど……」吉松が気まずく笑う。

吉松は、高級住宅街が近い南麻布交番から、杉並《すぎなみ》区の井荻《いおぎ》駅北口交番に異動になった。東京都心からはだいぶ離れた、庶民《しょみん》的な住宅街が今の管轄だ。居酒屋の酔っ払い同士の喧嘩など、前任地ではまずなかった通報が今はしょっちゅうあるし、間違いなく前任地より忙しい。ただ、その分「ありがとう」も言わないような嫌味な金持ちというのは、ほとんどお目にかからなくなった。とはいえ、嫌味な金持ちが多少いても、暇な方がやっぱり楽だったけど――。

「でもさあ、結局ああいう芸人とか野球選手なんかよりも、俺たちみたいに、堅《かた》い仕事を真面目にやるのが一番だと思うよ」

ベテランの柴田が、助手席でしみじみと語った。

「芸能人にスポーツ選手に、あとは小説家とかもそうか。ああいう連中は、成功すれば大金持ちになれるかもしれないけど、あんなことになっちゃうと哀れだろ？　ほんの一握りの成功を目指して、みんなで競争し続けて、脱落したくなくてあんなことしちゃったのがマネ下だし、せっかく大成功したのに酒や女であんなに落ちぶれて、最後は奥さんに殺されちゃったのが竹下なわけじゃん。ああなっちゃうよりは、手堅い給料もらって、地道で真っ当な仕事をして生きてる俺たちの方が、結局幸せなんだよ」

「ええ、そうですよね……」

吉松はパトカーを運転しながら、しみじみとうなずいた。

本当にそう思う。というか、そう思わないとやっていられない。

注　本書はフィクションであり、登場する人物、および団体名は、実在するものといっさい関係ありません。本作品は書下ろしです。

——編集部

モノマネ芸人、死体を埋める

一〇〇字書評

切・り・取・り・線

**購買動機**（新聞、雑誌名を記入するか、あるいは○をつけてください）

□（　　　　　　　　　　　　　　　　）の広告を見て
□（　　　　　　　　　　　　　　　　）の書評を見て
□ 知人のすすめで　　　　　　　　□ タイトルに惹かれて
□ カバーが良かったから　　　　　□ 内容が面白そうだから
□ 好きな作家だから　　　　　　　□ 好きな分野の本だから

・最近、最も感銘を受けた作品名をお書き下さい

・あなたのお好きな作家名をお書き下さい

・その他、ご要望がありましたらお書き下さい

| | | | | | |
|---|---|---|---|---|---|
| 住所 | 〒 | | | | |
| 氏名 | | 職業 | | 年齢 | |
| Eメール | ※携帯には配信できません | | 新刊情報等のメール配信を 希望する・しない | | |

この本の感想を、編集部までお寄せいただけたらありがたく存じます。今後の企画の参考にさせていただきます。Eメールでも結構です。

いただいた「一〇〇字書評」は、新聞・雑誌等に紹介させていただくことがあります。その場合はお礼として特製図書カードを差し上げます。

前ページの原稿用紙に書評をお書きの上、切り取り、左記までお送り下さい。宛先の住所は不要です。

なお、ご記入いただいたお名前、ご住所等は、書評紹介の事前了解、謝礼のお届けのためだけに利用し、そのほかの目的のために利用することはありません。

〒一〇一－八七〇一
祥伝社文庫編集長　清水寿明
電話　〇三（三二六五）二〇八〇

祥伝社ホームページの「ブックレビュー」からも、書き込めます。
www.shodensha.co.jp/bookreview

祥伝社文庫

モノマネ芸人《げいにん》、死体《したい》を埋《う》める

令和 5 年 7 月 20 日　初版第 1 刷発行

著　者　藤崎《ふじさき》 翔《しょう》
発行者　辻　浩明
発行所　祥伝社《しょうでんしゃ》
東京都千代田区神田神保町 3-3
〒 101-8701
電話　03（3265）2081（販売部）
電話　03（3265）2080（編集部）
電話　03（3265）3622（業務部）
www.shodensha.co.jp
印刷所　萩原印刷
製本所　ナショナル製本
カバーフォーマットデザイン　芥 陽子



Printed in Japan ©2023, Sho Fujisaki ISBN978-4-396-34896-0 C0193